アポロンの嘲笑

中山七里

集英社文庫

アポロンの嘲笑　目次

アポロンの嘲笑

一　脱走

1

「まったく、何だってこんな間の悪い時に……」

　普段の半分ほどしか人のいない刑事部屋で仁科忠臣《にしなただおみ》は一人愚痴った。

　福島県警石川《いしかわ》警察署刑事課に〈管内に殺人事件発生〉の報が飛び込んできたのは三月十六日午後十一時四十五分のことだった。現場は石川郡平田村《ひらたむら》、殺害されたのは世帯主金城和明《かねしろかずあき》の長男純一《じゆんいち》、三十歳。近隣住民の報《しら》せを聞いて駆けつけた平田駐在所の巡査によって、既に被疑者は確保されているという。

　本来ならば刑事課から何人かを派遣して被疑者を引っ張ってくる手筈《てはず》なのだが、ここ数日の署内は異常事態であり、日常業務どころか人員の確保すら困難な状況だった。中には未《いま》だ連絡の取れない署員もおり、相次ぐ出動要請と相俟《あいま》ってまるで野戦病院のような混乱が続いていたのだ。

その端緒は五日前に遡《さかのぼ》る。

平成二十三年三月十一日午後二時四十六分。

この時、宮城県牡鹿《おしか》半島東南東沖百三十キロ、深さ二十四キロ地点を震源とするマグニチュード9・0の地震が東日本一帯を直撃した。かつて経験したことのない激しい横揺れ、そして地の底から突き上げてくるような縦揺れ。

庁舎内にいた仁科は咄嗟《とっさ》に机の下に潜ったが揺れは一向に収まらず、そのうちに机上の備品が落ちスチール棚が倒れてきた。やがて揺れは収まったものの、部屋の散乱具合と壁に走った罅割《ひびわ》れで、これが尋常ならざる天災であることは容易に見当がついた。

一時間後、テレビモニターに映し出された東北各地の中継を見た署員一同は言葉を失った。倒壊した建物、陥没した道路、崩壊した山の斜面。それぞれに衝撃的な映像だったが、続く映像の前ではものの数ではなかった。

突如として盛り上がる海面。

港町一帯が津波に呑《の》み込まれ、家が、道が、人が姿を消す。怒濤《どとう》としか表現できない流れが全てのものを押し潰し、汚し、奪って行った。

あまりに非現実的な光景に、仁科たちは呆《ほう》けたように口を開けているしかなかった。ついさっきまで浸っていた日常は意識の彼方に吹き飛び、警察官たちは自分たちが護《まも》るべき市民の生命と財産がこうも呆気《あっけ》なく消滅したことに茫然自失《ぼうぜんじしつ》となった。沿岸部の町に実家がある女性署員はその場にへたり込んでしまった。

だが、その直後に更なる驚愕《きょうがく》が控えていた。沿岸部を襲った高さ十五メートルの津波は大熊町《おおくままち》と双葉町《ふたばまち》にあった福島第一原子力発電所も直撃し、地震と浸水によって電源を失ったシステムは核燃料プールに送水できなくなり、核燃料の溶解（メルトダウン）が始まったのだ。

一号機から四号機までの非常用炉心冷却装置が続けざまに作動不能となり、翌十二日には一号機が水素爆発、十四日には三号機が、十五日には四号機が爆発し一号機から三号機までの燃料棒が露出した。露出した燃料棒は自らの熱で溶け出し、放射性物質を撒《ま》き散らしていく。事故の発生した十一日、首相は半径三キロ以内の住民に避難指示を出したが、翌日夜には範囲を二十キロに拡大させた。

こうした未曽有の災害時に警察が安穏としていられる訳もなく、石川署の署員は二十四時間態勢で被災地域への出動を余儀なくされた。停電が復旧しない中、信号機の代行をするだけでもかなりの人員が必要だった。救助活動のみならず各重要施設の警戒任務もある。かくして庁舎内からはいきなり人影が消え、混乱状況が五日も続いている。殺人事件発生の報が飛び込んできたのはちょうどそういう時だった。

現場に派遣できる刑事は現状城田《しろた》しかいない。だが城田一人を遣《や》る訳にもいかない。

駐在からの報告には未詳の部分が多く、そうでなくとも被疑者の移送に運転手のみを派遣するなど非常時でも許されることではない。

刑事部屋では小室《こむろ》刑事課長が各地に指示を飛ばしている。二年前に課長に昇進した男だが、捜査畑を歩き続けて現場にも目が利く一方、事務処理能力にも長《た》けているので上からも下からも信頼が厚い。更に仕事が増えてもまだ許容範囲だろう。

事情を説明すると小室は一瞬だけ天井を仰いだ。この非常事態にベテラン一人を現場に派遣することのデメリットを計算している様子だが、結論はすぐに出た。

「悪いが同行してやってくれ。仁科係長」

振り向いた顔に、普段は見せることのない疲労の色があった。

「被疑者の移送要員なんて係長には役不足もいいところだ。それにあんた自身も……」

そこまで言われては返す言葉もない。相変わらず人使いの上手《うま》い上司だと舌を巻きながら、仁科は城田を連れて部屋を出た。

石川町から現場の平田村までは直線距離で十キロ程度、通常なら十分もあれば到着するのだが地震発生からこの方、事情はずいぶんと様変わりしている。幹線道路は至る場所で陥没や土砂崩れによって寸断され、迂回路《うかいろ》を行く必要があった。

ヘッドライトは解けきらない雪溜《ゆきだ》まりと斜めに傾《かし》いだ電柱を浮かび上がらせる。ここが真っ当な姿を取り戻すのはいつになるのか。それを考えると寒さが胸奥まで押し寄せてくる。すると自然に思考は沿岸部の悲惨な光景に移ろうとし、寸前で仁科は頭から振り払う。

街灯のまばらな迂回路は幅員《ふくいん》が狭く、それでなくとも度重なる余震を警戒して警察車両といえども徐行を余儀なくされる。そして平田村に向かうまでの間、何度も対向車と擦《す》れ違ったが、この時間帯には有り得ないほど多い数だった。

「これ、みんな避難組なんですかね」

運転席の城田がぼそりと呟《つぶや》いた。

「そうだろうな。日を追う毎《ごと》に政府の指示する避難区域が拡《ひろ》がっている。身軽な人間は逃げ出して当然だ」

誰しもが土地に愛着を持っている。故郷には父母や友人との絆《きずな》もある。しかし幼い子供を持つ者なら、迫りくる放射能が怖くないはずがない。仁科も彼らを責める気には到底なれない。

「あの、係長……ご家族はご無事だったんですか」

遠慮がちに城田が訊《き》いてきた。考えてみればそれを訊かれたのは小室に続いてまだ二人目だ。犠牲者の中に同僚の家族が含まれている可能性は決して小さくなく、誰も彼もその話題を口にするのを避けている。

「女房は官舎にいて難を逃れたが子供は女川町《おながわちょう》の実家へ遊びに行っていた」

ひと息吐《つ》いてから仁科は口を開いた。今はまだそういう準備が必要だった。

町名を聞いた途端、城田の表情が後悔の色に染まる。宮城県女川町は今回の津波で最も被害が甚大だった地域の一つだ。

「まだ、行方が分からん」

実家のあった辺りは全て更地のような有様だった。津波発生の直後、仁科は女房を伴って女川町まで息子を捜しに行ったが、見渡す限りの瓦礫《がれき》が拡がるばかりで実家は基礎部分からなくなっていた。屋外に出ていた者たちは例外なく波に呑まれただろう。二人で懸命に息子を捜したが手掛かり一つ得られず、そのうち危険地域だからと立ち入りを制限され、後ろ髪を引かれる思いで帰ってきた。震災から五日が経過した。生存は絶望的であり捜しているのは息子の遺体に他ならない。だが遺体であろうが、そこが危険地域であろうが、もう一度捜しに行きたい。警察官などという仕事にさえ就いていなかったら、今すぐ何もかも放り出して駆けつけたい。

だが、仁科は敢《あ》えて息子のことを意識の外に置こうと努めた。

「お前は？」

「俺の実家、喜多方《きたかた》市の方なんでまだ被害が少なくて済んだんですけど……」

の後に消えた言葉の続きはおそらくひどく苦い。仁科のみならず署員で家族が災禍に見舞われた者は少なくない。しかしその職業柄、家族の捜索や弔いのために休暇を願い出る者は少なく、不眠不休に近い状態で任務に没頭している。そうでもしていなければ自分が絶望と喪失感で半狂乱になることを知っているからだろう。仁科自身、ともすれば仕事中に息子の顔が浮かび、じっとしていられなくなる。決壊寸前の激情を押《お》し留《とど》めているのは警察官としての使命感でしかない。そして、周囲の人間はそれを我がことのように察している。すると妙なもので、家族が無事な者が却《かえ》って罪悪感を抱くようになった。

警察官、消防隊員、自衛官、役所職員——公僕と称される職業人の矜持《きょうじ》が今回ほど試されたことはない。公と私、仕事と家庭。その二つで八つ裂きになりながらも彼らは己の戦場に踏みとどまっている。

全く東北人というのは、どうしてこう揃《そろ》いも揃って強情っ張りなのだろう。

〈非常時だからといって己の日常業務を放棄していいはずがありません。いや、非常時だからこそ日常業務を継続する意義がある。こうした積み重ねが、いま被災民の願う日常生活に回帰する最初の一歩なんです〉

テレビで家族を亡くした消防署員が嗚咽《おえつ》を堪《こら》えながらインタビューに答えていたが、それを思い出す度に胸が張り裂けそうになる。

やがて二人を乗せたパトカーは金城宅に到着した。家の前には既に鑑識の車両が横付けになっている。当然のことながら玄関先は真っ暗だが、非常灯でも灯《とも》しているのか家の中から仄《ほの》かな明かりが洩《も》れている。

家の中に入るとやはりランタンが置いてあり、見知った鑑識課員の田所《たどころ》と廊下で鉢合わせになった。

「おや。係長直々のお出ましですか」

「現状、どこも人手不足でしょう」

「……そうですな」

それだけのやり取りで鑑識課の状況も透けて見える。懐中電灯に照らされた田所の口元は無精髭《ぶしょうひげ》がそのままだ。

「鑑識作業は継続中ですが、被疑者の着衣については終わっていますので」

田所に先導される形で奥の方に進むと、そこに人だかりがあった。鑑識の持参した四本のライトで部屋の四隅が照らし出されている。駐在と思《おぼ》しき制服警官を除けば、中には男が二人と女性が二人、そして床に突っ伏している死体が一つ。警官が手錠を掛けている二十代前半、作業着姿の青年が被疑者なのだろう。

「平田駐在所の友井《ともい》巡査です」

「隣家からの通報で駆けつけたんだって？」

「はい。通報は午後十一時三十分。隣宅の住民が、何か言い争うような大きな声がすると連絡を寄越しました。本官が現場に急行したところ、この男、加瀬邦彦《かせくにひこ》が長男純一さんに覆《おお》い被《かぶ》さっており、その純一さんは既に絶命しておりました。そこで被疑者として確保しました」

友井巡査から簡単に家族を紹介されて、主人の和明から話を訊くと詳細はこうだ。

金城一家は和明と宏美《ひろみ》夫婦、そして長男純一と長女裕未《ゆみ》の四人家族で、十六年前に神戸からこの地に越して来た。和明と純一は長らく福島第一原発の従業員として働いていたのだが、そこで知り合ったのが後に来た加瀬邦彦だ。

金城一家は何故《なぜ》か加瀬邦彦を甚《いた》く気に入り、邦彦が金城宅で夕食を共にすることは半ば日常となった。家族ぐるみの付き合いを続けるうちに邦彦と裕未が親しくなったのは自然な流れともいえた。

そして今晩、邦彦は裕未と結婚させてくれと正式に申し出た。ところがこれに純一が激しく異を唱えた。諸手《もろて》を挙げて賛成してくれるとばかり思っていた邦彦は逆上し、純一と摑《つか》み合いになった。和明と裕未が止めに入ったが喧嘩《けんか》は収まらず、そのうち純一が台所にあった包丁を手にした。

「本官が報せを受けたのは、ちょうどその時のようでした。本官宅と金城さん宅はごく近所でして」

成る程。金城宅から駐在所への通報が十一時三十分、駐在から石川署への通報が同四十五分。その差が十五分しかないのはそういう理由か。

「現場に到着した時には既に絶命していた、と。しかし万が一蘇生する可能性もある。石川署以外に、救急にも通報はしなかったのかね」

「通報はしましたが……」

そう言って友井巡査は口籠る。

「したがどうした？」

「近隣の病院はどこも満杯状態でその……死体を安置する場所にも事欠いていると」

その場の空気に別の重みが加わる。

収容限度をとうに超えた病院。

通常の手続きが機能しなくなった病院。

つまり絶命したのが分かっているのなら、わざわざ救急隊を呼ぶなという理屈だ。平時ではとても通用するものではないが、現状では頷《うなず》かざるを得ない。今は戦時中なのだ。少なくとも東北の医療機関にとっては。

「凶器となった包丁からは被疑者と被害者両方の指紋が検出されました。双方が凶器を取り合ったという証言を裏づけています」

田所の説明を聞きながら、はや仁科は邦彦の罪状について考えていた。過失致死傷罪かそれとも正当防衛か。いずれにしても邦彦を石川署に連行した上で、家族全員から改めて事情聴取する必要がある。

「なにぶん、この暗がりですから作業が遅々として進みませんが、二人が縺《もつ》れあった場所はそのまま確保してあります。結果が出次第報告しますよ」

仁科は俯《うつむ》いていた邦彦の顎に手をやり、こちらを向かせた。若いのに精悍《せいかん》な面構えをしている。迷ったような視線で仁科を一瞥《いちべつ》するが、すぐに逸《そ》らしてしまう。迷う理由は動揺か、それとも後悔か。

試しに鼻を近づけてみるが酒の臭いはしない。もちろん検査を受けさせるが、双方、酒が入った上での争いということではなさそうだ。

「今、友井巡査の言ったことでいいんだな。この家の金城純一さんと口論になり、揉《も》み合っている最中に包丁で刺してしまった。それで間違いないんだな?」

念を押す意味で尋ねると、邦彦は一度だけ頷いた。

「よし。詳しい話は署の方で訊こう」

友井から手錠ごと受け取って部屋を出ようとすると、邦彦は何の抵抗もなくついて来る。ずいぶん素直だなと思っていると、その背中に声が掛かった。

「邦ちゃん!」

声の主は今までひと言も発しなかった裕未だった。

邦彦は足を止めて彫像のように動かなくなった。だが振り向きはしない。

こんな時に愁嘆場《しゅうたんば》かよ——仁科は内心で舌打ちするが、最前まで恋人だった男が今や兄の仇《かたき》となっているのだ。色々と胸に迫るものがあるだろうと思い、しばらく見守ることにした。

「邦ちゃん。本当に……?」

切実な声だった。だが、それでも邦彦は振り向きもせず、静かに口を開く。

「ケジメは、つける」

ひどく感情を押し殺したような声だ。その潔さに仁科もほっとする。こんな時期に凶悪犯を相手にするのは、いささか荷が重い。

そのひと言で全て通じたのだろう。裕未は両手で顔を覆うと母親の胸に飛び込んだ。

「行こうか、刑事さん」

「言われるまでもない」

邦彦を連れて部屋を出る時、今度は別の声が上がった。

「邦彦」

息子を殺された和明だった。さては最後に恨み言の一つでも浴びせるつもりかと振り向いてみたが、その目に憎悪の色は窺《うかが》えない。これもきっと邦彦を息子のように思っていたからだろうと、仁科は勝手に解釈した。

「……すまない」

すまないだと?

聞きとがめて仁科が問《と》い質《ただ》そうとしたが、邦彦の力で引っ張られる。

「おい。今の、すまないってのは何のことだ」

「真面目に罪を償ってこいってことだろ。ふん、仰々しいこった」

邦彦は吐き捨てるように言う。まだ罪の軽重を問うのは時期尚早とも思えるが、息子を奪われた父親の立場を考えれば当然かも知れない。

邦彦の身体《からだ》を確保しながらパトカーの後部座席に向かう。手錠は掛けているが被疑者の隣に座るのは仁科だけになる。移送する距離が短いとはいえ、注意するに越したことはないので手錠の鎖を握る。

「駄目だよ、裕未ちゃん」

玄関が騒がしいので再度振り返ると、裕未が表に出て来ようとするのを、友井巡査が押し留めているところだった。

「邦ちゃん、邦ちゃん。行かないで！」

やはり愁嘆場か。

だが若い被疑者は妙に禁欲的だった。裕未の方に顔を向けることさえせず、自分から進んでパトカーの中に乗り込む。

「おい。いいのか、彼女」

思わずそう訊くが、邦彦はやはり裕未を見ようとしない。

「さっさと出してくれ」

「こら、タクシーじゃねえぞ」

手錠が掛かっているかを再確認し、仁科も邦彦の隣に乗り込む。

「連絡しておいてくれ」

「はい……こちら城田。現場にて被疑者確保。これより署に戻ります」

『了解』

その時、パトカーが横にぐらりと揺れた。発車したのではない。今日何回目かの余震だった。

「……長いな」

正味十秒。それで揺れは収まった。おそらく震度は2。城田はゆっくりとパトカーを出す。裕未の声が後方へと消えていく。

心なしか城田は来る時よりもスピードを落としているようだった。

「不安か」

「いや、不安っていうより身体の調子が変なんですよ。何だか余震がない時でもどこかしら揺れているような気がして」

仁科もそれは感じていた。最近、座っている時や横になっている時に身体の芯から震動が伝わってくることが頻繁にあるのだ。よく考えれば心臓の鼓動を拾っているだけなのだが、相次ぐ余震で感覚が麻痺《まひ》しているのだろうと想像する。

「余震といえば、さっき金城の話を聞いていて気づかなかったか」

「何をですか？」

「あの一家が十六年前に神戸から越して来たってことさ。十六年前の神戸と言ったら……」

「ああ。阪神・淡路大震災」

「そうだ。きっと被災してここに移り住んだんだろうな」

「それでまた被災して、その上に殺人事件ですか。よくよく運のない家族ですね」

運、という言葉に少し反感を覚える。それでは今回の震災に見舞われた東北の人々は全員運がなかったことになる。そんな要因で済ませていい話ではない。

ふと気になって隣の邦彦に訊いてみた。

「お前、親兄弟はいるのか」

返事はない。

「おい」

「それが何か関係あるのか」

「親兄弟がいるのなら、お前が逮捕されて心配するだろう」

「なら安心しろよ。親兄弟なんていない……あの金城さんたちが俺の家族みたいなものだった」

「その齢《とし》で親兄弟がいないのか」

「今度の震災でそういうヤツは多くなるんだろうな。だから俺だって珍しくなくなる」

普段であれば憎まれ口に聞こえただろう。

しかし、今この状況下では一笑に付すこともできなかった。

「家はどこだ」

「石川町に会社の寮があるよ」

「被害者とは親しかったのか」

「最後は半分殺し合いみたいになったんだ。仲が良かった訳ないじゃないか」

「仲が良かったのは親父さんだったというのか。しかし息子とも同僚だったんだろ」

「……正確には違う」

「違うって？」

「刑事さん。まさか福島の原発で働いてるのが全員東電の社員だとは思ってないよな」

それは今回の事故を伝えるニュースで聞き知っていた。

「要は下請け孫請けってことだろう」

仁科がそう答えると、邦彦は唇の端を上げて笑った。

「孫請けどころか。俺や純一さんは五次会社、つまり玄孫《やしゃご》請けだよ」

玄孫請けという言葉は初めてなので少し驚いた。曽孫《ひまご》のそのまた下ということか。

「現場にはそういう玄孫請けの社員が方々から集まっている。だから同じ建屋で作業していても、給料をもらっている会社は別々だ。俺と純一さんも違う会社だった」

危険が渦巻く現場で働く孫請け曽孫請け、そして玄孫請け。つまりエリートと称される人間は離れた安全地帯から指示だけ出している図式だ。何やら警察組織と酷似した構図に、仁科は暗澹《あんたん》たる気持ちになる。

ならば自分と邦彦は同じような立場ではないか。

仁科はこの男に親近感を覚え始めた。

「本当によかったのか、彼女。ずいぶんと名残惜しそうだったが」

「いくら名残を惜しんだって一緒だ。それであんたたちが俺を見逃してくれる訳でもないだろ」

若いのに悟ったようなことを言う。

その時だった。

またも車体が大きく横に揺れた。

「停《と》めろ！　結構デカいぞ」

城田が咄嗟にブレーキを掛け、後ろの二人は前方につんのめる。

しかし揺れは収まらない。仁科は堪《たま》らずシートの上へ横倒しになった。

一瞬、警戒心が途切れる。

あっという間の出来事だった。邦彦は手錠を掛けられたまま助手席を乗り越えると、ドアを蹴り開けて外に飛び出した。

「この野郎！」

仁科が追いかけようとするが、揺れの続く中で身体を思うように動かせない。だが一方、邦彦は敏捷《びんしょう》だった。外に転がったかと思うと低い姿勢のまま舗道から外れ、闇の中へと駆け出す。

「待てえっ」

ようやく仁科も車外に出るが、揺れ続けているので四つん這《ば》いの形になってしまう。既に邦彦の背中は闇の中に溶け込もうとしている。

「逃げたら、罪が重くなるぞおっ」

半ば脅しのつもりで叫んだが、邦彦が止まる気配はない。

揺れが収まる。

仁科はすぐその後を追おうとする。だが舗道を挟むように広がる田畑は脇に雪溜まりがあるせいで容易に足を運べない。威嚇射撃を考えたが、生憎《あいにく》仁科も城田も拳銃は携帯していなかった。

とにかく追跡するしかない。

「城田。署に被疑者の逃亡を報告してから金城宅へ引き返せ。あいつが舞い戻るか、娘に連絡を寄越す可能性がある」

そうだ。邦彦には手錠を掛けただけで、まだ何も押収していない。財布も、免許証も、携帯電話もパトカーの中で取り上げるつもりだった。

「それから娘にあいつが住んでいる寮の住所を訊いて、署から誰か人を遣らせろ」

「仁科さんは」

「ヤツを追う」

雪溜まりを蹴り崩しながら、最悪の事態を想定してみる。深夜でしかも停電、土地鑑のある邦彦には好条件が揃っている。このまま逃げられたら通常は検問と広域捜査が展開されるはずだが、非常事態の中でいったいどれだけの人員と時間が確保できるのか。

思わず、くそと呟いた。それが邦彦に対してのものなのか、油断していた自分に対してのものなのかは判然としない。

停電続きで懐中電灯を携行していたのは幸いだった。仁科は闇に向かって光を投ずる。

「加瀬ーっ、逃げられんぞおっ」

声が夜のしじまを破る。だが当然邦彦からの反応はない。

雪溜まりには邦彦の足跡も残っていた。一瞬しめたと思ったが、雪溜まりは数メートル先で消滅していた。最端に残った足跡は北東に向いている。

北東なら今来た道を引き返していることになる。邦彦が金城の家に向かっている可能性は高い。連行される際には冷淡な態度をとっていたが、やはり未練があったのかも知れない。

雪溜まりの先には田畑が続く。凍《い》てついた土で足がめり込むことはないが、それでも邦彦の逃走経路くらいは目視できる。

仁科は猟犬のようにその足跡を追う。残された歩幅はかなり大きく、邦彦が脇目も振らずに逃走したことを物語っている。しかし全力疾走はできないはずだ。硬いといってもアスファルトのような足場ではなく、しかも両手には手錠が掛かっている。

仁科は足を取られながらも懸命に走る。吸い込む息が肺を凍らせる。零下での追跡は外気温との闘いでもある。ともすれば縮もうとする筋肉を叱咤《しった》し、冷気に硬直する皮膚を無理に伸ばしながら前に進む。邦彦より十ほど齢を食っているが、痩せ我慢には自信がある。この寒中マラソンを続けていれば、必ず勝機は見えてくるはずだった。

絶対にこの場で捕まえてみせる。

だが、しばらく走り続けると光の輪の中で田畑が急に途切れた。

川だ。平田村を南北に流れる北須川《きたすがわ》が目の前に横たわり、足跡はその手前で消えていた。

堤防沿いを行くのではなく、川原に下りたのか？　しかし川沿いに進めば金城宅からは次第に離れていくことになる。

南か、それとも北か。

電灯をそれぞれの方角に向けてみるが、邦彦の姿は捉えられない。

二者択一。仁科は北上して金城宅に近づく方を選んだ。今までよりも更に冷たい風が川面を渡って吹きつけてくる。

ようやく思い出した。自分はセーターの上にジャケット、そのまた上に厚手のコートを羽織っているが、邦彦は作業着姿のままだった。この、骨の髄まで達するような冷気は間違いなく邦彦の体力を奪っているはずだ。

仁科は足場の悪い川原を這うようにして進み出した。

2

翌十七日、午前九時四十八分。自衛隊ヘリコプターが三号機の上部から海水を投下し始めた。投下された海水の量は三十トンに及んだが、上空からの注水は照準を定め難く、また風の影響を受け易い。従って実効性は高くないものの、日本政府が事態の収束に懸命になっていることを内外に印象付ける画《え》としては秀逸だった。

燃料棒を冷却する手段はこの日のうちに、より実効性の高いものに移行された。午後七時三十五分、強い放水機能を誇る特殊消防車五台、化学防護車二台など計九台が揃った中、三号機への放水を開始した。

だが、これらはいずれも日本政府が対処らしい態度を見せた初めての事例だった。そのあまりの対応の鈍さに業を煮やしていたアメリカ政府は同日、自国民に対して八十キロ圏外への退避勧告を出した。一方、日本政府が自国の被災民に向けて出すメッセージはいずれも場当たり的で確実性に欠けるものばかりだった。何十キロまで離れたら本当に安全なのか、またどこに避難したらいいのか。東電が現場からの撤退を官邸に打診し、原子力安全・保安院の検査官たちがいち早く六十キロも離れた福島県庁に逃げ果せていたにも拘《かか》わらず、三十キロ以遠の被災住民には事故発生から六日も経とうとしているのに、明確な指示は未だ何も出されていなかった。しかもその前提となる範囲はただ福島第一原発を中心とした単純な同心円内であり、この時期の風向きや地形を全く考慮しない子供騙《だま》しのような基準だった。

この時、緊急時に放射性物質の拡散を予測するシステム〈SPEEDI〉が既に稼働しており、六時間先までの風速・風向を読んで放射性物質の拡大予測図を地図上に明示している。また、実際に北西方向四十キロの飯舘村《いいたてむら》まで毎時44・7マイクロシーベルトの汚染が拡がっていた。しかし経済産業省の原子力安全・保安院と文部科学省はこうしたシミュレーション結果を死蔵するばかりで、一度も住民避難に活用させるどころか公表さえしなかった。彼らにとって被災住民の生命財産はシミュレーションのプリントアウト数枚よりも軽かったのだ。

そして事態が一向に収束する気配を見せず政府が手をこまねいている最中も、燃料棒からは刻一刻と放射性物質が洩れ出して周辺を侵食していった。長年、原発の近くで生活を営んでいた被災住民がその恐怖を感じないはずもなく、さりとて生活の拠点をあっさりと見捨てることもできず、言わば股裂きのような状態が続いていた。

加瀬邦彦の逃走は、まさにそういう状況下の事件だった。

＊

結局、仁科は四時間かけて北須川沿いから金城宅に到着したが、遂に邦彦を発見することができなかった。

「ひと晩中、張ってましたけど奴《やっこ》さん、ここには戻りませんでした。念のために家族中のケータイ……父親と娘の分も預かって待機しましたが一件の着信もありません。それから会社の寮に一人張らせましたが、そっちにも戻っていないようです」

城田は申し訳なさそうに報告したが、申し訳ないのはこちらの方だった。自分がついていながら被疑者をみすみす逃走させてしまうなど恥曝《はじさら》しもいいところだ。

「小室課長から折り返し連絡を寄越せと」

とても上司と話したい気分ではないが無視はできない。仁科は悴《かじか》む指で携帯電話を取り出した。

「仁科です」

『らしくないミスをしたな』

落ち着いた口調が尚更堪《なおさらこた》えた。おそらく署長からは罵詈雑言《ばりぞうごん》に近い叱責を受けているだろうに、いつもと同様部下にはそれを感じさせない。

「申し訳ありません」

謝罪するが言い訳は一切しない。それがせめてもの矜持だった。

『被疑者の行方に見当はついているのか』

「現場に戻る様子はありません。残る可能性は家族の許《もと》でしょうが、本人は天涯孤独のような口ぶりでした」

『確認する必要があるな。もし親兄弟がいるなら別働隊を遣らせよう』

「あの、自分は」

『まだ現場周辺で張っていてくれ。まさか捜査から外してくれとは言わんよな?』

「望むところです」

『望んでも外す訳にはいかない。特にこんな時期ではな。おそらく今日中に帳場が立つ。

非番の警官も掻《か》き集められるかも知れん』

　不快そうな言葉尻に、ぴんときた。

「帳場？　まさか」

『早速、県警本部がしゃしゃり出てきた。主導権は早晩あちらに移る』

　仁科は思わず唇を噛《か》む。自分の不手際を他人、しかも県警本部の面々に始末させるなど恥の上塗りにしかならない。

『だが、タイムラグもある』

「タイムラグ？」

『県警本部も我々と同様、災害救助や避難誘導に忙殺されて、普段通りの動きが取れずにいる。口を出すのは早いが手を出すのは結構遅れる』

　そういうことか。

「北須川で加瀬邦彦を見失いました。至急、近辺の幹線道路に検問を立たせてください。下手をすれば広域捜査の必要も出てきます」

『それはまだ無理だ。人手が足りない』

「しかし」

『現段階で人海戦術は採れん。被疑者の動きをトレースしてピンポイントで網を張るしかない』

邦彦が立ち寄りそうな場所を探る――そのためには徹底的に情報を引き出せという趣旨だ。

『上手い具合にと言えば語弊があるが、県の上空を県警のヘリが飛んでいる。ひょっとしたら逃亡中のヤツを捕捉できるかも知れんが、まあこちらはあまり期待しないでおこう。わたしとしては初動捜査が肝要だと思っている』

つまり失地回復の機会を与えてやろうという意味だ。それを仁科の自尊心と羞恥心を測った上で巧みに滑り込ませてくる。全く、ここまで人使いが上手いと怒る気も失《う》せる。

『では、頼む』

そして最後にこれだ。

畜生、と忌々しそうに携帯電話を閉じると、目の前に裕未が立っていた。ちょうどいい。訊きたいことが山ほどある。

「ケータイ、いつになったら返してくれるんですか」

開口一番にそう尋ねられた。悪くない。こういう率直さは仁科も嫌いではなかった。

「返すことに吝《やぶさ》かではないが、一つ頼みがある。一度、加瀬に掛けてくれないか」

「……今、ここで、ですか」

「今、ここでだ。逃げれば逃走罪が加わって罪も重くなる。もし加瀬が出たら説得してくれないか。君で荷が重いのならわたしが代わろう」

城田から受け取った携帯電話を裕未に渡す。裕未は少しだけ躊躇《ためら》ったが、渋々テンキーを押した。液晶画面には確かに〈邦彦〉と表示されている。

だが、しばらく待ってもコール音さえ聞こえない。やがて『ただいまおかけになった電話は、大変混み合ってつながりにくくなっています』とアナウンスが発せられたところで裕未は携帯電話を閉じた。

「駄目です」

まだ、基地局が全面復旧している訳ではない。それほど都合よくはいかないか。

だが仁科は大して失望しなかった。既に和明と裕未の番号は控えてある。もし邦彦から着信があれば追跡できるよう、またGPS機能を利用して現在地を探るべく小室を通じて電話会社に要請してある。問題はそれまでに電話会社が機能を復活できるかどうかだ。

「加瀬には親兄弟がいないということだが、それは本当かい」

「本当ですよ」

「まだ二十歳そこらで天涯孤独とはね」

「災いは人を選びませんよ」

返ってきた言葉が突き刺さった。

忘れていた顔がまた浮かび上がる。

「それは確かにそうだ……ところで彼とお兄さんはあまり仲が良くなかったのか」

「普通でした」

「普通？　しかし摑み合いの喧嘩になったんだろう」

「感情の行き違いなんていくらでもあります。それより、お兄ちゃんに早く会わせてください」

金城純一の遺体については城田から連絡を受けていた。本来であれば司法解剖のため大学病院に搬送されるところを、現在は石川署に派遣された検視官がつきっきりらしい。そこで死因の概容を確定させてから捜査本部に上げると言うが、実態は大学病院が正常に機能していないがゆえの対処法に過ぎない。

「申し訳ないが、まだお預かりしなきゃならない。何せこんな時なのでね」

こんな時、という言葉で裕未は小さく頷く。そんな言葉が共通認識になっている事実が、不意に切なくなる。

家の中に入ると、居間で和明と宏美がそれぞれぽつねんと腰を下ろしていた。

部屋のどこかに穴が開いているような空虚感を覚えた。刑事課の仕事を始めてから既に何度も味わった感覚だった。

宏美がゆるゆると仁科を見上げる。

「純一は？」

呆けたような表情。それもまた見慣れてしまった顔だ。

「もうしばらくお待ちください。まだ司法解剖が……」

言い終わる前に、また揺れた。

これは軽い。震度1くらいか。それでも居合わせた者たちはいっとき言葉を止める。

「……収まったようですな。やれやれ、おちおち話すらできないとは」

「理不尽ですよ」

和明は誰に言うともなく呟いた。

「本当に、理不尽だ。どうしてわしらだけが……」

それで思い出した。

「金城さんは十六年前、こちらに来られたとか。もしや阪神・淡路大震災でも被災されましたか」

和明は黙したまま頭を落とす。

やはりそうだったか。

「元々、借家でしたが家は全壊しました。仕事先も壊滅しよりました。それで神戸も怖くなりましたんで心機一転とばかり、ここに来たんですが……まさか二度もこんな大震災に遭うとは想像もしとりませんでした。その上、息子があんなことになって」

さすがに仁科も言葉に詰まる。こういう人間を目《ま》の当たりにすると、確かに運不運というものは存在するのだと思い知らされる。災いは人を選ばないという裕未の言葉が脳裏に甦《よみがえ》る。

「ところでこれは確認ですが、最初に凶器の包丁を手にしたのは間違いなく純一さんだったんですね」

「それは重要なことなんですか？　純一が死んだことに変わりはないでしょう」

「状況によっては被疑者である加瀬邦彦の罪状が変わる可能性があります」

すると和明は横を向いた。

「見とったのは宏美だから……ただ」

「ただ？」

「いや。何でもない」

「普段は刃物なんか握るような子じゃなかったんです」

横から宏美が口を挟んだ。

「いつもは裕未よりも大人しい子で……魔が、魔が差したとしか思えません」

やがて静かに泣き出した。もうまともな受け答えはできそうにもなかった。

「何か加瀬が残した物はありませんか」

そう尋ねると、和明は部屋の隅に投げ捨ててあるダウンジャケットを指差した。これが唯一の遺留品という訳か。

昨夜の身を切るような寒さが皮膚に残っている。今の邦彦が一番欲しているものはこのジャケットだろう。

「最後に。加瀬が逃げ込む場所にどこか心当たりはありませんか」

二人は力なく首を横に振るだけで、これも役立つような手掛かりは得られない。

仁科はいったん家の外に出た。改めて見ると金城宅は田畑の中に建っていて、隣宅とは十メートルほど離れている。冬のさなか戸や窓は閉め切っているだろうから言い争う声が届いたとなれば相当大きな声だったに違いない。

パトカーに戻ってダッシュボードを開け、地図を取り出す。そして北須川周辺を睨《にら》みながら考える。

まず邦彦に逃げる目的地が定まっていないと仮定してみる。姿を見失った地点で川は南北に流れているが、そのまま北上した訳ではないらしい。何より邦彦は原発の作業員だったから福島第一原発から放射性物質が洩れている今、そこに接近するとは考え難く、逆に遠ざかろうとするはずだ。

すると逃走経路は西か南ということになる。地図上でいえば玉川村《たまかわむら》か古殿町《ふるどのまち》、あるいは石川町。わざわざ警察署のある方向に逃げる馬鹿はいないはずだが、この混乱時にはそれも妙案かも知れない。被災民で溢《あふ》れ返る町に作業着姿の人間が一人入り込んでも、誰も気に留める者はない。

取りあえず小室への進言を纏《まと》めると、仁科は城田を残して一人石川町に向かった。とにかく今は邦彦の情報を掻き集めて、その心理を可能な限り読み解かなければならない。署に立ち寄って小室に報告する任務もある。

城田から伝え聞いた寮に向かう。場所はすぐに分かった。門柱に〈メゾン・スカイパーク〉の表札が掛かったプレハブ二階建てで、奥にかなり長い建物だ。その門柱の陰に知った顔の男が立っている。

「ああ、仁科さん」

滑川《なめかわ》は仁科を見ると、ほっとした様子だった。どうやら今までずっと立ち番をしていたらしい。

「ご苦労さん」

「舎監から鍵、借りておきました。二階の二〇三号室です」

そう言って素早く鍵を渡す。手際が良いと言えばその通りだが、この場から一刻も早く離脱したい気持ちが見え隠れしている。

「もう戻ってくれ」と言うと、滑川は素直にその場から立ち去った。

二〇三号室のドアを開けた途端、汗臭さがむわっと鼻を突いた。

部屋の中を見渡す。キッチンはない。目についたものといえばベッドとクローゼットとエアコン。トイレと洗面所と炊事場は共用らしい。広さは五畳程度で日当たりは悪い。

床の上には服が脱ぎ散らかされ、埃《ほこり》も目立つ。

十四型のテレビがベッドの脇に置いてあり、パソコンやゲーム機など娯楽の類は見当たらない。壁には風景画のカレンダーが貼ってあるだけで、成人男性の部屋にしても殺風景なことこの上ない。寮という名目だが、本当に寝るだけの部屋のようだ。

いったい、加瀬邦彦という男には何の趣味も娯楽もなかったのだろうか。

部屋が狭いので探し物には困らない。クローゼットを開き、ベッドの傍らを漁《あさ》る。セーターが四枚にジーパンが一本、背広が一組、あとは下着類が少々。驚いたことに手紙や写真など係累に関係するものは何一つ見つからない。

逃走中の人間がわざわざ舞い戻らなければならないような物品は何もない。仁科は気落ちして床に視線を落とした。

不意に見つけた。

枕の下から一冊の文庫本が顔を覗《のぞ》かせていた。

『ギリシャ神話集』（講談社学術文庫）

何だ、これは。

その存在は殺風景な部屋の中で異彩を放っていた。試しにぱらぱらとページを繰ってみるが学術文庫の名の通り、柔らかい読み物とは思えない。そのとっつき難《にく》さに尚更違和感を覚える。

加瀬邦彦とギリシャ神話。

絵柄の合わないカードを二枚、頭の抽斗《ひきだし》に仕舞い込んで仁科は部屋を出た。

一階の舎監室を訪ねると、禿《は》げ上がった六十がらみの男が応対に出た。楠見《くすみ》と名乗るこの舎監は警察手帳を見せるなり警戒の色を露《あらわ》にした。

「二〇三号室の加瀬さん？　さあ、あまり記憶にないですなあ」

碌《ろく》に仁科を見もせずに答える。けんもほろろとはこういうことかと思う。

「ここだけで二百人以上の従業員が寝泊まりしてるんです。一人一人の顔や名前なんて覚えられませんよ」

「では保証人、つまり両親の住所とかは分かりませんか」

「寮は各会社の契約ですからね。保証人は全員が派遣会社になっとるはずですよ」

「じゃあ、その派遣会社を教えてください」

言葉の端々にしつこさを滲《にじ》ませると、楠見も諦めたらしくのろのろと手元のノートを開いた。

「二〇三号室の加瀬、加瀬と……ああ、この人は光川《みつかわ》エンジニアリングから送られたみたいですな」

確か邦彦の話では五次会社ということだった。そこに問い合わせれば邦彦のプロフィールも明らかになるはずだ。

「いったい何の捜査ですか」

上目遣いで楠見が探りを入れてくる。いい加減、この男の態度が癪《しゃく》に障ったので少し驚かせてやりたくなった。

「殺人ですよ」

「殺人?」

途端に声が裏返った。

「加瀬邦彦は参考人でしてね。万が一、こちらに戻りましたらすぐ石川署の刑事課仁科まで連絡してください」

「何だ、そっち方面の事件だったのか」

「どんな方面の事件だと思ってたんですか?」

楠見はばつの悪そうな顔をしたまま答えない。大方、四次会社五次会社などという雇用形態について捜査が入ったものと勘違いしたのだろう。

「あのね、刑事さん」

声の調子が少し変わっていた。警戒心を解いたのか、それとも野次馬根性が芽生えたのか。

「その光川エンジニアリングに問い合わせても無駄骨に終わるような気がするよ」

「何故ですか」

「さあ、何となくかね」

それ以上は話す気がないという風に楠見は背を向けた。気紛《きまぐ》れもここまでということか。

まあ、いい。気紛れで隠したり明らかにしたりすることなら、攻め方を変えればいいだけの話だ。

石川署に戻ると、庁舎内に知らない男たちを見掛けた。おそらく県警一課の連中だろう。

小室の前に出る時はさすがに足が重かった。

「ご苦労さん」

「おめおめと帰って参りましたよ」

「じゃあ次には意気揚々と出掛けたらいい」

「庁舎内にいるお客さんは本部からですか」

「ああ、午後五時から第一回目の捜査会議が開かれる。刑事課の人間は全員参加」

言い換えればこの後、自分の恥を曝す場に出頭しろという意味だ。今度は足ばかりか胃まで重たくなった。ただ、五時からというのが気になった。

「開始までに余裕があるのは、県警も人が出払っていて招集に時間がかかるからだ。言った《》だろう？　今回ばかりは手出しが遅れると」

　小室は片方の眉を上げてみせた。

「そんなことより、さっき検視官から報告が届いた。死因は脇腹の刺切創《しせつそう》からの失血死。死亡推定時刻は昨夜十一時から十二時までの間。争った跡はあるが、刺し傷は致命傷となった一箇所のみ」

　これは現場での印象そのままだった。司法解剖に回しても大きな相違点はないだろう。

「居室に何か目ぼしいものは」

「逃亡先に繋《つな》がるようなものは特に……狭い部屋で個性の置き場所もない有様でした。肉親の存在を証明するものもありません」

「では免許証の照会から本籍を探ってみるか。素性を聞く限りでは逃げ込む先がそれほど多いとは思えない」

　同意を伝えた上で、仁科は自説を提示した。足跡の消えた北須川を始点とした西と南の方向。徒歩で逃走しているため幹線道路だけ検問を張るのでは心許ないが、ピンポイントで配置を設定すれば、必要とする人員も最低限に抑えられるはずだ。

　しかし小室の返事は意外なものだった。

「ちょっと違うな」

「何が、ですか」

「実は情報があったんだ」

小室は目の前のパソコンを操作すると、画面を仁科に向けた。そこにはどこかの平地を俯瞰《ふかん》で捉えた動画が流れている。

「これは？」

「まさに偶然だった。行方不明者を捜索中だった県警のヘリが出動途中にビデオカメラを回していたんだが……これが分かるか」

画面がズームアップしていく。すると、果物畑の間を縫うように移動する人影があった。

仁科は息を呑んだ。その人物が着ている作業着と体格に見覚えがあった。

邦彦だ。

右隅に表示された時刻は本日の午前七時二十四分。

「場所はここだ」

小室はホワイトボードに貼られた地図の一点を指し示す。平田村を縦断する国道四九号線を百メートル越した地点。

「画面の人物は東に向かって逃走している。逆方向なんだよ」

何だって――。

仁科は狐《きつね》につままれたような気分だった。

その方向にいったい何があるというんだ？

3

第一回目の捜査会議は予定通り午後五時に始まった。

雛壇《ひなだん》に並ぶのは福島県警本部から出張ってきた湯島《ゆしま》管理官と韮山《にらやま》課長、そして石川署からは国澤《くにざわ》署長と小室課長の四名。普段よりも雁首《がんくび》の数が少ないのは既に犯人が確定していることと、やはりこの緊急事態で人員が割けないせいだろう。

震災からこの方、碌な生活を送っていないのだろう、居並ぶ四人の共通点は櫛《くし》の入っていない髪と無精髭で、それだけが妙に調和している。

「選《よ》りにも選ってこんな時に犯人を逃がすとはな」

湯島管理官は、奥に陣取る石川署の捜査員たちを一瞥してそう言った。途端にその辺りの空気が重くなるが、中でも仁科の背中には一層荷重が掛かる。雛壇の国澤は渋面を隠そうともしない。

「相次ぐ余震が怖くて腰が引けたか。まったく福島県警にそんな情けないヤツがいるなど、全国の警察官に顔向けができん。いったい石川署はどういう基準で職員を採用しているのか」

石川署からの報告で犯人を取り逃がしたのが仁科と城田の二人であることは県警本部も承知しているはずだった。それにも拘わらず、石川署全体を誹謗《ひぼう》するような物言いは、湯島個人の権威主義の副産物かあるいはただの嫌がらせだろう。

小言が五分も続くと、仁科はそろそろ我慢できなくなってきた。慣れたはずの椅子が妙に座り辛《づら》い。成る程、これが針の筵《むしろ》というものか。自分一人が責められるのならまだしも、石川署全体が貶《おとし》められるのはさすがに堪える。

このまま尻を捲《まく》って席を立ってやろうか——そう思い始めた頃、絶妙のタイミングで小室が口を差し挟んだ。

「管理官。お話の途中ですが、つい先ほど被疑者加瀬邦彦の所在を伝える新情報が入りました」

ひと言で湯島の小言がやんだ。

「何だって。それを早く……」

「申し訳ありません、捜査会議の直前でしたし」

「……他にも理由があるんですか」

「情報元は自衛隊なんです」

一同にざわめきが広がる。

「福島第一原発への放水を終えた自衛隊ヘリが帰投中、偶然撮影していた映像に紛れていました。これです」

小室の指示で、前面の大型モニターにいきなり画像が映し出された。拡大されたせいでドットの粗くなった俯瞰映像の右下には２０１１／３／17　10：52の時刻が記されている。

左側を崖、右側を田畑で挟まれたアスファルトの道を作業着姿の人間が両手を前にして歩いている。

だがその人物を捉えたのはほんの一瞬だった。俯瞰カメラはそのまま道路から外れ、次第に遠ざかっていく。

次に小室は画面を現場となった平田村周辺に切り替えた。

「この前、加瀬が目撃されたのが七時二十四分のこの地点。今のが十時五十二分のこの地点。三時間と三十分で約六キロ移動したことになります」

三時間余で六キロというのはかなり遅いが、映像を見ればいくぶん納得もできる。道路が陥没している箇所は迂回を余儀なくされるし、路肩にはかなりの雪溜まりがあって足を取られる。普段通りに進むのは困難だろう。

「今、映っていた場所は？」

「国道三四九号線です。つまり加瀬は四九号線を跨《また》いで三四九号線に入ったのです」

「考えられる目的地は？」

「現在、磐越東線は全区間で運転を見合わせていますが……」

するとと後方の席から遠慮がちに手が挙がった。

城田だった。

「何だ。何かあるのか」

城田が加瀬逃亡の一因であることを知っている湯島は、わずかに口調が尖《とが》る。

「いや、あの。加瀬は現場となった金城宅にダウンジャケットを置き去りにしていたんですが、そのダウンジャケットから奴の財布が出てきました」

初耳だ。仁科は思わず城田を睨んだが、喋《しゃべ》り続ける城田はそれに気づかない。

「原発で同様の作業をする被害者の父親に訊きますと、この時期外出中は防寒着を脱ぐ機会がほとんどないため、大抵はそのポケットに財布を仕舞うらしいです。財布の中には免許証も入ってました。ケータイは見当たらなかったので、これだけは加瀬が持っていったんでしょう」

カネなし、足なし、防寒具なし。そうしたハンデを背負って逃走しているなら、逃げられる範囲も自《おの》ずと限定されてくる。これは捜査する側にとって好都合だ。

「警察のヘリで加瀬を追跡することはできませんか」

国澤がおずおずといった様子で伺いを立てるが、これには湯島が首を横に振る。

「無理です。県警所有のヘリは目下行方不明者の捜索を最優先にしていて、刑事課には回ってきません」

普段であれば居並ぶ捜査員から文句の一つも出そうな話だが、こと今回に限っては皆が押し黙っている。無理もない。仁科を含めて、まだ肉親の遺体と対面していない捜査員が何人かいるのだ。

「被害者について報告があります」

次に手を挙げたのは滑川だった。

「被害者金城純一から採取した指紋を照合したところ、前歴者リストにヒットしました」

会議室にほう、というどよめきが広がる。雛壇の四人も一様に興味を持った様子で身を乗り出す。

「金城純一は平成十五年の四月に傷害致死で実刑判決を受け、福島刑務所に収監されていました。四年後の十九年四月に仮釈放処分になっています」

「殺した相手は？」

「居酒屋で居合わせた堤《つつみ》という男でした。酒の上のトラブルだったようですが、詳しい内容はまだ調査中です」

警察庁の前歴照会用データベースには捜査資料や裁判記録までは掲載されていない。当時、事件を担当した所轄署に遡って資料漁りをしなければならない。

「司法解剖の結果は」

　これに他の捜査員が立ち上がった。

「先ほど報告が送られてきました。死因は脇腹の刺切創からの失血死。他に外傷はなく一部始終を見ていた家族の証言とも一致しています。ただ」

「ただ？」

「被害者の血液からアルコールが検出されています。血中濃度は〇・一パーセントということですから、被害者はかなりの酩酊《めいてい》状態だったと思われます」

「被害者に前科があり、しかもそれが酒を呑んだ上での傷害致死となると、今回の経緯にも信憑性《しんぴょうせい》が出てくるな」

　湯島は納得顔で頷いた。人権派を気取る弁護士連中が聞けばすぐにでも反駁《はんばく》しそうな口説だが、現場の捜査員たちには周知の経験則だった。

　暴力にも、その延長線上にある殺人にも垣根が存在する。憎悪や殺意を隠し持つ者は多いが、この垣根を飛び越える者は少ない。そしていったんこの垣根を越えてしまった者の多くは、易々と同じことを繰り返すようになる。

　暴力も殺人も、所詮は慣れでしかない。それは一般刑法犯の再犯率が実に四割を超える事実からも窺える。

「それでは小野町《おのまち》を中心に捜査員を配置。人員の配分はこの後に決定。加瀬を早急に確保しろ。以上だ」

湯島の声で捜査員たちが散会する。

だが、いち早く席を立った仁科は、入口付近から誰よりも早く退出する二人組を見つけた。一人は中肉中背、角刈りにメガネ。もう一人はそれより首一つ分低いが太《ふと》り肉《じし》の小男。背格好は違うが、どことなく陰険そうな目つきは共通している。

今まで福島県警捜査一課の面々とは何度も合同捜査をしてきたので、新参者を除いて顔も名前も憶えている。しかし今しがた見た二人組には全く記憶がなかった。そうかと言って、捜査会議に見知らぬ第三者が侵入するはずもない。

慌てて後を追おうとすると誰かに肩を摑まれた。

小室だった。

「やっぱり目敏《めざと》いな。すぐに気づいたか」

「課長、あの二人を知ってるんですか。あいつら新人でもなさそうですが」

「係長が知らんのも無理はない。あの二人は公安だよ。わざわざ警察庁からお出《い》でなすった」

「サッチョウの公安？」

言わずと知れた警察庁警備局。極左極右の活動家や狂信的集団、テロリストたちを監視し検挙する部署だ。無論、福島県警にも公安課はあるが、彼らを差し置いて命令系統の頂点である警察庁警備局が現れたことに納得がいかない。

「納得がいかないという顔をしているが、それはわたしも同じだ。奴さんたち、到着するなり捜査会議を傍聴させろと言ってきた。警察庁直属の彼らの申し出なら断るわけにもいかないが、あの権柄《けんぺい》ずくの言い方はどうにかならんものかと思うな」

公安は各警察本部のいち部署でありながら、警察庁警備局が全てを掌握しているので横との連携がない。そのため同じ所轄内でも、捜査内容が知らされることは滅多にない。

「彼らに理由を訊いても教えてくれんから、わたしにも答えようがない。ああ、言っとくが県警の連中も同様らしい」

不満を隠しきれない様子の小室を見ながら、仁科は公安の関心がどこにあるのかを早速考え始めた。

「緊急配備に回るのは県警の捜査員が主体で、石川署の人間は後方支援に充てられる」

「容疑者の確保は県警本部に任せろということですか。まあ、想定内です。だったら、わたしは金城宅に遣ってくれませんか。ちょっと確認したいことがあるので」

すると、小室はおやという風に片方の眉を上げた。

「そのくらいの裁量はできるが……その確認したいことというのは何だ」

「些細《ささい》なことです」

「今まであんたが些細だと言ったことは、大抵事件の根幹に関わることだった。話によってはもう少し裁量を広げてもいい。さあ、何がそのアンテナに引っ掛かった?」

「……どうして加瀬は逃げたんでしょうね」

「何だって」

「解剖所見の通りだとしたら、金城純一は酩酊状態だった。最初に刃物を摑んだのも純一だ。これも家族の証言がある。どれも加瀬には有利な条件です。殊更腕の良い弁護士でなくても正当防衛の主張が可能でしょう。それなのに何故、逃げたんでしょうか」

「自分のしたことに動顛《どうてん》していたんじゃないのか」

「ヤツとは少しだけ話しましたが、犯行から間もないというのに冷静でした。それに決して馬鹿じゃない。ヤツが逃げたのは逃亡以外の目的があるように思えてならないんです」

「逃亡以外の目的。それは何だ」

「それを確認したいんです。ただ、ヒントは案外、あの公安連中が握っているかも知れませんよ」

　小室の許可を得ると、仁科は一人で金城宅に向かった。本来、犯罪捜査は二人一組が原則だが、非常事態であることを理由に単独行動の許可を得た。言い換えればその分小室の期待が掛かっているということであり、何らかの収穫がなければ言い訳もできない。

金城宅に到着すると先客がいた。黒塗りのセダン。家から出て来たのは紛れもなく公安の二人組だった。

仁科は遠慮なく二人に近づいて声を掛けた。

「どうも、石川署の仁科と言います。さっき捜査会議の席にいましたね。ここで何か新しい情報は得られましたか」

すると角刈りの男がこちらを一瞥したきり、そのままセダンに乗り込もうとする。無視するつもりなのだろうが、そうはさせない。仁科は角刈りの肩を摑んだ。

「捜査会議でこちらの情報はあらかた提供したんだ。そっちも一枚や二枚はカードを開いてもいいんじゃないですか」

「そっちの捜査に役立つ情報じゃありませんよ」

初めて角刈りの顔を直視した。齢は四十代前半か、細い眉と薄い唇が酷薄そうな印象を与える。

「役立つかどうかは、教えてもらわなきゃ分からないでしょう」

「あんたたちが追っているのは殺人犯。我々が追っているのは別物だ」

「だが共通項がある。そうでなければわざわざ福島くんだりまでやって来て、捜査会議に顔を出すはずがない」

「新米警官じゃあるまいし、わたしたちの捜査が一般の犯罪捜査とは性質を異にしているのは承知しているだろう。早く、その手をどけろ」

「金城家の誰かがテロリストなんですか？」

それには答えず、角刈りは仁科の腕を振り払って助手席に滑り込もうとする。

「じゃあ、せめて礼儀として名前ぐらいは言ったらどうですか。それとも、それも機密事項ですかな」

「溝口《みぞぐち》だ」

吐き捨てるようにそう言うと、溝口たちはセダンを出した。

何ともざらついた会話だったが、一つだけ判明したことがある。

少なくとも自分の好きなタイプではない。

気を取り直して家を訪ねると裕未が出て来た。

「まだ、何か用なんですか」

今にも塩を撒きかねないような勢いで言い放つ。

「石川署の仁科です。どうかしましたか。えらくお怒りのようですが」

「石川署？　今も同じ警察の人でしたよ」

「いや、同じ警察なんだけど違うんですよ」

我ながら要領を得ない説明だが、部外者にはこうとしか言いようがない。

「彼らが何か失礼なことでも？」

「いくら警察だからって乱暴過ぎます。あたしがメガネの人と話しているうちに、もう一人が勝手に家の中に入って、あちこち探し物をしたみたいなんです」

「探し物？」

「両親はお兄ちゃんの遺体を引き取るために外出しています。だから留守番はあたし一人で、それをいいことに部屋中を探し回ったみたいです」

「探し回った形跡があったんですか」

「よく見ると、小物とかの位置が微妙に変わってたから……」

「いったい、何を訊かれました」

「お兄ちゃんから何か預かった物がないか。それから会社関係以外で誰か訪ねて来た人はいないかって」

ふと仁科は違和感を覚えた。裕未の話を聞く限りでは、公安が関心を抱いているのは邦彦ではなく純一の方らしい。

「実際、預かった物とか同僚以外で訪ねて来た人はいたんですか」

「いいえ。お兄ちゃんには家を行き来する友達なんていなくて……お兄ちゃんが家に連れて来たのは邦ちゃんだけでした」

裕未の声が落ちる。その声を聞いて裕未がまだ何事かを隠していることを確信した。

「警察って、みんなあんな風なんですか。つい昨日、家族が死んだっていうのに矢継ぎ早にあれこれ訊いてきて。知らないって答えても疑ってるような目で見て……」

話を聞きながら、近親憎悪のような感情に襲われる。身内とはいえ、あの二人組の関係者への接し方は最悪で、まるで捜査本部の事情を考慮していない。犯人が特定されていても、その身柄を確保するまでに協力を仰がなければならないことが、まだ山ほどあるのだ。

いくら自分があの二人組と違うと主張しても、同じ組織に属している限りフィルターが掛かる。そのフィルターを取り除くためには、自らも防護壁を撤去しなければ互いに疎通できない。

そうと決めれば行動は早かった。仁科は声を潜めて裕未に耳打ちする。

「工具箱を貸してもらえませんか」

裕未は怪訝《けげん》そうな表情だったが、それでも奥から工具箱を持って来た。おそらく和明の物なのだろう、工具箱の中にはペンチやドライバーが整然と収められている。

仁科は居間に入って壁のコンセントを探る。ここにコンセントは二箇所。固定電話に近い方のコンセントに屈《かが》み、1・0ミリのマイナスドライバーでカバーをこじ開ける。

思った通りだった。カバーの裏側には親指大の筐体《きようたい》が張りついていた。

驚きに目を瞠《みは》る裕未を目配せで移動させる。居間を抜けて外に出ると、仁科は人差し指を唇に当てて小声で話すように指示する。

「あれ、何だったんですか」

「盗聴器ですよ。後はあなたでも簡単に取り外せるようにしておいた」

「盗聴器？」

「仕掛けたのは言うまでもなく先ほどの二人組です。室内を探し回ったのは陽動です。本来の目的はあれを仕掛けることにあった」

以前から公安の手口は聞き知っていた。今回はそれが偶々《たまたま》的中したのだ。

「どうしてウチなんかにそんなことを……」

「あなたたちがまだまだ隠し事をしてると決めてかかっている。きっと誰かから連絡がくると疑っているんです」

「ひどい……」

「彼らの部署は公共の安全を護るという大義名分の下、そういうことが許されているんです」

「同じ警察なのに、どうしてこんなことを教えてくれるんですか」

「同じ警察ではないからです」

頭の隅で、これは背信行為に当たるのか、それとも意趣返しになるのかを自問自答する。おそらく両方だろう。そして盗聴器の在り処《あか》を暴露したのは法律的には間違っておらず、裕未の心証を向上させるのに有益であると苦しい弁解で己を誤魔化す。

「信用して欲しい。少なくともわたしはあなたの味方だ」

相手の瞳を直視し、一語一語を区切って真剣に話す。短くない現場経験から習得した落とし方だ。無論、誰にでも効くものではないが、世間知らずの娘には効果があるはずだった。

果たして、裕未はつられるように真剣な眼差《まなざ》しで首を縦に振った。仁科は罪悪感を押し殺して本来の仕事に入る。

「さっき、純一さんには友人が少ないと言いましたね。それは彼に前科があるせいですか」

こういうことは婉曲《えんきょく》な訊き方をしない方がいい。裕未は浅く頷いてから話し始めた。纏めるとこういう話だ。

平成十五年頃、純一はある女性と付き合っていた。西郡加奈子《にしごおりかなこ》という娘で齢は純一より一つ下、当時純一は相馬《そうま》市にある食品加工の会社に勤めており、加奈子はそこの同僚だった。交際は順調で、このまま続けば結婚することになるだろうと周囲の誰もが予想していた。

ところがそこに障害が発生した。以前加奈子と付き合っていた堤健二《けんじ》という男が、二人の間に割って入ったのだ。職場や二人の家に現れ、公衆の面前で純一を泥棒呼ばわりした。二人が一緒に歩いていれば一方的に純一を殴り、足腰が立たなくなるまで痛めつけた。また、暴力を振るわない時は、慰謝料と称して財布からなけなしのカネを奪った。昔の男が現在の男に因縁を吹っかけてくる。どこにでも転がっている話だが、堤の場合は相当にタチが悪かった。行為はまるでヤクザのそれであり、加奈子が縁を切ったのも頷ける。しかし、それが刃傷沙汰《にんじょうざた》に発展するとは誰も予想できなかった。

何度かのいざこざを経た後、堤は帰宅途中の純一を捕まえて行きつけの居酒屋に連れ込んだ。堤にしてみれば嫌がらせを肴《さかな》にタダ酒を楽しもうという肚《はら》だったらしいが、半ば無理やり呑まされていた純一が日本酒五合を超えた時点で豹変《ひょうへん》した。

今まで堪えていた鬱積を全て放出するかのようだった。純一はひと声吼《ほ》えるなり眼前にあった一升瓶で堤の頭を殴り、床に倒れ伏した堤を更に殴打し続けた。店にいた数人が慌てて純一を取り押さえたが、既に堤は呼吸を止めており、搬送先の病院でやがて死亡した。

「お兄ちゃん、普段はおとなしいのにお酒が入ると別人みたいになって……それを知っているからあまり呑まないようにしてたんです」

被害者自らが寝た子を起こしたという訳だ。

一審での判決は純一の置かれていた立場が酌量されて懲役五年の実刑判決。検察も純一も控訴せず、そのまま刑が確定した。そして福島刑務所に四年服役し、平成十九年四月に仮釈放。これは警察のデータベースに記録されている通りだ。

「田舎、だからなんでしょうか」

「え」

「みんな、前科があるってだけで冷たいんですね。事件はお兄ちゃんだけが悪い訳じゃないのに、出所しても誰も親身になってくれませんでした。四年のうちに加奈子さんとも疎遠になってしまいました。就職口もなくて、結局はお父さんの口利きで原発作業員の仕事に就いたけど……」

「けど？」

「ご近所とのお付き合いがほとんどなくなっちゃいました」

　裕未は自嘲気味に笑う。

「お兄ちゃんが家に戻って来てからというもの、お隣もあたしたち家族と接触することさえ、ずっと避けてます。村八分っていうか、挨拶しても返してくれませんしね。それでも陰口だけは聞こえるんですから、人間の耳って不思議ですよね」

　仁科は周囲を見回す。前科者というだけで充分な異物だ。そして許容量が小さい分、異物はすぐ排斥の対象になる。そして、それは異物を匿《かくま》う一家全員にも波及する。

「それでなくても原発事故でいい加減、白い目で見られてるのに……」

　裕未は語尾を濁したがおよその察しはつく。今度の事故で原発の周辺住民は有形無形の損害を被っているが、その怒りの矛先は当然のことながら東京電力に向けられている。

問題は、現場で事態の収拾に奔走させられている下請け孫請けの作業員たちも同列に敵視する者たちがいることで、彼らもまた被害者であることに考えが及んでいない。

こうしている間にも放射性物質の拡散が進み、被害はもっと甚大になっていく。東京電力は逃げを打ち、責任回避に走るだろう。そうなれば、こうしたお門違いの排斥行動はますます増えていく。

「大抵の人間は弱い立場に立たされると、自分よりも弱い者を探そうとするもんだ」

「邦ちゃんは違いました。邦ちゃんはお兄ちゃんの過去を知った上で接してくれたんです。あたしにもはっきり言ったんです。刑務所で罪を償ったのなら前科なんて関係ないって。だから、お兄ちゃんが家族以外で心を許したのも邦ちゃんだけでした」

「あなたは加瀬を理解していると？」

「ええ」

「じゃあ、教えて欲しい。どうして加瀬は逃げたんだ。状況を見れば彼に殺意はなかった。起きたことそのままを供述すれば正当防衛だって主張できた。それを何故、みすみす罪が重なるような真似《まね》をした？」

すると、今まで滑らかに動いていた口がまた閉ざされた。こうなっては貝と同じだ。

裕未は痛みを堪えるように下唇を噛むと、切なそうな目で仁科を見た。

4

ヘリコプターの爆音が宙を引き裂く。

邦彦は路肩から飛び退《と の》くと、片側の崖に張りついて上空を見上げた。曇天にカーキ色の機体。あれは自衛隊機だ。しかし、わざわざ我が身を必要以上に晒《さら》すこともない。邦彦はヘリコプターが遠ざかるまで、ずっとそこに潜んでいた。

やがて爆音が過ぎ去ると、すぐに両手で胸を押さえるようにして身を縮ませた。手錠さえ掛かっていなければ両肩を抱きたいところだ。作業着の下で汗を搔いたシャツから急激に体温が奪われていく。

時折、小雪がちらつく中、寒風が吹き荒《ふすさ》ぶ。歩く度に両足がずぶりと音を立てた。幾度も雪溜まりの中に突っ込み、靴の中で解けた雪が足首の血流を妨げている。感覚も次第に鈍くなってきている。

崖際の樹に背中を預けて靴と靴下を脱ぐ。思った通り、足首から下は真っ赤になっていた。邦彦は足の表面を手で擦《さす》り、何とか血流を促そうとする。だが、擦る方の手も寒さに悴み、思うように体温が戻らない。先刻からかちかちと機械的な音が聞こえるので何事かと思えば、歯の根が合わずに下顎が震えていた。

今更ながら金城宅にジャケットと財布を置いてきたのが悔やまれる。あの時は後先構わず計画を実行したが、目的地までの移動を考えればあれは最低限必要な装備だった。寒さが奪うのは体温だけではない。じわじわと皮膚から筋肉を硬直させ、体力と精神力を一枚一枚剝ぎ取っていく。

午前十時五十三分。あれからもう、半日近く歩き続けたことになる。道すがら施錠されていないクルマや自転車を探したが、田舎道にそんな都合のいい物は一台も見当たらなかった。長い間歩いているにも拘わらず、それほど移動距離が稼げないのは、寒さと足場の悪さ、加えて両手を拘束されていることで走るのがままならないからだ。加えてそれほど土地鑑のある場所ではない。石川の寮から福島第一原発までは会社のバスで行き来している。バスはいつも幹線道路を走っているので、裏道や脇道の類は大まかな方向感覚と標識に頼るのみだ。持っている携帯電話は警察に居場所を教えるようなもので使えない。

懸命に擦っていると、ようやく表層に感覚が戻ってきた。邦彦は靴下を絞って水分を取ると、尻に敷いて温め始めた。それでどれだけ水分が飛ぶかは疑問だが、何もしないよりはマシだろう。

幸いにも吐く息だけは温かい。樹の陰で風を避けながら息を掌《てのひら》に吹きかける。ずっと続けていると、こちらも部分的にではあるが温《ぬく》もりが戻ってきた。

わずかに人心地がついたが、警戒を怠ってはいけない。邦彦は四方を見回して近辺に人がいないことを再度確認する。崖の上の山林、道路の向こう側に広がる田畑。大丈夫だ。少なくとも視界の中に人の姿は見当たらない。

通常この時間帯なら主要幹線道路ではないにしても、ダンプなどトラックの行き来があるはずだが、今はそれもない。当たり前だ。この三四九号線もところどころが陥没し、道路規制が為《な》されている。いや、仮にそんな規制がなかったとしても日常の風景が、そう簡単に戻る訳もなかった。

今回の地震で東北沿岸部は壊滅した。漁業関係者、とりわけ水産加工業者と運送業者はいずれも社屋と車両を失った。従ってこの道路を南下しようとする商業車両は根絶されている。そう言えばクルマと同様、邦彦はここに至るまで人の姿も見ていない。余震が相次ぐ中、福島原発の周辺住民は挙《こぞ》って西や北に避難しているのだろう。

人とクルマが途絶え、唯々《ただただ》風雪が視界を占拠している光景を見ていると、ここが極寒の異国のように思えてくる。その隔絶感が寒さを尚更厳しいものにしている。

背の低い樹だったので枝に手が届いた。邦彦はその枝を四、五本折って身の回りに集めた。まるでミノムシのような有様だったが、寒さはいくぶん緩和することができた。

束《つか》の間《ま》の安楽だったが、今度は別の問題が起こった。

寒さが和らいだ途端に空腹感が襲ってきた。昨夜《ゆうべ》金城宅で夕食を済ませてからというもの、何も口にしていない。その上、逃走にかなりの体力とカロリーを消費している。腹が空《す》くのも当然だった。

目的地まではまだ遠い。そろそろ食料を補給しておかないと、いざという時に動けなくなる。だが財布がない。持っている携帯電話には電子マネーの機能は付加されていない。いや、仮にカネがあったとしても両手に手錠を塡《は》めた男に椅子を勧める食堂があるとは思えない。

食料の確保と縛《いまし》めの解除。まるで囚人のようだと自嘲するが、よく考えてみれば自分は逃亡犯なので大した隔たりはない。

そうこうするうちに歯は鳴らなくなり、靴下も生乾きになったので、邦彦は立ち上がった。このまま樹の陰で休み続けたい欲求はあるが、それに従ってしまえば眠りこけて早晩凍死することは分かりきっている。

自分の体温で温まった場所に未練を残しながら樹の陰から離れると、途端に寒風の直撃を受けた。肌に刺さるような寒気が一瞬、眠気を忘れさせてくれる。

上等だ、その調子で吹き続けろ。

どうせ通るクルマなどない。もし通ってくれたら幸運といえる。ヒッチハイクでこの先まで乗せてもらえれば願ったり叶《かな》ったりだ。邦彦は雪溜まりの少ない道路の真ん中を歩き始めた。

雪は尚も降り続いているので、何度も瞬《まばた》きしなければならない。風は勢いを増した。寒さが加わっている分、尚更風圧を感じる。

ものの数分もしないうちに体感温度は急速に下がり出した。邦彦は反射的に両腕を前に掲げるが、風は防げても寒さからは逃れられない。

沿岸部ほどではないにしろ、ここにも震災の爪痕は深く残っている。

不自然に隆起したアスファルト。

斜めに傾いだ電柱。

千切れて垂れたままの電線。

極端な段差のできた田畑。

その上を、まるで死化粧のように雪が覆っている。人工のものは整備され、まともに機能してこそ名目を保っていられる。形状の破損したもの、破綻したシステムほど哀れで醜悪なものはない。

当たり前のように送られてくる電気、蛇口を捻《ひね》れば勝手に出てくる水。汚染されていない新鮮な空気。しかし、それらはいずれも脆弱《ぜいじゃく》な人工物と不完全なシステムの上に辛《かろ》うじて成立しているだけだ。天災はいつでもその事実を露呈させてきた。人はその度ごとに高過ぎる授業料を払わされ続けてきた。しかし、いつしか折角学んだはずの教訓を忘れ、またひ弱な基盤を堅牢《けんろう》なものと思い込む。

広漠とした雪原の中、邦彦は自分がひどく矮小《わいしょう》な存在に思えてならなかった。今から自分のしようとしていることが、とんでもなく馬鹿げたもののように感じられる。生来、冒険を好む性格ではない。危険を察知する能力は人一倍で、子供の頃から向こう傷や怪我《けが》は少ない方だった。喧嘩っ早くもなく、自分から虎穴に飛び込むような真似は決してしなかった。

それが今やどうだ。恋人の兄を手にかけ、逮捕されるや否や、移送中のパトカーから飛び出して逃避行を続けている。まるでハリウッド映画の主人公ではないか。場違いのステージに立たされているという意識は根強く残っている。代われるものなら誰かに代わって欲しいが、一方でそれは無理だと分かっている。金城純一という男と言葉を交わした日から、そして裕未という女に心を奪われた日から、きっと今日のことは約束されていたのだ。

白い闇の中をしばらく進んでいると、彼方に建物の輪郭が映った。民家だろうか。いや、それにしてはずいぶん大きい。

建物の中は暖かい。ひょっとしたら食べ物もあるかも知れない。邦彦は期待を胸に歩調を速める。

道路脇の建物はそれ一棟だけだった。隣接するものは何もなく、それこそ田畑の中にぽつんと打ち棄《うす》てられたように存在している。

近づくと、次第に建物の外見が明確になってきた。それを確認した邦彦は小躍りしたくなった。

捨てる神あれば拾う神あり。建物は自動車解体工場だった。

邦彦の欲している物。それがここにある確率は高い。

おそらく個人経営の工場なのだろう。間口はそれほど広くない。傾いて錆《さび》だらけの看板には〈ヨシノ解体〉とある。だが原形を留めているだけ看板の方がまだマシだった。

工場は左右から押し潰されていた。

建物の両側には解体待ちの廃棄自動車が山のように何台も積まれているのだが、その山が中途で崩れて数台の自動車が工場の壁を突き破っている。考えるまでもなく、地震で崩れたのだ。破壊された壁から中に雪崩《なだれ》込《こ》み、まるで工場自体が食い潰されているようにも見える。

入口は湾曲し、ドアは蝶《ちょう》番《つがい》を跳ね飛ばしてぶらぶらと吊《つ》り下がっている。邦彦は足元に注意を払いながら中に入って行った。

中は外見よりもひどい有様だった。元より地震で備品や工具などが散乱した上に、廃棄自動車が折り重なるように工場内を占拠している。油も相当量溢れ出ているのだろう。きっと他の者なら鉄とオイルの臭いで噎《む》せ返るところだろうが、原発の汚染水処理作業に従事していた邦彦にはさほど苦にならない。

「……誰かいますか」

返事はない。もう一度、声を出してみる。

「誰かいませんかあ」

発した声が天井に虚《うつ》ろに響く。わずかに射《さ》し込む光で工場内に人の寝泊まりするスペースがないのは分かる。おそらく工場主の居宅は別にあり、ここには通いで来ていたのだろう。

どう見ても操業再開は困難だ。それどころか後片づけさえままならない。余震が続く中、倒壊寸前のような建物にいては生命さえ危ぶまれる。

人の気配がないことを確認してから、邦彦は捜索を開始した。工場主が通いで来ているとすれば、機材や工具のほとんどはここに置き去りになっているはずだった。

中に足を踏み入れると、靴の底でばりっと音がした。ガラスの破片だ。薄暗がりに目を凝らすと、建物の窓ガラスなのかクルマのウィンドウなのか床の至るところにガラス片が散乱している。

姿勢を低くし、慎重に足場を選びながら視線を走らせる。これはと思うものに手を伸ばしてみるが、なかなか目的の物は見つからない。

だが捜索を始めて数十分後、邦彦はようやくそれを見つけ出した。形状でそれと分かった時には、思わず声が出たほどだった。

全長三十センチのケーブルカッター。本来は銅線を切る工具だが、車両の内部に張り巡らされたケーブルには極太のものがあるため、解体業者は大型で刃が強靭《きょうじん》なものを使用する。このタイプは束ねたワイヤーを切断する用途にも使われている。

邦彦は腰を落としてカッターを両膝で挟む。そして両手を突き出しカッターの刃に手錠の鎖を嚙ませると、取っ手に膝を当てて力を加えた。

カッターの刃が鎖に食い込む。上半身を傾けて体重を掛け続けていると、やがて硬い音を立てて鎖は断ち切れた。

「やった」

我知らず声が出た。

両手を思いきり広げる。十一時間に及ぶ縛めが解けた瞬間だった。

輪の部分は軽いのでアルミ合金製だと思われる。両手が自由になった今、こちらはペンチかニッパーで何とか切断できるだろう。

邦彦は更に辺りを物色する。探し物は一つ見つかると、次の物もすぐに見つかるようだ。破損してバネの露出した長椅子の上に、油塗《あぶらまみ》れのジャンパーを発見した。降り積もった埃を払い落として腕を通す。有難い。臭いさえ気にしなければ絶好の防寒着だ。

これで後は水と食料さえあれば言うことなしなのだが。

邦彦は工場の更に奥へと進む。居宅が別でも冷蔵庫くらいは置いてあるかも知れない。

ドアやシート、ボンネットなどの自動車部品を払《はら》い除《の》けながら探す。だが、幸運の女神も三度は微笑《ほほえ》んでくれなかった。隅々まで漁ってみたが、それらしきものはどこにも見当たらなかった。

そう何もかも都合良くはいかないか——捜索に疲れてひと息吐《つ》いた途端、猛烈な睡魔が襲ってきた。

自由と暖気を得て緊張感が途切れたせいだ。

十分だけ休め。

甘い囁《ささや》きに思考が奪われる。

邦彦は誘われるように破損した長椅子に歩み寄ると、ジャンパーに包《くる》まって身を横たえた。

機械油と汗の臭いを嗅ぎながら、邦彦は暗い眠りの淵《ふち》へと落ちていった。

＊

仁科が捜査本部に戻ると、早速小室が待ち構えていた。

「また、いったい何をしてくれた」

いくぶん余裕を残してはいるが、額の皺《しわ》がいつもより増えている。

「サッチョウの警備局から抗議がきた。担当者の捜査を邪魔されたとな」

まだ金城宅を出てから三十分と経《た》っていない。あまりに迅速な対応なので少し感心した。

「盗聴器ですよ」

「盗聴器？」

仁科は溝口たちが金城宅の居間に盗聴器を仕掛けたことを説明した。

「ただ、わたしはその在り処に勘づいただけで撤去まではしませんでした。ひょっとしたら娘がわたしの所作を観察していたので、気づいて外したのかも知れません」

これぐらいの創作は許容範囲だろう。向こうも正式な手続きに則《のつと》った捜査をしている訳ではない。盗聴器一つ外されたところで表立った処分も求められまい。

「つまり捜査本部の人間が出張っている前での盗聴か。実にあからさまなものだな」

話を聞いた小室は半ば呆《あき》れたように言う。警察庁からの抗議よりも身内の違法性の方に重きを置く小室は、異端であっても好ましい上司だった。

「彼らの対象は金城純一か」

「彼らの質問内容からはそうも思われますが、純一の死後に盗聴器を仕掛けたのが気になります。ひょっとしたら加瀬、あるいは家族の誰かという可能性も捨てきれません」

「しかし対象が誰にしろキナ臭いな。こうなると純一が単なる酒の上のトラブルで殺されたとは考え辛くなる」

「だから加瀬は逃げているのかも知れませんね」

仁科は思った通りを口にした。自分たちとは追っているものが違うと溝口は言っていたが、事件の構造が今まで見えていたものではなかったのなら、仁科たちも当然動きを変えなくてはならない。

「まあ無理だろうが、管理官を通してサッチョウの警備局に伺いを立ててみよう。ある程度事情が分かれば、こちらも捜査の邪魔をせず却って有益な情報を提供できるとか、大義名分はどれだけでも拵《こしら》えられる」

こちらの考えをまるで読んだかのように、小室が言う。口調がどことなく不貞腐《ふてくさ》れているのは、階級は違えど公安に対する嫌悪感は同じということか。

「検問はどんな案配ですか」

「本日午後から開始したばかりだが、正直言って望み薄だ。通行可能な道路が少ない分、避難してくる人間でごった返している。そっちに人員を取られると脇道までは配置できない。要所要所に網を張っても、こんな事態だからどうしても目は粗くなる。それで空からの捜索を強化することにした」

「ヘリ、ですか」

「前回は行方不明者捜索中のヘリが偶然、加瀬の姿を捉えてくれた。どうせ現場付近を旋回中なら、回しているビデオ映像を直接送ってくれるよう根回しした。専従員を一人つけてリアルタイムで解析させている」

検問で線を攻め、ヘリからの捜索で面を押さえる。小室らしい手際だと思った。

その時、刑事部屋に城田が入って来た。

戻りました、と言うなり小室の許に駆け寄る。城田には邦彦の派遣元を当たるように指示が出ているはずだった。

「なかなか楽をさせてくれません。二度手間でしたよ」

「二度手間？」

「加瀬の派遣元は光川エンジニアリングじゃありませんでした」

仁科はすぐに聞きとがめた。

「じゃあ、あの舎監は嘘《うそ》を吐《つ》いていたってのか」

「いや、嘘というのとはまた違うんです。確かに書類上は光川エンジニアリングの社員なんですが、同社の人事担当を訪ねても履歴書一枚出しやがらない。話を聞いても知らぬ存ぜぬの一点張りで」

事情聴取した際の舎監、楠見の言葉が不意に甦った。光川エンジニアリングに問い合わせても無駄骨に終わる。楠見はそう言っていた。

「……どういうことだ」

「問い詰めてようやく吐かせました。道理で要領を得ない訳ですよ。光川エンジニアリングは原発専門の派遣会社なんですが、更にその下請けにリーブルという派遣会社があって、加瀬はそのリーブルに雇われているんです」

加瀬は自身を五次会社の人間だと言っていた。しかし城田の話が本当なら加瀬は六次会社の作業員ということになる。

「これは作業員自身にも口止めされているようですね。元請け、子請け、孫請けと、下にいけばいくほど日当が五千円ずつ下がっていってるんですよ」

「つまりは中間搾取ということか」

合点のいった様子で小室が頷く。

「ええ。作業員の立場が弱いのをいいことにやりたい放題ですよ。しかもそれが日常茶飯になっている」

話を聞きながら仁科はやるせない気分になる。今回の原発事故で下請け以下の作業員は今よりもっと掻き集められる。そしてその分、派遣会社が更に肥え太るのだろう。誰かが泣いている時、別の場所では別の誰かが笑っている。国家の危機や他人の不幸を商売のネタにする人間は、いつの世にも一定量存在する。

「そこでリーブルに矛先を変えました。やっと調査票と履歴書が出てきました」

城田がA4サイズの書類を差し出す。邦彦の顔写真が添付された履歴書。作成日は平成二十一年三月十五日、この時点での現住所と連絡先は共に大阪市になっている。

「この大阪の現住所は実家か」

「いえ。調べてみるとその住所は簡易宿泊所のものでした」

簡易宿泊所を住所とした履歴書で採用を決めるあたり、リーブルという会社の胡散臭《うさんくさ》さが知れる。

「とにかくその住所、あるいは前に指示した通り免許証記載の現住所から遡って実家を探ってみよう。まだ二十歳そこらだ。切羽詰まったら必ず肉親に連絡しようとするはずだ」

だが、それは肉親が存命している場合の話だ。パトカーに同乗した際、邦彦は自分に親兄弟などいないと言った。あの時は聞き流していたが、この履歴書を見ると本当だったかも知れないと思えてきた。

すると、また例の疑問に立ち戻ってしまう。家族もおらず恋人とも別れた男が警察から逃れ、いったい何の目的でどこに向かっているのか。

加えてもう一つ。

「腑《ふ》に落ちないことがあります。どうして殺された純一はその直前に酒なんか呑んでいたんでしょうね」

仁科がそう言うと、小室は怪訝そうな顔をした。

「仕事が終わって家に帰れば、誰だって一杯やるだろう」

「いえ。純一は酒乱気味で前科も酒絡みのトラブルでした。妹の話によれば、本人もそれを後悔して酒は口にしないようにしていた。それが何故、事件当日は呑んでいたのか……これが妙に引っ掛かるんです」

「純一も実質は六次会社の作業員でしたからね。毎日、不満を溜《た》め込んでいたんだと思いますよ。それだったら、つい酒を呑んでしまうこともあるでしょう」

訳知り顔の城田の口説に仁科は苦笑するしかない。言っていることはもっともだが、小室課長にも城田にも欠落している視点がある。純一の前科のせいで金城家は村八分扱いされていた。その元凶が純一の飲酒にあるのなら本人はもちろん、家族も酒を忌み嫌うのが当たり前だ。サラリーマンが日頃の憂さ晴らしに屋台酒を呷《あお》るのとは訳が違う。

だから純一が酒を呑んだのなら、そこには何か特別な事情があるはずだった。

それをどう話せば上手く伝えられるかを考えていると、小室の机の上で内線が鳴った。

「はい、小室……そうか。すぐ、こっちに送れ」

そして電話を切るが早いか、机上のパソコンを開く。

「県警のヘリが早速、不審な人物を捉えてくれた」

画面に送られてきた俯瞰映像が映し出される。ズームアップと輪郭補正を繰り返していると、やがて隆起した線路を越えようとする人物が大写しになる。その人物は背中に

〈YOSHINO〉と刺繡《ししゅう》が入ったジャンパーを着込み、両手を自由に動かしている。

だが、ズボンは邦彦の着ていたものとよく似ていた。

「どう思う?」

「髪型と体型は加瀬と同じです。どこかで手錠を外し、ジャンパーを調達したのかも知れません。これ、位置はどの辺りなんですか」

クリック一つで俯瞰映像が地図に変わる。位置を示すアイコンのついた地点が瞬時に明示される。

小野新町《おのにいまち》駅と夏井《なつい》駅のちょうど中間。問題の人影はその線路を越えて北東に向かおうとしている。

北東だと?

仁科はその延長線を目視で辿《たど》り、ますます混乱した。

その彼方には大熊町――福島第一原発があった。

二　潜伏

1

三月十八日。昨日のヘリコプターによる海水投下に続き、自衛隊は三号機建屋に接近し、十メートルという至近距離から消防車で放水を試みた。翌日にはこれに加え東京消防庁のハイパーレスキュー隊も放水に参加、テレビ画面を通して見ている分には、その光景は原発の危機が収束に向かう兆しにも思えた。

だが、現場から遠く離れたアメリカでは放水を受けた一号機二号機、及び三号機よりも、未《いま》だ手つかずのままでいる四号機の方に注目が集まっていた。福島第一原発上空を旋回する無人偵察機グローバルホークから送られてくる映像では、四号機の使用済み燃料プールの水が完全に干上がっているように見えたからだ。

各原子炉の建屋内部にはプールの中に使用済み燃料が保管され、これを循環する水で冷やしている。被災当時、四号機は定期点検中のため稼働していなかったが、そのプールには一基の原子炉に入るべき分のおよそ三倍にあたる千五百三十五体もの核燃料が保管されていた。この膨大な燃料棒の束は圧力容器や格納容器の保護のない、いわば剝《む》き出《だ》し状態であり、仮にメルトダウンが発生すればとんでもない惨事になることが予想された。

メルトダウンが起きると、燃料棒自体が発する高熱でジルコニウム被覆管が融解し、遮蔽物が何もない状態で放射性物質が放出される。そうなれば福島第一原発で作業にあたっている者は全員退避、一号機から三号機までも放棄せざるを得なくなる。当然の如《ごと》く、やがて三基の原子炉も冷却機能を失い、同様にメルトダウンが発生する。避難区域は更に拡大され、首都圏どころか日本の国土のほぼ半分は人が住めなくなる。もちろん避難が完了する前に、被曝《ひばく》する市民の数は数十万人にも達する。

四号機建屋上部には圧力容器と格納容器の蓋、各種重機など重量のあるものが載せられた上に爆発で壁が損傷し、柱だけで建屋を支えている状態だった。もし余震や上部重量の圧力で建屋が崩壊すれば、プールから燃料棒が露出し、たちまちのうちにメルトダウンが始まる。つまり予想される最悪の災厄を前に、事態は首の皮一枚でようやく保たれていた。

アメリカ政府は早くからこの危険性を察知していたので、日本政府の抱く危機感との齟齬《そご》が著しかった。アメリカ政府が自国民に対して八十キロ圏外への退避命令を出したのも、実はこの危惧があったからだ。

一方、この時国内では自民党総裁が「原子力政策の推進は難しい状況になった」と発言している。この期に及んでも、さすが七〇年代から原子力行政を推し進めてきた政党の党首として未練たっぷりの物言いだったが、事実自民党は政権を奪還すると、すぐさま原発再稼働と新規建設に舵《かじ》を切るようになる。四号機に忍び寄る危機に思い至らなかったとしたらあまりに知見に欠けた話であり、逆に事情を知った上での発言であったとしたら、それこそ売国奴と罵倒されても仕方がなかった。

＊

何故、邦彦は原発に向かっているのか。

仁科がパソコンの画面に映し出された地図を睨《にら》みながら考えていると、小室がそれを見透かしたように口を挟んだ。

「福島第一原発、というより大熊町方面を目指しているのかも知れないな」

「大熊町に匿《かくま》ってくれそうな知人がいると？」

「可能性としての問題だ。実際は、大熊町住民の大部分が既に避難している。今頃、匿われに行ったとしても擦れ違いになるのが落ちだ」

それでは筋が通らない——そう言おうとする前に、また小室が先手を打った。

「しかし人ではなく、そこにある何かが目的だったとしたらどうだろう。大熊町から人がいなくなっている現状を鑑《かんが》みれば、住人不在である分、民家への侵入は容易《たやす》い」

聞きながら仁科は小室の思考回路を見せつけられる思いだった。小室は時々こういうことをする。次々に仮説を列挙しながら自分でその可能性を吟味していく。外部から異論が出れば、それをすぐさま検討材料に加えていく。聞いている方は、数多《あまた》ある可能性の一つ一つが消去法によって潰されていく様子に立ち会えるので、小室の指示に納得し易くなるという寸法だ。

だが、小室の仮説には無視できない瑕疵《かし》がある。責任を持てないこと、決断できないことが身上である現政権でさえ早々と避難指示を出した大熊町近辺には、放射線障害防止法の施行規則で放射線管理区域と定められた毎時０・５９マイクロシーベルトを遥かに超えた放射性物質が拡散しているはずだ。長らく原発内部の作業に携わってきた邦彦がその危険性に思い至らない訳がない。つまり邦彦が本当に大熊町方面を目指しているのなら、それは命と引き換えにしても手に入れるべきもののためとしか解釈できない。

仁科は何気なく小室を観察する。自説を開陳したというのに納得した顔ではない。おそらく小室自身も説明不足の部分に気づいているのだろう。

いずれにしても判断材料が足りない。仁科にしても束の間《つかま》、会話しただけで邦彦の全人格を知った訳ではない。邦彦の目的を知るためには金城一家や同僚から再度聴取する必要がある。邦彦の過去を洗い出すことも必須事項だ。

そっちの捜査はどうなっているのか小室に確認しようとした時、城田が刑事部屋に入って来た。

「加瀬邦彦の戸籍照会、来ました」

その声に部屋中から視線が集まる。

「加瀬邦彦、生年月日昭和六十二年五月二十日、本籍地兵庫県神戸市須磨《すま》区定禅寺《じようぜんじ》五丁目三―三。父親は加瀬泰造《たいぞう》、母親はあずさ。ただし両名とも平成七年一月十七日に死亡しています」

その日付に記憶が反応し、仁科は思わず口を開いた。

「おい、それって」

「はい。加瀬は阪神・淡路大震災で両親を喪《うしな》っているんです」

「じゃあ金城一家と同じ境遇ということか」

「いえ、ある意味、金城一家よりも特異かも知れません」

城田はそう言ってB4サイズのプリントを小室に差し出す。体裁ですぐに新聞の縮刷版のコピーと分かった。

「日付は一月十九日。大阪の地元紙の社会面に加瀬の記事がありました」

小室が広げた書類を横から覗《のぞ》き込む。三段ぶち抜きのモノクロ写真の中に、瓦礫《がれき》の中から自衛隊員によって救い出される少年の姿があった。

顔中泥に塗《まみ》れて両目を閉じているが、面影に見覚えがある。

「この子供が加瀬か」

「ええ。当時七歳です。両親と自宅で寝ている時に地震に襲われて家屋は倒壊。しかし両親が加瀬少年を庇《かば》うように上から覆《おお》い被《かぶ》さっていたので、彼だけは圧死せずに済みました」

説明されて更に仁科の記憶が反応した。地震発生から二日、家屋倒壊や火災などで悲惨な記事が並ぶ中、両親の献身によって命を取り留めた少年の逸話は、殊更感動的に報道されたものだ。あの少年が十六年の時を経て殺人犯になるとは――。

「戸籍附票によれば、加瀬は震災の直後に大阪の叔父宅に引き取られています。そこで十八歳まで過ごした後、堺《さかい》市に転居していますが、ここから先は大阪府内を転々としていますね。そして最終の住居地が大阪市此花《このはな》区。最前の履歴書に書かれた簡易宿泊所の所在地です」

仁科は履歴書の内容を反芻《はんすう》した。職歴には五つもの社名が記されていた。邦彦がリーブルに就職したのが二十一歳だから、高校卒業からの三年間で五つもの職場を渡り歩いた計算になる。

同じことを考えたのだろう。小室がついと顔を城田に向けた。

「大阪府内を転々としたのは、就いた仕事がどれも住み込みだったせいか」

「はい。附票に記載された住所はいずれも会社所在地と一致しています」

「どの職場も長続きしなかったんだな。理由は確認したのか」

問われた城田はわずかに口ごもる。

「それが……従前の勤務先にはまだ照会ができていません」

戸籍の照会と過去の記事が取れたのはおそらくここに来る寸前だっただろうから、これは城田を責められない。

小室もそれを承知してか、今度は仁科の方に顔を向けた。

「折角、係累が見つかったんだ。加瀬の逃走先に何があるのかも含めて、その叔父から話を訊《き》くべきだろうな」

顔を向けたのは仕事を自分に振っている所作だ。仁科に否応《いやおう》はない。目で了解の意思を示し、小室から戸籍附票の写しを受け取る。

邦彦の叔父の名前は加瀬亮一《りょういち》。附票に記載された住所は大阪市大正《たいしょう》区。直近の地図を参照すると、該当地には〈加瀬鉄工所〉の名前があるので、おそらく転居はしていない。

大阪までの距離に一瞬、気が萎《な》えかけたが、電話で聴取して済む話ではない。邦彦が転々とした職場も含め、この叔父には会っておく必要がある。

東北新幹線は十五日に那須塩原から東京までの運転を再開している。午前中に出発すれば今日中の帰還も可能かも知れない。

「大阪まで出張ってきます」

そう告げるが、当の小室は既に了解しているとでもいうように軽く頷《うなず》く。附票を渡した時点で、仁科が自分からそう言い出すのは織り込み済みだったのだろう。腹が立つほど人使いの荒い上司だ。しかし部下の有効な使い方も知らず、ただ闇雲に走らせる無能な管理職よりは数段マシだ。

仁科は書類を携えて刑事部屋を飛び出した。加瀬邦彦の過去への旅。だが、その前に石川町で再度洗うべきことが残っている。仁科は頭の中で邦彦に関する数々の証言を整理する。そうすることで、思考の隅に残っている息子の顔を無理にでも忘れようとした。

庁舎を出た仁科が向かったのは、同じ石川町の〈メゾン・スカイパーク〉。二度目の訪問だが、今日は相手が違う。滑川が昨日のうちに下請け、孫請け、そして曽孫《ひまご》請けの会社を辿《たど》り、やっとその人物を探り当てていた。作業スケジュール上、この時間は寮で待機しているはずだった。

一階奥の一五六号室、プレートに名前はない。何度かノックすると、ドアを開けてのそりと男が顔を出した。蓬髪《ほうはつ》に無精髭、一メートルは離れているのに雑巾のような体臭がぷんと鼻を突いた。起き抜けらしく目を小刻みに瞬《しばた》いている。

「突然お邪魔します。須藤勝次《すどうかつじ》さんですね」

「誰だ、あんた」

眼前に警察手帳を突き出すとさすがに眠気が吹き飛んだ様子で、手帳と仁科の顔を交互に見直す。

「お休みのところを申し訳ない。実は須藤さんの班で働いている作業員さんの件で伺いました」

すると須藤は、ああと合点した表情で頷いた。

「それなら聞いてますよ。加瀬のことでしょう。確か逃げ回っている最中とか言ってたが……刑事さん、まさかわたしが加瀬をこの部屋に匿っているとでも？」

「いえ。お訊きしたかったのは彼の交友関係なんです。職場での加瀬を一番ご存じなのは須藤さんかと思ったものですから」

須藤は人目を気にするかのように廊下の向こう側を見て、

「散らかってるけど、部屋に入りますか」と、言ってきた。

部屋の中の散乱具合は邦彦の部屋と同じようなものだったが、まだこちらの方が家族らしき写真が壁に貼ってあり、生活感がある。

「加瀬の交友関係、でしたね。ご足労かけて悪いけど、加瀬にそんなものはありませんよ」

「しかし現場では共同作業も多いのでしょう？　それに常時危険と隣り合わせの現場とも聞いています。そういう職場なら、自《おの》ずと互いに対する信頼感なり親愛の情が生まれるものじゃありませんか」

須藤は物憂げな目で仁科を見る。こういう目は以前にも見たことがある。本音を言いたいが、立場上口にできないという人間の目だ。

「加瀬は作業員としては優秀でしたよ。物覚えも早いし、手先も器用だった。大きなミスもしなかったし、動きも機敏だった。だけどね、刑事さん。作業員として優秀だからといって友達が増える訳じゃない。第一、作業中は全員が分厚いヘルメットを被《かぶ》っている。通信装置なんて洒落《しゃれ》たものはついてないから会話もできず、指示は身振り手振りだ。そんな状況下で親愛の情とやらが育まれるもんですかね」

作業中は身振り手振りだというのは初耳だった。

「まあ、見るからに宇宙服みたいな完全防護ですからね。確かに会話もしづらそうだ」

「完全防護？」

須藤は片方の眉を上げて、皮肉な笑いを浮かべる。

「やっぱり誤解していますね、刑事さん。あんな薄っぺらい服の、どこが完全防護なものか。あれはね、タイベックといって粉塵《ふんじん》は防げるけど放射線を遮断する性能なんて全然ないんだ。手には綿手袋とゴム手袋、顔は全面マスクで覆うんだが、タイベックとの隙間をテープで厳重に塞ぐ。そんな風に密閉されているから、すぐに汗を掻《か》く。呼吸するのも不自由だしね。宇宙服というより潜水服に近いかな」

この話には、もっと驚いた。

「それじゃあ、メルトダウンが起こっている今、そんな場所で作業するなんて自殺行為じゃないですか」

「もちろん原子炉に近い場所は、もっと重装備ですよ。タイベックの上からタングステンベストを着込みます。これでガンマ線を四十パーセントほど遮断できるが、このベストが大体十五キロから二十キロ。一回、着てごらんなさい。重くて、よたよたとしか歩けないから」

「それでも四十パーセントしか遮断できないんですか」

「だから原発作業員の年間被曝量の上限は一般より遥かに高いんですけどね。もっともその被曝量だって怪しいもんだけど」

「怪しい？」

「作業中はＡＰＤっていう線量計とアラームメーターを装備して、放射線量が一日に定められた上限を超えるとアラームが鳴るようになっています。だけど作業が予定通りいかなかったり、突貫が必要な時にはAPDをわざと外したりしますからね。だから原発作業員の被曝量は、実際には報告されている数値よりももっと高いはずなんですよ」

仁科は話を聞くうちにうすら寒くなった。俄《にわか》には信じ難かったが現場の、しかも班の責任者が言うことだから虚偽も誇張もないだろう。いや、親会社である東京電力の立場を考慮して過少申告している可能性さえある。最前見せた物憂げな表情は、刑事の仁科にさえ打ち明けられない事情がまだある証左とも受け取れる。

しかも今聞いたのは、あくまで原発が通常運転している場合の話だ。現在、一号機から四号機までことごとく放射性物質が拡散した建屋内にいる作業員は、いったいどれだけ被曝しているというのだろうか。そして、その被曝している作業員というのは下請け、孫請け以下の派遣社員であり、東京電力の社員は遠く離れた安全圏から、ただ指示を出し、焦燥し、勝手に絶望しているだけなのだ。

考えるだに義憤めいたものが胸の裡《うち》に湧き起こる。国策であり電力会社や関係省庁の権益である原発が、一転災厄の集合体となった途端、その尻拭いをさせられているのは末端の名もない作業員たちなのだ。

仁科の表情から察したのだろう。須藤は苦笑いを浮かべて頭を振る。

「作業員の中で自分が百パーセント健康体だと思っているヤツなんて一人もいない。だからみんな仕事が終わっても疲れ果てて、寮に帰れば死んだようになって眠る。誘い合ってどこかで羽目を外すなんてこともあまりない。3・11以降は尚更《なおさら》そうです」

須藤の倦《う》んだような目に力強さはない。仁科はその理由が何となく理解できた。労働者は誰しもが労働力を売って賃金を得ている。だが須藤たちは違う。原発作業員は己の命を売って賃金に換えているのだ。働けば働くほど被曝量は増大し、寿命を削り取る。それを知っているから明日に希望を持てない。

まだまだ明らかにされた情報は少ないが、それでも目の前にいる男が過酷な条件の下、日本の危機を回避するために尽力していることは確かだった。仁科はごく自然に、「ご苦労様です」と頭を下げた。

「そんなことしなくていいですよ、刑事さん。これが俺たちの仕事なんだもの。それに全員が全員命知らずって訳でもない。週に何人かは黙って寮を出て行くしね」

それも仕方がない、と仁科は思う。ただの怠業ではない。危険地帯に身を置く者にすれば、れっきとした退避行動に過ぎないからだ。

「加瀬はとっつき難《にく》い男でね。俺たちは四号機の中でも第五工区の受け持ちで二十人ほど人数がいるが、誰とも親しくしなかった。何度か呑《の》みにも誘ったが、体よく断られてさ」

「金城純一さんも須藤さんの班だったと聞きましたが」

「金城……ああ、そう言えばあいつくらいでしたね、加瀬が親しくしていたのは。まあ、金城にしても他に声を掛けるヤツはいなかったから」

「ほう。金城さんも孤立していたんですね。それはまたどうしてですか」

　理由は薄々見当がついていたが、それでも第三者の証言は必要だ。

　須藤は一瞬、値踏みをするように仁科の顔色を窺《うかが》ったが、やがてふんと鼻を鳴らした。

「どうせ警察のことだから、もう知っているでしょ。金城純一は殺人の前科持ちだった。孤立するにはそれだけで充分だったんですよ」

「本人が、告白したんですか」

「まさか。作業員の中には金城の自宅近くに住んでる者もいるからね。そこから話が飛んでくるんです。こんなこと改めて言いたくないが、原発作業員の採用なんて身体《からだ》一つだからね。極端なこと言えば履歴書が偽物でも採用はされる。だからお互いの出自を根掘り葉掘り訊こうとするヤツも少ないが、それでもムショ帰りだと分かればやっぱり腫れ物に触るような扱いになる。色眼鏡だとか差別だとか言う御仁もいるだろうが、案外それが普通の反応じゃないですかね」

　反論はできない。口先でどんな綺麗事《きれいごと》を言っても、いざ目の前に立つ人物が殺人犯だと知れば身構えてしまうのは当然だ。出所者の再犯率が高いとは言え、仁科自身も前科者に向ける目は多分に色がついている。須藤の偏見を責める資格はない。

「二人が接近したきっかけは、いったい何だったんですか」

「きっかけ？　いや、それは……知りませんね。わたしだって作業員一人一人のプライベートまで管理している訳じゃありませんから。きっとはぐれ者同士、波長が合ったんじゃないんですか」

嘘《うそ》の下手な男だ。

今までずっとこちらを直視していたのに、この話題に触れた途端に目が泳ぎ出した。須藤は明らかに何かを隠している。それは二人の個人的な問題なのか、それとも須藤を含めた原発作業に起因する問題なのか。

「しかし、先ほどの話を伺った限り、作業員同士が接触する機会というのは圧倒的に現場の中でしょう。それならば二人が接近した出来事は作業中に起きたと考えるのが妥当ですが」

「だから知りませんって」

須藤は会話を畳もうと躍起になっているように見える。だが、その仕草で語るに落ちている。邦彦と純一を結びつける何事かが作業中に起こり、そしてそれは須藤の立場では口にできないことなのだ。

原発作業員の置かれた過酷な状況については滑らかだった口が重くなるのは、それが労働環境よりももっと重要で隠蔽しなければならない事案だからに相違ない。

だが須藤はこの件に関しては強情そうだった。少なくともこの場で全てを吐き出させるのは容易ではない。犯行に直結したことでもないので無理に訊き出す訳にもいかない。

「しかし、そのうち思い出してもらえるかも知れませんね。それを期待しましょうか」

これ以上の長居は無用だった。後は含みを持たせたまま立ち去ればいい。須藤は風貌の割に神経が細かそうだが、こういうタイプは自分で自分を追い込んでいくことがままある。つぎに会う時まで疑心暗鬼で頭が一杯になっていることを祈るばかりだ。

「ご協力ありがとうございました。またお伺いした際にはよろしく」

そう言って須藤に背中を向ける。そしてドアを閉める間際、最後のひと言を忘れない。

「殺人事件というのは一番の凶悪事件なので、我々もとことん調べ尽くします。その過程で事件とは直接関係のないことまで浮かび上がってくるが、それが他の事件に発展することがよくある。所謂《いわゆる》、棚から牡丹餅《ぼたもち》というヤツですな。それでまた捜査に駆り出される。つくづく因果な商売ですよ。じゃあ、これで」

須藤の表情に不安が差したのを確認してドアを閉める。

さて、仕掛けた毒がどれくらいで効いてくるのか——そう考えていると、背中で再びドアが開いた。

「ちょっと待ってくれ、刑事さん」

須藤がドアの隙間から上半身を覗かせていた。

「今、棚から牡丹餅と言いましたね。だったら藪蛇《やぶへび》という言葉も知ってますよね」

「何のことですか」

「原発推進は国の政策だ。政策だから多少の傷があっても無視して突き進む。そんな傷を今更表に晒《さら》したところで何になる。今や原発を抜きにして電力も産業も立ち行かない。粗探しをしたら迷惑のかかる組織や人間が沢山出てくる。現場で働く俺たちだって例外じゃない」

早速、自分を追い込んだか。

今の口ぶりでは隠蔽したかったのは、やはり個人的な秘密よりは組織に関するものらしい。これだけ原発に命を吸い取られるような目に遭っても、まだ組織を護《まも》ろうとする態度は滑稽さを通り越してむしろ哀れですらある。

どこか悲痛な響きを持つ声に、仁科は努めて冷静な口調で応える。

「小さな傷でも放置すれば化膿《かのう》することがあります。原発の保守保全があなたたちの仕事なら、隠された傷を明らかにするのがわたしの仕事ですから」

2

溶けた飴《あめ》のようにひしゃげた線路を越えると三叉路《さんさろ》に出た。県道四一号線と二八六号線がぶつかる場所で、四一号線はしばらく線路と並行して走っている。その端に見えている杉の林は、おそらく諏訪《すわ》神社の杉林だろう。

時刻は午前十時二十五分。太陽は相変わらず鈍色《にびいろ》の雲に遮られて弱々しい。昨日ほどではないが、まだ小雪がぱらついている。

邦彦は北東方向を眺める。四キロほど先に聳《そび》える矢大臣山《やだいじんやま》はすっかり雪化粧に覆われている。目指す場所はあの山を越えなければならない。山中を踏破する訳ではなかったが、人の侵入を拒むような厳峻《げんしゅん》な光景を見ていると、それだけで骨の髄が凍りつく思いだった。

あの麓伝いに進むのが最短距離であることは分かっているが、見渡す限り人家は点在する程度で道路はどこも雪で埋まっている。

途中で調達したジャンパーを着込んでいても、筋肉と皮膚を収縮させる寒さは変わらない。邦彦はジッパーを一番上まで上げて、少しでも風の侵入を防ぐ。

人家が少ないのは良し悪しだった。追われる身なので人目につかないに越したことはない。ただし人家の少なさは、そのまま食料探しにはマイナス要因だった。

これで三十時間以上、何も口にしていないことになる。仮眠を決めた自動車解体工場で、結局二時間しか眠れなかったのは空腹で目が覚めたせいだ。

原発事故でこの辺りの住人の多くが避難しているはずだった。それなら留守宅に入り込んで食料を失敬できるが、人家が少なければ当然その可能性も小さくなる。

水分さえ補給すれば人間は数日間食わなくても生きていける——誰かから聞いた話だったが、今では眉唾に思える。いや、実際にその通りなのかも知れないが、それは実験室に閉じ籠って食事を断つという前提に違いない。邦彦のように寒風吹《ふ》き荒《すさ》ぶ中を黙々と歩き続ける場合とはまるで条件が違う。

水分補給の代わりに雪を口中に突っ込んでみたが、内部からも冷やされる感覚に怖気《おじけ》づき、大方吐き出した。道すがら何台か自動販売機にも遭遇したが、百円玉とて所持していない邦彦にとっては、ただの鉄の箱に過ぎなかった。それに停電でどうせ動かない。栄養を補給する。本来は生存するための本能だが、邦彦にとっては目的地まで到達するための燃料に過ぎない。美味《うま》い不味《まず》いも、そして栄養の偏りも関係ない。肉でも穀物でも野菜でも何でも構わない。空腹では動けなくなるので、とにかく量を掻き込むことだ。

移送中の逃亡に加えて空き巣をする羽目になった。この分では目的地に到着するまでに、あとどれくらいの罪を重ねることになるのだろう——邦彦は絶望と罪悪感を胸に抱いて集落に向かう。

積雪で幅員も判然としなくなった道路は県道だろうか。路肩には雪溜《ゆきだ》まりもなく、ここ数日間は人もクルマも通っていないことが推察できる。道に踏み入ると、足首まで雪に沈んだ。足を持ち上げると、靴とズボンの裾に雪の塊が付着してすっかり重くなっている。いちいちその雪を払う間もなく歩き続けていると、雪の重みだけで体力を消耗するようだった。

小雪に睫毛《まつげ》をくすぐられながら進んで行くと集落の細部が見えてきた。

コンビニエンスストアや商店の類はどこにも見当たらない。点在する建物の多くは一般住宅だ。元々、堅牢《けんろう》な建物ではなかったらしく、相次ぐ余震で屋根が落ちたり、壁が崩れたりしている家屋が目立つ。テレビの音も人の声もしない。耳に届くのは風の音だけだ。

三月十一日以降、半壊状態の建物に我慢できなくなった住人は避難指示区域外であっても自主的に退避している。後に残ったのは建物と家畜ぐらいだが、家畜も飢えのために畜舎を脱走していると聞く。

メルトダウンの起きた今、放射性物質の拡散がここまで到達するのは時間の問題だった。

放射性物質はタチの悪い病原菌に似ている。降り注げばその対象物に付着し、多少の除染作業では除去できない。風に撒き散らされ、土に紛れ、水に混じり、生物の外部と内部に蓄積し、じわじわと細胞を蝕《むしば》んでいく。生物兵器と同様、その地に拡散すれば生物という生物は全て死滅する。

寒さ以外の理由で鳥肌が立った。三月十一日以前、こんな光景をいったい誰が想像しただろうか。ありふれた日常や平和な営みは、たった数回の建屋爆発で跡形もなく粉砕されてしまった。電力会社や経済産業省をはじめとした関係省庁がうわ言のように繰り返していた〈安全〉は、全くの虚言であり妄想でしかなかったのだ。

この責任をいったい誰が取るのか。

未だに被害者面している東京電力に責任を取る意思がないのは、二年も原発内で作業をしている邦彦には自明のことだった。本社から届く指示はどれも場当たり的で、しかも燃料棒を冷却するのが最優先事項であるにも拘《かか》わらず、燃料プールの腐食を恐れるあまり淡水の注水に拘泥《こうでい》した。彼らには原発周辺住民の生命や財産よりも、自社の資産の方が大事だった。

原子力行政を後押ししてきた政治家と官僚も同様だった。事故から一週間も経《た》つというのに、未だ彼らから責任ある言動は見えてこない。いや、元々見せるつもりはないのだろう。事態の鎮静化に自衛隊や警察、消防が懸命になり、国民がその推移に一喜一憂している隙に頬かむりをして知らぬ存ぜぬを決め込んでいるフシがある。

そして当事者たちが我が身の保身と責任回避に汲々《きゅうきゅう》としている間にも、国土は穢《けが》され、生命が食い潰されていく。

誰も責任を取る者はいない。そのツケを払わされるのはいつも声を持たない者たちだ。

では、自分はいったいどちらの立場なのだろうかと邦彦は自問する。生活の糧を得るために原発の存在に頼ってきた加害者なのか、それとも今回のことで犯罪行為を積み重ねなければならなくなった被害者なのか。

寒さと疲れで鈍麻した思考では、なかなか結論が出なかった。考えるのはもう少し後にしようと思った。今、必要なのは考えることではなく食料を手に入れることだ。

壁が崩れ、既に建物としての体裁を失った家屋を覗いてみると、人一人分の隙間が空いていた。崩壊寸前の建物に入ることが住居不法侵入にあたるのかどうかはともかく、ここまで口が開いていると心理的な抵抗は少ない。

中に入ると、すぐ居間になっていた。コンクリートと砂の臭いが鼻を突く。驚いたのは壁だけではなく梁《はり》まで落ちていることで、あとほんの少し衝撃が加わればたちまち天井も崩れ落ちそうだった。

床は足の踏み場もなかった。棚という棚が横倒しになり、収納されていた小物や書籍、そして大小の食器が広範囲に亘《わた》って散乱している。そしてその上に、屋根から落ちてきた砂埃《すなぼこり》が雪のように降り積もっている。

きっと子供のいる家庭だったのだろう、砂塗《すなまみ》れとなったカーペットの上に怪獣のソフビ人形が転がっている。震災はこの辺りでも震度6はあったと思われるが、その衝撃の凄《すさ》まじさが形となって残っている。大型の液晶テレビは台からはるか遠くに吹っ飛び、辛《かろ》うじて原形を留《とど》めている壁も罅割《ひびわ》れで寸断されている。

歩を進めると爪先に硬い物が当たった。見れば使い捨てライターだった。

何かの役に立つかも知れない。邦彦は軽い気持ちでライターを拾い上げ、ポケットの中に仕舞い込んだ。

居間を抜けて台所に向かおうとした時、すぐにそれが目に留まった。

居間と台所を繋《つな》ぐ柱が両側から折れ、天井が頭の高さまで崩落している。その真下にはすっかり変形してしまった冷蔵庫が見える。

冷蔵庫。その中に食い物がある。

そう思うと飢えが極限まで昂《たか》まった。脳よりも胃袋が両足に命令した。

慌てて駆け寄り、冷蔵庫の扉を開こうとしたがびくともしない。上からの荷重で扉に圧力が掛かっているのだ。更に力を加えると、今度は真上からみしりと音がした。冷蔵庫が天井を支えているのなら、この扉を開くことで一気に支柱を失いかねない。

恐怖で飢餓感が急速に萎えた。胃袋は渋々沈黙し、力を加えていた手が未練がましく扉から離れる。

向こう側のシンクに蛇口が見えた。

せめて水くらいは。

半ば這《は》うようにしてシンクまで辿り着き、蛇口を捻《ひね》る。

だが、水は出なかった。

ハンドルの上から叩《たた》いてみたが、ただの一滴も出なかった。

忘れていた。この辺りは地震によるライフラインの切断で十一日から断水したままなのだ。

膝から力が抜け、両手が床についた。

ここは駄目だ。他の家を当たろう。

邦彦は元来た道を引き返し、家屋から出た。

畜生。

自然に口から言葉が洩《も》れた。運命の神はなかなか過酷な試練を与えてくれる。そう簡単に安寧や満足を味わわせないつもりか。

しばらく歩いていると四軒目の家屋が視界に入った。築年数が相当経ったと見える木造平屋建て。だが幸い、震災の影響は軽微らしく壁や窓に損傷部分は見当たらない。

玄関のドアノブに手を掛けると、何の抵抗もなく回った。どうやら住人は施錠しないまま避難したらしい。

ドアを開けると、線香と魚の混じった臭いがした。きっと、それがこの家に滲《し》みついた臭いなのだろう。少なくとも、さっきのように瓦礫の醸し出す臭いよりははるかにマシだ。

家の中は意外に片づいていた。罅の入った壁や散乱した小物などはそのままだったが、住めないほどではない。震災後、出来得る限りの後片づけをしてから家を出たのだろう。また、すぐに戻って来られることを信じて。

部屋の中を見渡していると、本棚の上に置かれたフォトスタンドに目がいった。写真の中では、共に白髪の老夫婦が肩を寄せ合って笑っている。

途端に胸の奥から罪悪感が湧き起こった。住人が帰還を願った家で、自分がしようとしていることは略奪でしかない。それは、どんな大義名分を掲げようと到底覆るものではない。

昏《くら》い澱《おり》で胸が重たくなる。自分がひどく穢れた存在に堕《お》ちたように感じられた。

昔、テレビのニュースで海外の暴動シーンを見たことがある。群衆が混乱に陥っているのを幸い、ならず者たちが商店に押し入り金品を強奪していく場面だった。日本ではついぞ目にすることのない光景であるのも手伝って、彼らが唾棄すべき犯罪者に見えた。突発事につけ込んで略奪の限りを尽くすなど一番卑怯《ひきよう》な犯罪ではないか。

だが、その一番卑怯な犯罪者に自分は成り下がっている。情けなくて身が縮むような思いだった。

その時、忌々しいことに腹が鳴った。結局、精神と肉体は別々ということか。心でどんなに清廉を気取ってみても、胃袋が空腹を訴えれば獣になるしかない。

せめてもの詫《わ》びにと写真に向かって頭を下げてから、台所に向かう。我ながら浅ましいものだと思った。詫びる心とは裏腹に、冷蔵庫に伸びる手は期待に震えている。

扉を開けると、期待通りの物が並んでいた。タマゴ、開封された牛乳パック、スライスハム、豚肉のコマ切れ、三枚におろされた切り身、豆腐、そしてミネラルウォーターと各種調味料。

ぷん、と腐敗臭が鼻を突いた。少し考えれば、それも当然だった。停電と共に家電の電源も一週間前に落ちている。冷蔵庫に保管されていても、常温中に放置されていたのと変わりはない。

まず水分補給だ。キャップを取る手ももどかしく、ミネラルウォーターを喉に流し込む。勢い余って何度も噎《む》せ返るが、水が食道を通過すると、ほんの少し人心地がついた。

次は食い物だ。いくら空腹でも、さすがに腐ったものは食べられない。牛乳と魚の切り身、それから豆腐——これは駄目だ。鼻を近づけると危険な臭いがする。タマゴはどうだ——電気もガスも止まった今、加熱調理もせずに生のままで飲み込むか。いや、それも危険だ。

残るは真空パックされたスライスハムくらいしかない。数えてみると薄切りが十枚詰まっている。全部食べたところでとても満腹とはいかないが、腹の足しにはなるだろう。

久しぶりの食い物に理性が霞《かす》みかけた時だった。

「何をしとるっ」

いきなり背中に怒号を浴びせられた。

振り返ると、そこには裁ちバサミを手にした老婦人が立っていた。最前に見た、写真の中の老婦人に違いなかった。

「お、お前は、他人《ひと》ン家《ち》の冷蔵庫を開けて」

老婦人は半泣きのような顔をしている。それが彼女にできる精一杯の威嚇の表情なのだろう。

避難していたのではなかった。

まだ、ここに留まっていたのだ。

土足で上がり込み、冷蔵庫の中を物色する男。今更抗弁のしようもなく、第一邦彦自身が空き巣だと確信しての行為だから抗弁する意義もない。

「ごめんなさい」という言葉が自然に口をついて出た。

「この、泥棒があっ。さっさと出ていけえっ」

老婦人は裁ちバサミを両手に握り直すと、いきなりこちらに突進してきた。疲労していても反射神経は健在で、刃の切っ先が触れる前に身をかわすことができた。

「あ、危ないじゃないか」

「泥棒のくせに何を言うか。は、早く出て行け。ここはわしと爺《じい》ちゃんの家だ」

えらい剣幕で、こちらの弁解には耳を貸してくれそうにない。そして、こちらには老婦人相手に暴力を振るう気がない。

邦彦はスライスハムを片手に持ったまま、後ずさりし始めた。

「ごめん、おばあさん。これだけもらっておく」

邦彦は頭を下げた。

「見れば、まだそんなに若いのに！　しかもこんな時を見計らって空き巣だなんて！　恥を知れ、恥を」

言われることはいちいちもっともなので、胸に刺さる。

「出て行く。今、出て行くから」

両手を前に突き出して抵抗の意思はないことを表明するが、老婦人の昂奮《こうふん》は一向に治まる気配がない。構えた裁ちバサミがいつまたこちらに向かってくるか、気が気ではない。

「本当に、ごめんなさい」

邦彦はドアを開けて外に出た。再び、鋭い外気が露出した肌を突き刺す。雪道を駆けて行くが、老婦人が追いかけて来る様子はない。

数十メートル走ったところで振り返ると、老婦人がドアから顔だけ出してこちらを見ていた。

そして、やっと思い至った。

家の中に不審者がいると知ったなら、まず男が武器を手に出て来るものだ。この辺りは屋内避難が指示されている地域のはずだから、男手もそうそう外出しているはずがない。

ところが、あの家では最初から老婦人が立ち向かって来た。

男手が、彼女の伴侶が家にいないからだ。それが震災前からなのか後からなのかは分からないが、彼女は一人であの家を護っているのだ。

老婦人との距離を確認してから、邦彦は向き直った。

「逃げろ、おばあさん」

邦彦の言葉に老婦人は首を傾げた。邦彦は更に大きな声で言う。

「家から逃げて。放射性物質がここまで拡《ひろ》がったら、もう、どうしようもないんだよ」

「そんなこと言って！　わしがこの家を出て行ったら、また忍び込むつもりなんだろう。全く、なんて性悪なんだ」

「空き巣に入ったことは謝る。でも、これは別の話だ。政府や東電の言ってることなんか信じるな。ここは危険なんだ。今からでもいい。できるだけ遠くに逃げてくれ」

一瞬、老婦人は怪訝《けげん》そうな顔をしたが、すぐ夜叉《やしゃ》の面に戻り、ドアを閉めた。

頼むから本当に逃げてくれよ。

一応、警告はした。だから、彼女に義理はもうないはずだった。

邦彦はしばらく閉じられたドアを見ていた。そのドアを開けて、手荷物を纏《まと》めた彼女が出て来ることを期待していた。

風が少し強くなった。

邦彦はジャンパーの襟を立てて踵《きびす》を返す。前方にはまだ二、三軒の家屋があったが、もう忍び込む気力はすっかり失せていた。

唯一の収穫であるスライスハムの封を破り、中身を一枚、口に放り込む。久しぶりの肉の味と歯触りに舌と歯が歓喜する。咀嚼《そしゃく》を繰り返せば繰り返すほど、濃厚な旨味《うまみ》が口中に広がる。

美味《おい》しさに涙が出そうになった。

おそらくスーパーで買えば一パック二百円程度の安物だろう。それでも一日半、何も与えていない舌には最上級のご馳走《ちそう》だった。

やがて咀嚼し尽くしたハムを呑み込むと、また一枚を取り出して口に入れる。

どこか屋根のある場所で落ち着いて食べたいという気持ちが頭を掠《かす》めたが、邦彦は即刻その考えを放棄した。

これは食事ではなく補給だ。落ち着く必要はない。下手に落ち着けばまた余計に眠り込み、時間を浪費してしまう惧《おそ》れもある。

そうだ、一刻も時間を無駄にはできない。

見上げれば矢大臣山はすぐそこに聳えている。麓沿いの道路からは既に集落が途切れた。ここから先は県道一四五号線に出るまで山中の道程が続く。

風景の変化が乏しくなる。右側に白い壁、左側にガードレール。その先は崖になっていて、滑落すればおそらく軽傷では済まない。地震で道路に段差ができている可能性があるが、積雪に覆われて多少の隆起は判然としない。

自然に歩みは慎重になる。ふとした油断が不測の事態を呼び起こす。

風向きが変わった。拒絶の意思を持ったかのように真正面から寒風が吹きつける。次第に顔面の皮膚感覚が鈍くなってくるが、ハムを咀嚼し続けているせいで少なくとも顎の強張《こわば》りは解消されている。

新しいハムを一枚。

また一枚。

邦彦は機械的に咀嚼を繰り返す。それは作業の一環だった。

歩く。

嚙《か》む。

歩く。

嚙む。

ふと、何故自分はこんなことをしているのだろうかと自問する。あの時、パトカーで無事に移送されていたのなら、今頃は暖房が切れていたとしても、警察署の屋内で配給された飯を食《は》み、取り調べ以外は暖かな毛布に包まってぐっすりと眠れたはずだった。

仕方がない、ともう一人の自分が答える。

こうすることを決めたのはお前自身だ。不利も困難も承知の上で、こちらの道を選んだ。選んだからには最後まで貫き通すのが筋というものだ。

畜生、とまた言葉が洩れた。

どうして、俺はいつも貧乏くじばかり引くんだろうな。

そして、新しいハムを取り出した時だった。

踏み出した右足がいきなり膝上まで沈んだ。

道路の陥没に足を取られたのだ。

体勢を崩し、邦彦は胸から倒れていった。積雪のお蔭《かげ》で転倒自体の衝撃はなかったが、その代わり右足首を軽く捻った。

勢いあまって取り出したばかりのハムを土の上に落とした。辺り一面が雪で覆われているというのに、その場所だけは土が露出していたのだ。何と意地の悪い偶然か。

ゆっくりと起き上がり、右足首に触れてみる。多少の痛みはあるが歩けないほどではない。

ハムを拾い上げると片面が土に塗れていた。濡れた土なので、べっとりと付着している。

いつもなら、路上に捨て置いて踏みつける場面だった。

しばらく汚れた面を眺めていた邦彦は傍らの雪を鷲摑《わしづか》みにすると、その雪でハムについた泥を拭い落とし始めた。それで汚れの全てを落とせる訳ではなかったが、邦彦は構わず拭ったばかりのハムを口中に入れた。

食料ではない。燃料だ。

嚙み締めると、冷やされて硬くなったハムと砂が混じり合った。そのせいか肉の味はひどく薄くなり、代わって土の味が味蕾《みらい》にじんわりと滲み込む。

文字通り砂を嚙む思いだ。

顎を動かし続けて嚥下《えんか》する。舌と歯の裏に残った砂を掬《すく》い、唾と共に吐き出す。冷たい物が入ったせいか、腹の温度もいくぶん低下したような気がする。

それでも邦彦は雪道を歩き続ける。体感温度は確実に下がったが、食べたハムが早くカロリーに変換されればいい。正午を過ぎれば少しは寒気も緩むだろう。それまでは心を閉じ、感覚を忘れることだ。進み続けてさえいれば、必ず目的地までの距離は縮まる。

ところが、そこに邪魔者が現れた。

斜め前方、杉林の中から、ゆらりと黒い塊が姿を見せた。

犬だ。

だらりと長い舌を垂れ、荒く白い息を吐いている。野犬ではない。その証拠にちゃんと首輪がついている。

近所の家が飼っていたペット。

だが、邦彦は身構えた。

避難指示区域に指定された場所に放置されたペットや家畜は、飢えのために野生化している可能性がある。

ひたひたと近寄る犬の目も、既に鎖に繋がれたペットのそれではない。獲物を前に間合いを縮めている捕食動物のものだ。

邦彦は咄嗟《とっさ》に、残っていたハムを犬の頭上高く放り投げる。この寒さの中でも反射神経が健在なのは犬も同じだった。黒い犬は後方に跳ね飛ぶと、ハムに食らいついた。

よし、しばらく食事に専念していろ。

そう念じながら犬の脇を通り過ぎようとしたが、犬は予想以上に強欲だった。

あっという間にハムを平らげて、邦彦の行く手に立ちはだかる。おそらく邦彦の身体から食い物の匂いを嗅ぎ取ったからだろう。

犬はまたもや間合いを詰めてきた。

3

　仁科が警察署一階フロアに入ると、背後から「おい」と声を掛けられた。県警でこれほど陰にこもった声を出す顔馴染《かおなじ》みは思い当たらない。振り返れば、果たしてそこに溝口の顔があった。陰険な目つきがメガネ越しに三白眼《さんぱくがん》気味になり、更に人相を悪くしている。

「他所《よそ》の、しかも会って間もない刑事においと呼ばれる筋合いはありませんがね」

「こっちの捜査を邪魔するような田舎の刑事には、これでも丁寧過ぎるくらいだ」

「いつ、わたしが捜査の邪魔を？」

「金城の家に仕掛けた盗聴器を外したのはあんただろう」

「おや、そんな仕掛けをしてましたか。いや、わたしは全然気づきませんでしたが……きっと、あの裕未という娘が見つけたんでしょうね。あれは大層はしこそうな娘でしたから」

　とぼけたつもりが、余計に相手の不興を買ったらしい。いきなり伸びてきた腕で襟首を摑まれた。

「公安による盗聴は法律でとっくの昔に合法になっている。まさか知らん訳じゃあるまい。それを邪魔するというのなら、お前は獅子身中《ししんちゅう》の虫だ」

聞いて呆《あき》れる。元々、〈犯罪捜査のための通信傍受に関する法律〉は、一九八六年に日本共産党幹部宅盗聴事件が発覚し、公安捜査の違法性が取り沙汰された結果、拵《こしら》えられた後づけの法律だ。違法であれば合法にすればいいという考えは公安ならではのものだが、犯罪捜査の第一線で働く警察官には全肯定しかねる論理だった。

「しつこいな」

仁科は溝口の腕を強引に振《ふ》り解《ほど》く。力比べした感触では、殴り合いをして勝てる確率は五分五分といったところか。

「知らないと言ってるでしょうに。第一、普通の一般家庭に盗聴器を仕掛けるなんて、わたしらみたいな刑事には思いつきもしない」

「言ったはずだ。お前たちと我々では追っているものが違う。お前たちが追うのは精々二、三人を殺したチンケな犯罪者だが、我々が追うのは、この国そのものを壊滅させようとする巨悪だ。同じ物差しで測ろうとするな」

やはり嫌いな相手でも話すに越したことはない。溝口という男は好きなタイプではないと思っていたが、また新たな発見があった。

自分は決して、この男を尊敬できない。

「ああ、確かに公安さんは巨悪を相手に日々奮闘していらっしゃる。まことにご苦労様ですな。特に外事課第五係と言えば、今一番大変な部署でしょうから」

溝口の片方の眉がぴくりと上がる。少しは意外だったようだ。人を探る仕事をしている人間は、自分が探られる立場になるとは考えもしないらしい。

秘密主義に凝り固まった警備局だが、職員の所属部署くらいは検索できる。そして所属部署で仕事の内容も大方推測できる。

警察庁警備局外事情報部は外事課と国際テロリズム対策課で構成されている。このうち外事課は第一係から第五係まで分かれており、第五係は対朝鮮半島の防諜《ぼうちょう》が主な任務になる。つまり溝口も、そういう方面の仕事をしているということだ。

「しかし妙ですな。わたしたちも金城家については出自を調べたが、あの一家は揃《そろ》いも揃って生粋の日本人だ。外事の第五係さんがわざわざ東京から出向いてくるのは何故《なぜ》なんですかね」

因縁を吹っかけられたのも何かの縁だ。その証拠にちゃんと縁という字が入っている。隙あらば情報を盗んでやろうと鎌を掛けてみたが、さすがに相手も幼稚な手には引っ掛からなかった。

「何を考えているか大体予想がつくが、この事件はお前が考えているより、ずっと危険で重大だ」

「そうですか。殺人の被疑者が逃亡しているというのも、なかなかに危険で重大な事件だと思うんですがね」

　ふん、と溝口は鼻を鳴らす。

「見ている対象が単体だから視野が狭くなる。だから全体が見えない」

「視野が狭くなる分、狙いは外さないという利点もある。現に、我々は加瀬邦彦の居場所を特定しつつある」

　おそらく邦彦の行動記録は刑事課から溝口にだだ洩れになっている。それを承知した上での開き直りだったが、溝口は面白くなさそうに唇を曲げた。

「居場所か。被疑者を確保しようとしているならそれが最優先なんだろうが、こちらには関係ない。現在位置がどこであろうが、行先は変わらないんだからな」

　最後のひと言に身体が反応した。

　溝口は邦彦の目的を知っている。

「どこだ」

　我知らず詰問口調になっていた。

「あいつはいったい、どこに向かっていると言うんだ」

「知らぬが仏とはよく言ったものだ」

　溝口は吐き捨てるように言う。

「いや、知らん方が職業意識を維持できるかもな。もっともそれだって時限つきだが」

「待て」

「こう見えても俺は身内思いでね。上からも抗議が来ているはずだが、念のために直接忠告しておいてやる。こっちの捜査には一切関わろうとするな。内容も知ろうとするな。その方が心安らかでいられる」

立ち去ろうとする溝口の肩を摑まえる。訊きたいことは山ほどある。公務員として警察のタテ割り組織は身に沁《し》みていたが、刑事としての探究心が手を動かしていた。

振り向いた溝口は不快さを隠しもしない。

「手を退《ど》けろ」

「加瀬の動向を探り、確保する目的は共通のはずだ。教えてくれ。ヤツの目的は何なんだ」

「内容を知ろうとするなと言ったばかりだぞ。そんなに根を詰めるな。たまには家に帰ったらどうだ。確か、まだ子供の行方が分からないんだろう？　加瀬の行方よりもそっちを捜したらどうだ」

その瞬間、肩書も行儀も吹っ飛んだ。

溝口が被災地以外の人間だという認識も粉砕された。

脊髄反射のように右の拳が溝口の頰を捉える。だがそれを予測していたのか、繰り出した拳は溝口の掌《てのひら》に押し留められた。

「視野が狭い上に短気か。地方警察が常時人材不足だというのは本当だな」

「今言った言葉を、被災地で公務に奔走している人間に言ってみるがいい」

「機会を与えてくれれば、いつでも公言してやるさ。お前を含めて東北人は痩せ我慢のし過ぎだ。犠牲者を悼む時間くらい作れ」

　そういう論法でくるか。

　握り締めていた拳が緩んだのを見計らって、溝口は再び背を向けた。

「今はまだ、そういう余裕が許されているんだからな」

　去り際の言葉に引っ掛かりを覚えながら刑事部屋に行くと、小室がパソコン画面を前に黙考していた。外部から、殊に溝口のような男から何を言われても応えないが、小室の苦い顔はあまり見たくない。それでも直接の抗議があったことは報告しておくべきだろうと、一階フロアでのやり取りを伝える。

　すると、このしたたかな上司は「由々しき問題だな」と唇を曲げた後に、「しかし、尻に火が点《つ》いているのはあちらさんかも知れん」とまぜっ返した。

「どういう意味ですか」

「現場に出張っているのはあの二人組だけじゃないらしい。和明と女房、それから妹や職場の現場監督にまで公安が張りついている。しかも、張っているのは外事課第五係の人間だけじゃないらしい。中には国際テロリズム対策課の人員も紛れ込んでいる」

「それは、つまり」

「担当の垣根を取り払った総力戦ということだよ。サッチョウの外事課は相当にテンパっている。だから現場の刑事の些細な言動に不必要なくらい神経を尖《とが》らせている」

「しかし、こちらの調査では金城純一の思想的背景は真っ白ですよ。妙な運動に参加していた過去も、ムショの中でそのような活動家と接触した記録もありません。朝鮮半島どころか日の丸さえ浮かんでこない」

「表立った活動じゃないから警備局が動いているという見方もできる」

「課長に公安課の知り合いはいらっしゃいませんか」

「係長に言われるまでもなく、探りは入れてみたさ。県警の公安課、それから国際テロリズム対策室。秘密主義は相変わらずだったが、どうやらヤツらもサッチョウ外事課の動きは十全に把握しきれていないようだ」

仁科は違和感を覚えた。警察庁警備局を頂点として公安は完全なトップダウンで、横から指一本触れることはできないが、言い換えれば同じ公安同士なら情報の共有度合いも強い。だが小室の話によれば、警察庁本体が躍起になっている反面、県警の公安には充分に情報が下りていない。

「もうあんたなら察しはつくだろう。あの、名にし負う一枚岩の公安が、今回に限っては末端にまで話を通していない。中央だけで何とか事を済ませようと焦りまくっている。

つまり、それだけ危険な事案という訳だ。ま、誰にとって危険なのかはイマイチ判然としないがね」

組織防衛が絡めばヤツらはなりふり構わない――公安に対する不信を滲《にじ》ませて小室はそう締《し》め括《くく》ったが、よくよく考えてみれば、それは組織に属する者全てに当《あ》て嵌《は》まることなので、仁科も苦笑いを浮かべるしかない。

「スパイ映画を地でいくような捜査活動が本分なんだから、情報収集や組織力でいち所轄が張り合えるはずもない。しかし」

小室は言葉を切り、不敵に笑ってみせた。

「自分の庭先を好き勝手に歩き回られるのも少し不愉快だな」

あからさまに同意を求めている目だ。反骨と挑発。いずれも地方警察の管理職には不必要どころか禁断のアイテムだが、だからこそ仁科のような男には逆らい難い魔力を持つ。

そこで仁科も応じることにした。これが阿吽《あうん》の呼吸というものだ。

「確かに組織力では及びもつかないでしょうが、こっちにも機動力というのがあります。船と一緒で、図体がでかくない分だけ小回りが利く」

そうか、とも言わず、小室は関心なさげに視線をパソコン画面へ戻す。

行って来いという合図だ。

仁科は直ちに大阪行きの準備を始めた。

那須塩原まで出てから新幹線やまびこで東京に。東京でのぞみに乗り換えて大阪に向かう。通常であれば四時間三十分の道程だが、震災の影響は色濃く残り、那須塩原までが予想以上に遠かった。

大阪環状線大正駅に到着した時には既に陽《ひ》が傾きかけていた。この辺り一帯は三角州になっており、大正区自体が運河によって三つに分断されている。鉄道は区の北端に大正駅があるだけで交通手段の主力は市営バスが担っている。ただし仁科の目指す場所は駅から徒歩圏内なのでバスを探す必要はない。

高架下から、居酒屋と飲食店が軒を連ねる狭い道を行く。

夕暮れの到来と共に店の提灯《ちょうちん》とネオンが輝き出す。左右を見回せば大抵が沖縄料理店や古酒《クース》を呑ませる店だ。早速、独特なソーキと強いアルコールの匂いが鼻腔に飛び込んでくる。きっと沖縄からの移住者が多いのだろう。耳を澄ませば大阪と沖縄の言葉が入り乱れ、ちょっとした異国情緒さえある。言い換えれば密やかな排斥感といったところか。店の中では客と主人が声を張り上げ、その前を知らぬ顔の学生が通り過ぎていく。

三月だというのに両側から熱気が押し寄せてくる。猥雑《わいざつ》だが桁外れに陽気な熱気に当てられて、仁科は軽い眩暈《めまい》を覚える。これが大阪人の気質なのか、それとも沖縄人の気質なのか、不幸も不景気も呑み込んで笑い飛ばすような熱量がある。

福島にも、自分の住む街にもこうした熱気が戻ってくるのだろうか——つい、考えなくてもいいことを考える。

不意に、自分が異次元の世界に迷い込んだような錯覚を感じた。年甲斐《としがい》もなく、仁科は背筋を走る恐怖に両肩を抱く。

震災に見舞われて瓦礫の山と化した故郷とここが同じ国内だとは到底思えない。理屈では理解していても、片や死によって沈み、片や生によって躍動する光景を同じフレームに収めることにひどく抵抗がある。

違和感の要因はもう一つある。

大地の揺るぎなさだ。

大阪に着いてからというもの、ただの一度も揺れに遭っていない。福島では数時間に一度の余震があるが、ここは微動だにしていない。

分かっている。本来はこちらが正常なのだ。余震が常態化し、揺れていなくても身体が震動を誤って認識するなどという方が異常だ。

あの日、いったい何がこの国を二つに分けたというのか。

地理的要因、海岸線の形状、地殻プレートの配列、そして原発の有無。列挙していけばどれもが頷《うなず》ける理由だが、それでも世界を大きく二分したかのような違和感には納得できない。

自分たちが何をしたと言うのか。

東北が、福島が何をしたと言うのか。

その回答をただ一言、〈運〉で済ませてしまうことは絶対にできない。その中には仁科の子供も含まれている。あれほどの悲劇、あれほどの慟哭《どうこく》が単なる神の気紛《きまぐ》れだとしたら、仁科は今後何も信じられなくなる。

狂おしく騒ぎ立つ憤怒を鎮めながら飲食店街を過ぎると、しばらく下町の佇《たたず》まいが続いた。低層住宅と小規模商店、そして町工場の混在する風景は一度も足を踏み入れたことがないはずなのに、何故か懐かしい。

加瀬邦彦は七歳の終わりから十八歳までの約十年間をこの街で暮らした。七歳から十八歳までといえば一番多感な時期だ。環境が人を創るというのなら、この街の持つ熱量や閉塞感が邦彦の人格形成にどんな影響を与えたのか——仁科は想像を逞《たくま》しくする。

逃走劇の始まった夜、ほんの一瞬だけ邦彦の素顔を覗けた気がした。普段なら殺人犯の素顔など一顧だにすることもなかったが、今回だけは勝手が違う。途中で逃げられたので余計にそう思うのかも知れないが、邦彦の実像に迫ることが事件解決のきっかけになるような予感がするのだ。その意味で、邦彦が育ったこの地に赴いたことは決して無駄ではない。

目指す加瀬鉄工所はすぐに分かった。町工場が三軒並ぶうちの一軒だが、両脇の森下《もりした》工務店と久下《くげ》電気工事は休業なのか廃業なのか建物からの明かりが消えているので、一際目立つ。

ドアは施錠がされていなかったので、そのまま工場に入った。

途端に旋盤か溶接の甲高い音が全身を包んだ。場内は天井が低く、コンクリートの上に作業台や工作機械が所狭しと置いてある。機械油と鉄の焼ける臭気が鼻を突く。光量の乏しい蛍光灯の下、火花の飛び散る作業台に小柄な男の姿が見える。

「ごめんください」

挨拶はしたが、耳を劈《つんざ》くような作業音に掻き消される。

「ごめんください！」

声を張り上げると、ようやく男の顔がこちらを向いた。

「加瀬亮一さんですね。お電話した石川警察の仁科です」

ああ、と軽く頷いて亮一が作業を中断した。場内に木霊《こだま》していた騒音が途切れ、一気に静寂が押し寄せる。

「福島から来たんやってなあ。遠路はるばるご苦労さんですぅ」

亮一は愛想笑いを浮かべていたが、愛想笑いと知れる時点で、はや本音が見える。

年齢は五十代前半、丸くて愛嬌《あいきよう》のある面立ちは、鉄工所の社長というより商店主のそれに近い。小柄ではあるが、よく見ると突き出た二の腕は隆々として太っていることが服の上からでも分かる。

居住スペースに通されるかと思ったが、亮一は作業台から一歩も離れようとしない。どうやら立ち話で済ませようという肚《はら》か。こちらから近づこうとした時、それを制するようなタイミングで話しかけられた。

「福島ですかあ。今、原発事故で大変ですやろ、あっちは」

「ええ、まあ……」

「石川ゆうんは原発からどんだけ離れてるんですか」

「直線距離で六十キロくらいですね」

「六十キロ。ああ、それやったら大丈夫ですな」

そのひと言で、亮一が間合いを取っていた理由を知った。何と仁科が被曝してはいないかと恐れていたのだ。

明け透けではないにせよ、この扱いは少なからず衝撃的だった。自分がまるで穢れているような仕打ちに言葉も出ない。そして相手に悪意がないのが分かる分、余計に応える。被災地近辺の危機感が、距離を隔てると全く異質の恐怖に変化していた。福島では被害者だった立場が、ここでは加害者に逆転している。

これが風評被害なのだと実感するより先に、驚愕《きょうがく》と理不尽さが胸を締めつける。

　こういう時には相手が無知であることを自分に言い聞かせるしかない。仁科は溢《あふ》れ出そうになる感情に蓋をして、亮一に向き直る。

「何や、あの穀潰《ごくつぶ》しがえらい迷惑かけよったみたいで。ホンマ、すんませんな」

「いいえ、とにかく本人の身柄を確保しないことには取り調べもできませんので。今は少しでも邦彦さんの情報が必要なんです」

「そうですか。しかし、それやったら刑事さん、折角来てもろうたけど無駄足やったんやないかな。わしに訊いてもあんまし大したことは話されへんよ」

「しかし彼が十八になるまで親代わりをされてたんでしょ」

「アレが出て行ってから、もうずいぶん日が経った。元々、何考えてるか、よう分からんヤツやったし」

　突き放した言い方が妙に引っ掛かった。事前の調査によると亮一は未婚で、同居家族はいない。つまり十年間は邦彦が唯一の家族だったはずだが、それにしては無関心を決め込む口調は如何《いか》にも不自然だ。

「どんな子供でしたか」

「ううーん、わしもその頃から鉄工所切り盛りしとったから、あれこれ子供の面倒見る暇なかったからね。精々、朝飯と夕飯を用意しとくくらいで、碌《ろく》すっぽ話したことがなかったな。第一、わしもチョンガーのまんまで一人暮らしや。そんなんに父親役が務まるもんかいね」

「しかし、ちゃんと邦彦さんを高校に入れたじゃないですか。立派な父親ですよ」

「いや、それはまあ、今日び高校くらいは出とらんと、ねえ」

いささか歯切れが悪いのは、高校進学か卒業に際して何か問題があったせいか。これは裏付けが必要になるかも知れない。

「ただ小さい頃から手先は器用やったな。近所の坊主が壊したオモチャをよう直しとった。中学生になってからは鉄工所で簡単な仕事を手伝わせたけど、覚えは早かったね」

「ほう、中学生から」

「あ。十五歳以下やから労働基準法違反やとは言わんといてくださいよ。もう、とっくに時効やし、大体あれは家の手伝いであって労働やない」

何とも都合のいい法解釈だが、今回はそれが主眼ではないので聞き流す。問題はこの家の中における邦彦の立ち位置だった。

「工場の手伝いをさせたのでしたら、相応の信頼感や一体感はあったでしょう」

「一体感、ねえ。ちょっと、それ気色悪い言い方やね。わしらの関係はも少しドライやったな。大時代な言い方になるけど、一宿一飯の恩義を工場の手伝いで返す。そんな感じかなあ」

「しかし男同士でしょう。少しは共通の話題や、たとえば亡くなった両親の話とか」

「それがホンマになかった。邦彦には趣味らしい趣味もなかったみたいやし、両親の話すんのは向こうから避けてた。避けてた、ゆうたら、向こうはわしのことも避けてたな。いくら親戚でもなあ、ウマが合う合わんというのは絶対にあるから」

「あまり、邦彦さんのことを良くは思っていらっしゃらないようですね」

「死んだ兄貴の一粒種で、わしにとってもたった一人の身内やけど……まあ、アレには往生した思い出しかありませんわ。震災以後に引き取ったんはええけど、転校先ですぐ揉《も》め事起こしよったし、わしのゆうこと、ちっとも聞きよらんかった」

「所謂、問題児だったんですか」

「問題児ゆうより、子供らしい素直さがなかったなあ。わしが話し掛けても、こう、暗あい目で見上げるようにして、笑《わろ》うたこともあんましない。薄っ気味悪いガキやった」

「転校先の揉め事というのは暴力事件だったんですか」

「そやね。同級生や上級生殴ったり殴られたり。よう顔や身体に生傷やら青痣《あおあざ》つけとったよ」

「喧嘩《けんか》を吹っかけたのはどちらからなんでしょう」

「さあ、ケース・バイ・ケース違う？　大体、ガキの喧嘩なんてどっちが先かなんて大して関係あらへんしね。頭、熱うなったら理屈もへったくれもなくなるでしょ、あの年頃て」

訊いている途中で不自然さの正体がいよいよはっきりしてきた。亮一の物言いは肉親に対するそれではなく、まるで他人のことを話しているようだ。

こういう話し方をする人間は二つに大別される。一つは話題の人物に敵意を持ちながらそれを隠している場合。そしてもう一つは話題の人物との間に何らかのトラブルがあり、やはりそれを隠そうとしている場合だ。

仁科は一つの可能性をぶつけてみようと考えた。

「加瀬さん。ひょっとして、家庭内でも邦彦さんの暴力があったんじゃないですか」

「家庭内暴力？　邦彦がわしに？　いやあ、それはないわ」

亮一は逞しい二の腕を誇らしげに見せて笑う。

「あんなひ弱なガキにわしが負けるもんかい。何ちゅうてもあっちは目下やからね。どっちが上か、ゆうのは最初からはっきりさせとかんと」

胡散臭《うさんくさ》い話だと思った。

今の今まで邦彦とは没交渉だったと言っておきながら、力関係の話になると自身の優位性を強調している。

「学業の成績はどうでした？」

「テストの結果やら通信簿やら見たことはなかったけど、それで担任から呼び出し食らったことはなかったから、問題はなかったん違うかな。ちゃんと卒業もでけたし」

「卒業後、この鉄工所で働くという選択肢もあったでしょう。ところが邦彦さんはその後、家を出て、大阪市内を転々とするようになりました」

　そう話を切り出すと、亮一は不機嫌さを露《あらわ》にした。

「そいつはわしの方でも勧めたさ。工場の人手不足は慢性化しとったし、仕事の流れやコツを摑んでたあいつがそのまま従業員になってくれたら、新人に一から教え込む手間かて省けるし。せやけど、あいつは断りよったんや。もう自分一人で生活していけるて」

「何かトラブルでも？」

「いやいや、トラブルなんて大袈裟《おおげさ》なもんやない。要は家出同然で出て行ったゆうだけの話さ。まあ、わしにしてみたら十年も育ててやったのに、最後は後足で砂かけられたような気分やったけどな」

「その後、本人と連絡は取ってたんですか」

「全然、音沙汰なし。ホンマに恩知らずなヤツで、盆正月に手紙の一通もない。あいつが福島で働いてたなんて、刑事さんからの電話で初めて知ったくらいですわ。ただ、納得はしたけど」

「何をですか」

「あいつが警察から追われとることをです。前々からいつか何かやらかすと思うとったんや」

亮一は眉間に皺《しわ》を寄せたが、それは身内の行く末を心配しての焦燥には見えなかった。強いて言えば、野に放たれた獣を早く撃ち殺せという非難の顔だった。

4

黒い犬は邦彦から片時も視線を逸《そ》らさない。

邦彦はハムの脂がついた手をズボンで拭ったが、気休めにもならない。手元にハムのひと切れが残っていても、犬はそんなものには目もくれないだろう。

どんなペットでも、野生化して飢えに放り込まれたら獣の本性を露呈する。獣に理性はない。あるのは生存本能だけだ。人に懐いていた犬はその喉笛を嚙み切り、丸くなっていた猫は爪を立てて飛び掛かる。

畜生。犬なんか飼いやがって。避難生活が長引くのが予想できたのなら、せめて殺してから家を出て行ってくれ。

いささか乱暴な愚痴をこぼしながら、邦彦は逡巡《しゅんじゅん》する。

獣に食われないためには自分も獣になるしかない。だが、悲しいかな邦彦には獣になった経験がない。

高校を卒業するまで、邦彦は暴力の世界に生きてきた。何人もの男に殴られ、それと同じ数の男を殴ってきた。だから喧嘩の流儀も効率のいい闘い方も知っている。自分と相手の闘争力を比較した上で戦術を練ることも覚えた。

　しかし、ただの一度も野生動物を相手にしたことはなかった。だから今までの経験は役に立たない。全て考察に頼るのみだ。

　この犬は見るからに飢えている。野に放たれても、生来の狩猟本能が後退していて獲物にありつけなかったと見える。

　飢えているなら持久力は欠乏しているだろう。だが野生動物には瞬発力がある。一瞬でも隙を見せたら終わりだ。

　邦彦は半歩後ずさる。

　すると犬も半歩前に出る。間合いを詰めているのは、飛び掛かる距離とタイミングを見計らっているためだ。

　半歩足を移動した際に気がついた。寒さで四肢の筋肉が硬直している。反応も鈍くなっている。

　掌を小刻みに開く。手首を回す。小さく肩を回す。わずかな時間しかないが、今の内に筋肉をほぐしておかなくては。

　犬は唸《うな》りも吠《ほ》えもしない。ただ、ふっふっと呼吸を荒くしている。

　唸るのは警戒、吠えるのは威嚇だ。捕食対象が目の前に存在するのなら、警戒も威嚇も必要ない。

やや前傾姿勢。だが、こいつが跳躍するには充分な姿勢だ。上目で邦彦の喉辺りをロック・オンしている。

邦彦も犬から目を逸らさない。相手の目を睨みながら猛烈な速さでシミュレーションをかける。

おそらく犬は真っ直《ます》ぐ飛び掛かってくる。自分は右側に跳ねるべきか、それとも左側に跳ねるべきか。

右側の杉林に逃げ込んだ場合、有利か不利か。

不利だ。

杉同士が密生しているため、逃走経路が確保できない。犬がすり抜けられる幅でも邦彦には身体の自由が利かない。入り込めばすぐに捕まり、牙の餌食になってしまう。

では左はどうか。左側はガードレールに防護された崖になっている。ガードレールを飛び越えれば犬からは逃げられるかも知れないが、真下の沢まで滑落する。途中の突起物や沢の状態を考えれば、おそらく無傷では済むまい。

右も駄目、左も駄目。

それなら選択肢は一つしかない。

邦彦はジャンパーを静かに脱ぎ、そのまま左腕に巻きつけた。

右足をそろりと半歩踏み出す。相手の出方は目の動きと筋肉の動きで予測できる。邦彦は犬の目を正視しながら、前足の肩にも抜け目なく視線を走らせる。

ぴくり、と犬の肩が動く。

来いよ、ワン公。先手を取らせてやる。

邦彦はわざと体勢を右に崩した。

ほとんど同時に犬が地を蹴った。

狙いは正確だった。大きく開かれた顎は真っ直ぐ邦彦の喉に飛んできた。

その距離数センチに迫った時、邦彦はジャンパーで包んだ左腕を喉にあてがう。

がっ。

細長い顎が分厚くなった左の二の腕を捉える。瞬間、万力に挟まれたような痛覚があった。

目と鼻の先に犬の頭がある。感情のない目はどこまでも瞳孔が深い。開いた口からは草と土と腐肉の臭いがする。剝き出しになった長い牙はまさに凶器だった。

幸いにもジャンパーの厚さのお蔭で牙は皮膚まで達していない。

だが、ぬか喜びだった。

小さな体軀《たいく》のどこにそんな力があるのか、上下の顎は更に閉じようとする。潰されそうな腕が脳に悲鳴を伝える。

させるか。

左腕に食らいついて犬は宙吊《ちゅうづ》りになる。

邦彦は握り締めた右拳を、犬の眼窩《がんか》めがけて思いきり突き出した。

ぎゃんっ。

こちらの狙いも正確だった。中指の第二関節にピンポン玉を突いたような感触があった。眼球にヒットしたらしい。犬はひと声叫ぶなり、雪道に飛んだ。

全能感が右腕を貫く。

所詮、元は飼い犬だ。今の一撃で闘争心を失い、それこそ尻尾を巻いて逃げ出すはずだった。

ところが、そうはならなかった。

雪道で黒い腹を見せたのも束の間、犬はすぐ跳ね上がって反撃に転じた。瞬《まばた》きする間に右側に回り込み、杉林の前に立ち塞がる。自ずと邦彦は左側のガードレールを背に対面することになる。

畜生。

これで退路を断ったつもりか。

犬の左眼を直撃したはずだが、目蓋を閉じているだけで流血も見られない。してみれば精々眼窩を強打したくらいの痛手しか負わせられなかったらしい。

かつて暴力をたらふく味わっていた時期、学習したことの一つに眼球の強靭《きょうじん》さがある。人間に限らず、眼球は鍛えようがないので哺乳動物の弱点になっている。ひとたび突けば激痛で相手は戦闘不能になる。

しかし、それで眼球が破砕できるかといえば答えは否だ。哺乳動物の眼球は押しなべて強靭な作りになっており、指で突いたくらいでは到底潰れない。シャンパンのコルクを抜く際に眼球を破損することがあるが、言い換えればそれくらいの破壊力がなければ眼球を潰すことはできないのだ。

もう少し腕の振りを大きくすればよかったのだが。

不充分な打撃は敵の攻撃性に油を注ぐようなものだった。次に黒い犬は地を這うように走り、あっという間に邦彦の右足首に噛みついた。

わずかな隙を突いた攻撃。

だが、立てた牙は靴の表面を傷つけただけで穴を開けるには至らない。邦彦はすぐさま左足を犬の頭に叩き込もうとするが、すんでのところで犬が身を避《よ》ける。

作業現場で使用していた靴を履いていて助かった。支給される作業靴は安全靴同様、甲と先芯部分が樹脂製なので、軽量だが頑丈なことこの上ない。

敵の攻撃はまだ止《や》まない。犬は次に腹部を狙ってきた。

咄嗟に腹を庇ったが、勢い余って後ろに倒れた。

胸の上に犬が伸《の》し掛かる。予想していた以上に重い。顎を開いたまま、牙を立てる部分に狙いを定めている。

恐怖と怒りで身体中の血が沸き立つ。まるで大量のアドレナリンが一気に放出されたようだった。

ジャンパーを巻きつけた左手で犬の視界を遮ろうとした時、牙の先端で布を捉えられた。犬が噛んだまま首を激しく振り回すと、ジャンパーはいとも簡単に引き裂かれた。

邦彦の露出している部分は手首と顔、そして喉。野生の本能はその中から一番柔らかい部位を選んだ。更に大きく開かれた両顎が、邦彦の喉元に迫る。

三十センチ。

二十センチ。

そして十センチ。

相手の鼻面がもう眼前にある。

顔の前面に突き出た無防備な部位。

弱点は目玉だけじゃないぞ。

頂点に達した怒りが、嗜虐《しぎやくしん》心に火を点ける。

邦彦はいきなり犬の鼻を前歯で咥《くわ》え、下顎に満身の力を込めた。

ぐし。

火を通した肉よりも硬い歯触りだが、眼球ほどではない。邦彦の口中には苦い体液の味が同時に広がる。

ひと声吠えて犬は身体の上で飛び跳ねた。

さすがに応えたと見えて、雪道の上で悶《もだ》え始めた。これで形勢逆転だ。邦彦は立ち上がって体勢を整える。

犬は動くことをやめた。完全に戦闘意欲をなくした様子だった。

横たわった敵を見下ろしながら、邦彦は肩で呼吸を整える。気がつけば服のあちこちが爪に襲撃されて破れている。ジャンパーを広げてみると、もっと悲惨だった。所々が引き千切られ、左の肘当ては完全に穴が開いている。

口の中にはまだ嫌な味が残っている。唾を溜めようとしたが、口腔内は乾ききって舌もざらついている。顎の裏を刺激して何とか唾を蓄え、口中の滑《ぬめ》りと共に吐き出す。

時間と体力を無駄に消費してしまった。

昂奮《こうふん》が治まると寒さがぶり返してきた。邦彦はぼろぼろになったジャンパーの襟を立てて、また歩き始める。

犬が絶命したのか、まだ息があるのかは確かめない。息を吹き返したとしても、復《ふく》讐《しゅうしん》心に燃えて追いかけてくることはないだろう。

雪道は徐々に勾配がきつくなる。麓沿いの道路はここから山中に入っていく。

雪雲に遮られていた陽光が更に乏しくなる。もうじき日が暮れる。これから外気温もどんどん下がっていくだろう。こんな時、林の中で野宿するのは自殺行為だ。夜が訪れるまでに、何としても山中を踏破しなければならない。

歩速を上げようとして大股にした途端、膝が笑った。がくりと腰が折れ、邦彦は両手をついた。

畜生。本当に無駄な体力を使ったものだ。

徒《いたずら》にカロリーを消費したせいか、束の間満たされていた空腹感がまたぞろ込み上げてきた。

こんなことなら、あの黒犬を保存食として担いで来るべきだった――ふと思いついた冗談だったが、寒さと疲労で思考が鈍ってくると強ち《あながち》冗談にも思えなくなってくる。

犬を食う、というイメージが不意に明瞭になる。黒い皮を剝ぎ、腹を裂き、内臓を取り出して四肢にかぶりつく。

慌てて頭を振り、妄想を払《はら》い除《の》ける。

飢餓で少しずつ理性を摩耗させた挙句に犬猫を食らう。無論それも生存するための選択肢の一つだが、今の邦彦にそこまでの割り切りはできなかった。何よりそこまで堕ちた自分のおぞましさに耐えられない。

雪道は尚も続く。元より周辺を取り囲んだ杉林のせいで薄暗かった山中は、見る見るうちに闇に沈んでいく。心なしか風雪も勢いを増したようだった。

暗くて、寒い。

矢大臣山周辺の地形は単純なので、道なりに行けば間違いなく川内村《かわうちむら》に抜けられるはずだった。しかし、これだけ暗くなるとその保証もなくなる。現に崖側を保護しているガードレールは途中から切れ切れになり、降り続く雪は轍《わだち》や足跡を埋め始めている。山中ゆえに街灯もなく、何を目印に歩いて行けばいいのか皆目見当もつかない。

普通の山で遭難するなど、普通に聞けばお笑い種《わらぐさ》だろう。しかし実際この空間に放り出されると、凍死という可能性が俄に現実味を帯びて襲い掛かる。

凍死は外部環境ではなく、自律神経の麻痺《まひ》で発生する。体温調節ができなくなれば、外気温に関係なく身体機能が失われていく。その自律神経の働きは寒さと飢え、加えて先刻の不必要な疲労によって確実に低下している。

どこかで暖を取って休まなければ。

だが、この山中のどこにそんな場所があるというのか。

邦彦は民家の明かりを探し始めるが、すぐに絶望する。忘れていた。まだこの地域は停電が続いているのだ。自家発電の設備がなければ豆電球も点けられない。そして、一般家庭で自家発電の装置を備え付けている家などほとんど存在しない。

せめて月夜であってくれれば雪明かりも期待できるのだが、今はそれもない。

ないない尽くしの自問自答を繰り返していると、足が次第に重くなってきた。気は焦るのに足が重い。最悪のコンディションだ。

不意に十六年前の記憶が甦《よみがえ》った。

阪神・淡路の震災で両親と家を失い、大阪の小学校に転校してからまもなくの頃、初めて暴力の洗礼を受けた。骨の髄まで響くような痛みと絶望感で全身が冷えた。季節は夏だったのに、寒くて寒くて両肩を抱いても震えが一向に止まらなかった。誰も横にいてくれない、誰も助けてくれないという孤独感が背中に貼りついていた。

今、その痛みと寒さと孤独が再現されている。自然に自虐的な笑みがこぼれる。何のことはない、十六年経って、また同じことを繰り返しているだけではないか。

大震災を二度も経験し、両親と居場所を失くし、そして今は警察に追われながら風雪吹き荒ぶ山中を彷徨《さまよ》い歩いている。いったい何の因果でこんな人生になったのだろう。

神に向かって恨み言を呟《つぶや》いていると、足元に異変を感じた。

揺れた。

邦彦は咄嗟に屈《かが》み込む。余震か疲労か。どちらにしても雪上に立ち続けるよりは、いったん四つん這いになった方が安全だった。

地面に這って、余震であることが分かった。体感では震度3。首を上げると、震動で杉の枝から雪が舞い落ちている。

四肢で身体を支えていると、震動の禍々《まがまが》しさが倍加されて伝わってくる。そこに住まう者の怒りや切なさなど意にも介さない自然の振る舞いに、改めて人間の矮小《わいしょう》さを思い知らされる。

二秒。

三秒。

最近は揺れている時間を数えるのが癖になった。経験上、揺れが四秒以上続くと大きな余震がくることを知ったからだ。

だが揺れは四秒数えるうちに収まった。これでしばらくは揺れがくることはない。邦彦は片膝をついてのろのろと立ち上がった。

全く大した歓迎ぶりだ。碌に愚痴をこぼす暇さえ与えてくれない。

そのまま歩き続ける。

歩く。

歩く。

歩く。

やがて邦彦は自分の歩幅が小さくなっていることに気がついた。急いでいるつもりだったが、いつの間にか足が思うように動かなくなったようだ。

まずい。明らかに体力も落ちてきている。

寒さとは別の理由で背筋が凍る。またぞろ死が身近に感じられる。犬と対峙《たいじ》した時、恐怖は目の前にあった。その恐怖が今は邦彦の背後からひたひたと迫っている。

硬直する両膝を叩く。まだ感覚は死んでいない。大股を開いて歩き始めるが、歩幅は次第に縮まる。

駆けてみればどうだ。それなら身体も温まるかも知れない――。

自暴自棄気味の提案に従って小走りに駆けてみるが、十メートルも行かないうちに全身の重さに耐えかねて足が止まった。

膝が折れる。

支えをなくした下半身は崩れるように落ちる。

信じられなかった。

こんなにも自分はひ弱だったのだろうか。

畜生。

まだ自分は斃《たお》れる訳にはいかないんだ。

四つん這いになって進む。無駄な足掻《あが》きだとは分かっているが、雪上で動くのを止めたら死が優しい羽を広げて降臨してくる。

這う度に手首まで雪に埋もれる。指先からゆっくりと感覚が麻痺していく。

裕未。

朦朧《もうろう》としかけた思考に彼女の顔が飛び込んできた。脳裏に浮かぶ裕未は、あの眩《まぶ》しそうな笑顔で邦彦に語りかけてくる。

邦ちゃん、こっちにおいでよ。

こっちは暖かいよ――。

これが走馬灯とかいうものか。

やめろ、縁起でもない。

裕未の映像を必死に掻き消して、邦彦は這い続ける。

すると、これもぼやけ始めた視界の中に黒い影が現れた。

暗がりの中で一際黒い影。

建物だ。

歓喜が胸に満ちると、急に意識が明瞭になった。這うスピードが上がり、邦彦は建物に近づいた。

壁伝いに手を伸ばして身体を起こす。掌の感触ではどうやら木造のようだ。

回り込んでみるとドアはすぐに見つかった。

ノックする余裕もなかった。取っ手を摑むと動く方向に捻る。

施錠はされておらず、ドアは何の抵抗もなく開いた。

中は暗い。

ドアを後ろ手に閉めて声を上げようとしたが、喉からはひゅうひゅうという音しか出ない。

今度は安堵《あんど》で腰が落ちた。しばらくしてからもう一度声を出してみる。

「誰かいませんか」

ずいぶんしわがれてしまった声だが、自分の耳に届いた。しかし闇の中から返事はない。

まず嗅覚が戻ってきた。土と鉄錆《てつさび》の臭いがする。そしてやけに埃っぽい。床はコンクリートが打ちっ放しになっている。

ポケットの中をまさぐり、ライターを取り出す。親指が悴《かじか》んでなかなか着火できなかったが、四度目でやっと小さな火が点《とも》った。

明かりを翳《かざ》すと、ここが農機具の置き場所であることが分かった。鍬《くわ》に鋤《すき》、稲刈り機に各種農薬。おそらく付近に田圃《たんぼ》を持つ者が拵えた小屋なのだろう。金目の物は見当たらず、ドアに施錠がされていなかったのも納得できる。

震災の爪痕が内部に残っていた。柱の一本が真ん中からへし折れ、そのために梁が斜めに傾《かし》いでいる。

それでも風雪はしのげる。邦彦はここで小休止することにした。

まず暖を取らなければならない。辺りを物色して手頃な木切れと古新聞を掻き集めた。

コンクリートの上にスペースを確保し、丸めた古新聞に火を点ける。乾いていたお蔭で火は簡単に木切れに燃え移った。

久しぶりの炎に凍てついた肉体と精神が融けていく。掌を翳すとそこから熱が吸収され、硬直していた筋肉がとろとろと解《ほぐ》れていく。

緊張が解け、身体から力が抜けた。

不思議なものだ。これしきの火を得ただけで死への恐怖が消え去る。きっと原始に生きた者もそうだったのだろう、光と熱があれば人は豊かな気持ちになれる。

濡《ぬ》れたジャンパーと作業着を脱いで乾かす。三日も着たきりのシャツからは、ぷんと異臭が漂う。構うものか。人間は悪臭などで死にはしない。

だが人心地がついてくると、今まで忘れていたあの感覚も甦ってきた。

空腹感だ。

民家で拝借したスライスハム数枚では、飢えをしのげても腹を満たすことは到底適《かな》わなかった。いや、わずかばかりの肉を味わったばかりに、却《かえ》って空腹感が増したような気さえする。風雪と恐怖心で抑制されていた本能が、火の力で再び沸き起こる。

燃えていた木切れの一つを松明《たいまつ》にして、小屋の中をもう一度物色してみる。農機具の傍らに収穫した野菜でもないかと探してみたが、そこまで運命の神は優しくなかった。種イモ一つ、米粒一つ見つからない。

邦彦は失望を抱えて腰を下ろした。

ああ、あの黒い犬。やはり抱えて来るべきだった。ここには暖かな場所と火もあるというのに食い物だけがない。

肉の旨味を反芻していると、犬を食らうことへの抵抗はますます後退していく。犬だと思うから変な常識が邪魔をする。皮を剝いでしまえば鶏や豚と同じだ。それに、肉は焼いてしまえば大抵は食える。

焼き上がったばかりで湯気の立ち昇る肉片を頰張る。ひと口齧《かじ》れば歯を伝って大量の肉汁が溢れ出す――。

駄目だ。想像しただけで眩暈を起こしそうになる。

誘惑に抗するように身体を丸めるが、それでも空腹感は内側から侵攻してくる。飢餓が限界にまで達すると、人は紙でも木切れでも口にするという。平時には冗談としか思えなかったことが、いざ現実になってみると俄に説得力を帯びてくる。

思い余った邦彦は自分の手首を嚙んだ。

甘嚙みで肉の感触だけを味わう。こんなことで腹が膨れるはずもないが、少なくとも衝動は抑えられる気がした。

何か別のことを考えて気を紛らわせよう。

すぐに浮かんだのは、やはり裕未の顔だった。

今頃、彼女は何をしているだろうか。

自分のことはもう諦めてくれたのだろうか。

邦彦はズボンのポケットから携帯電話を取り出す。思った通りだった。表示はずっと〈圏外〉のままになっている。

連絡はするなと何度も念を押していた。

〈圏外〉の文字を眺めていると、不覚にも視界がぼやけてきた。おそらく裕未の携帯電話は警察の管理下にある。ＧＰＳでも利用すれば、たちどころに彼らはその場所を特定して乗り込んで来るだろう。

罠《わな》が張ってあることは百も承知している。しかし、あと一度くらいは言葉を交わしたい。

その時、邦彦の身体は再び揺れを感知した。

微弱な横揺れ。

二秒。

三秒。

四秒。

次の瞬間、揺れ方は激変した。

いきなりの震動で、邦彦の身体は横倒しになる。

火を消さなければ。

咄嗟にそう思いついたが、伸ばした手が届かない。

天地が逆転するような揺れの中で、みしりという音を耳にした。

不吉な前兆はすぐに実体化した。屋根を支えていた梁が、遂に堪えきれなくなって断末魔の悲鳴を上げたのだ。

耳を劈く破壊と崩落。

梁は邦彦の頭上を狙って落ちてきた。

5

仁科は大阪に一泊して聞き込みを続行した。亮一の証言だけでは何やら隔靴掻痒《かっかそうよう》の感があり、とても納得のいく内容ではなかったからだ。

午前九時、まだ工場は稼働していない。仁科は加瀬鉄工所に隣接する森下工務店を訪れた。

応対に出たのは森下店主の妻だった。最初はつっけんどんだった彼女も、仁科の関心が邦彦にあることを知るなり微妙に態度を変えた。

「加瀬さんからは、もう事情訊いたんでしょ」

「ええ」

「加瀬さん、何て言ってた？」

「邦彦さんはよく学校で喧嘩をして生傷が絶えなかったと」

「それから？」

「高校を卒業したら一緒に鉄工所をやっていくつもりが、勝手に出て行った」

「よお言うわ」

森下の妻は吐き捨てるように言う。

「違うんですか」

「違わんけど違う。ホンマ、あの人は自分に都合のええようにしか言わんからなあ」

彼女は窺うように仁科を見る。何人もの人間から聞き込んだ経験で分かる。これは、自分から進んで言うのは気が引けるが、訊いてくれたらいくらでも話す、という目だ。

「捜査にご協力をお願いします」

「警察に協力する気ィなんてないけど……あんた、福島から来はってんて？」

「ええ」

「遠路はるばる大阪まで来てもろうたから、あんたには教えたるわ。その代わり、あたしが言うたことは絶対に内緒やで」

「もちろん」

店先では憚《はばか》られるのか、仁科を伴って奥へと移動する。

「邦ちゃんがここに来た時から見とるから、あの子のことはあたしよう知っとるんよ」

「震災の時からでしたね」

「あの子が救助されたところは新聞に載ったから、境遇も知ってる。ホンマに可哀想《かわいそう》でね、この辺の奥さん連中も、邦ちゃんには色々目を掛けてたんや」

それが邦彦の生活を知っている理由という訳か。

「彼の救出されたニュースを知っているのなら、新しいクラスでも大事に扱われたのではないですか」

「最初のうちはな。震災は他人事《ひとごと》やなかったし、ふた親亡くした子やもん、そりゃ同情するよ。せやけどな、世の中には冷たいのも結構おるんや」

「イジメ、ですか」

「震災直後とか、一周年、二周年の日には地元や東京からマスコミが来て取材するやろ。そうするとな、クラスの中であいつ気に食わんいうのが出てくるんや。新入りの癖に目立つのが許せん、言うて。その頃は、ここらもタチの悪い子ォが多かったしね」

社会的弱者に同情する者もいれば、憂さ晴らしに貶《おとし》めようとする者もいる。なるほど子供の世界は世間の縮図というのは本当らしい。

「それにね、子供の頃から邦ちゃん可愛《かわい》かったから、余計にやっかみ受けたみたいやね。

苛《いじ》められた時はすぐ分かったよ。顔やら腕やら傷だらけやったからね。加瀬さんは邦ちゃんが怪我《けが》しても知らん顔やったから、いつも手当はウチか久下の奥さんがしてた。そんでな、手当しながら話訊くと、邦ちゃんもやられっ放しじゃなかったみたいで、向こうのボス格にも一発お見舞いしてやったって。まあ、一方的に苛められてた訳でもないんやね。せやけど、そこで反抗するから、グループを完全に敵に回す結果になって、そういうのが中学卒業まで続いたんかな」

「中学卒業まで。学校の担任は何も手を打たなかったんですか」

「そういう話は聞かんかったねえ。加瀬さんも邦ちゃんも学校に訴えることはせんかったみたいやから。あたしらはやきもきしてたけど、そこんとこ邦ちゃんは男前でね」

「男前？」

「自分のことは自分で片をつけるからええよって。なあ、まだ十歳くらいの子がやで。健気《けなげ》で健気で、あたし思わず泣いてもうたよ」

　自分で片をつける、という部分は大いに頷けた。確かにあの男なら、善行であれ悪行であれ、人の手を借りるようなことはしないだろうと思われる。

「せやけど邦ちゃんにしたら、学校よりも家にいる方がずっと辛《つら》かったやろね」

「家庭が冷えていたんですか」

「冷えてたなんてもんやない。毎日虐待の嵐みたいなもんや」

言葉は徐々に熱を帯びていた。当時のことを思い出しでもしたのか、眉間に皺を寄せてまるで仁科を仇《かたき》のように睨《にら》み据える。

「元から加瀬さんところは人手不足が続いててさ。理由はまあ色々あるやろうけど、その一つは加瀬さんの人使いの荒さが原因や。とにかく危険な仕事、キツい仕事を従業員に押しつける。その上にイラチ（短気）ですぐ怒鳴るよってね。若い人が全然居つかんのよ。そこに邦ちゃんがやって来たやろ。加瀬さんにしてみたら、念願の働き扶持《ぶち》が増えたってもんさ。しかもタダでさ。小学校の頃は物運ばせる程度やったんやけど、中学に入った頃から旋盤の機械触らせ始めたのよ。あんなもの、一つ操作間違えたら指の何本か切れちゃうのにさ」

仁科は話を聞きながら、昨夜亮一が時効だからと予防線を張っていたことを思い出した。何が家の手伝いなものか。確かにそんな仕事に従事させていたのでは、労働基準法違反を問われても当然だ。

「実の甥《おい》っ子《こ》にも人使いは荒かったですか」

「どんなに荒くしても身寄りは自分だけだったからね。学校から帰って来るなり仕事。碌な食事も与えない癖してさ。あんな小さい身体で大人並みの仕事するんや。終わった頃にはもう寝るしかないから、勉強なんてできる訳ない。邦ちゃんの成績が良うなかったんはあの子の頭のせいと違う。環境のせいや。それでも加瀬さんが邦ちゃんを高校行かせたんは、扱う工作機械の中に高卒の資格がないと扱えんもんがあったからで、あの子のためなんかやなかった」

　つまりは正規の従業員として雇うために、最低限の学歴なり資格が必要だったということか。

「高校卒業したら勝手に出て行った？　ふん、とんでもないわ。出て行ったんやのうて逃げ出しただけや。せやからあたしら近所のモンは、邦ちゃんが出て行くて聞いた時には胸を撫《な》で下ろしたくらいやったもの」

「しかし、仮にも高校まで進学させたというのなら、立派に親代わりを務めたといってもいいんじゃないですか」

　この問いかけはテクニックの一つだった。相手が悪《あ》し様《ざま》に言う人物を弁護してやると、更に重要な事実を語ろうとする。

「あれが親代わり言うんなら犬の方がよっぽどマシや」

「犬、ですか」

「甥っ子こき使うだけやない。加瀬さんがよう家ん中で殴ったりしてたんや。大人と子供やから、そんなもん学校のイジメどころの話やない。殴られた翌日は顔が腫れてたから、すぐに分かった」

「そんなにひどかったんですか」

「加瀬さんの怒鳴る声も邦ちゃんの泣き声も外まで聞こえてたしね。仕事をサボったとか口ごたえしたとか、理由はそんなことだけど、加瀬さんの憂さ晴らしでもあったのよ。あの齢《とし》でずっと独身やし」

「ご近所のどなたか、児童相談所や警察に連絡する人はいなかったんですか」

「したわよ！　あたしも、他の奥さんも。でも市役所から担当が来るたんび、加瀬さんは上手《うま》いこと言い逃れするし、警察の方は家庭内のいざこざには介入できひんて及び腰になるし。結局、加瀬さんは何のお咎《とが》めもなし。せやから、邦ちゃんが不良になったりもしものことがあったら、警察にも責任の一端があるんよ」

じろりと睨まれた。仁科には与《あずか》り知らぬことだが、警察の事なかれ主義を突かれるとやはり痛い。ストーカー殺人や虐待による死亡事件は年を経る毎《ごと》に増加し、その度に槍《やり》玉《だま》に挙げられているのは警察の対応の遅さだ。民事不介入という原則があるとはいえ、今一歩踏み込み切れなかった憾《うら》みは仁科自身も感じている。

「邦ちゃん立派やったんよ。高校卒業して家を出る時、あたしたちに挨拶して回ったからね。いつも見守ってくれて、ありがとうございましたって。それであたしたち、また大泣きして」

大阪から戻ってみると、石川署は相変わらず署員も刑事も、汗臭い身体を薄汚れた服に包んで走り回っていた。仁科はまるで異世界から帰還したかのような感覚に戸惑う。慣れ親しんだはずの場所が異常な事態であることを再確認して、怖気《おぞけ》をふるった。

「ご苦労様」

小室は机から顔だけ上げて仁科を迎えた。

「どうだった」

「生憎《あいにく》、大熊町方面に加瀬の知り合いがいるという情報は得られませんでした。ただ……」

「ただ？」

「加瀬に対する心証が少し変わりました」

仁科は加瀬亮一と隣人からの証言を報告する。

「印象としては苦境に耐え抜いた根性の持ち主といったところか」

「ええ。それなりに度胸の据わった人間が、正当防衛を主張できるような場面で逃亡するというのは、いささか間尺に合わない気もしますね」

「しかし、彼らの証言内容は高校卒業までの人物評だろう。その後の生活で人格が曲がったのかも知れない。品行方正な人間がたったの数年で悪辣《あくらつ》非道《ひどう》になった例など腐るほどある」

「その数年間、詳細な証言は得られませんでしたが、大体の経緯は分かりました」

仁科は近隣の聞き込みを終えた後、大阪市内のハローワークを訪ねてみた。そこで照会をかけると、邦彦の求職履歴と転職理由が明らかになったのだ。

「高校卒業後、加瀬は大阪府内の会社を転々としていますが、これは加瀬本人の都合ではなく、会社が倒産したり、長引く不況でやむなく人員整理した事情によるものでした」

実際、これは調べた仁科自身が憂鬱になるような話だった。邦彦の希望する就職先は住み込みか、あるいは寮を所有する会社がほとんどだった。これは少しでも生活費を節約しようという思惑だったのだろうが、ちょうどこの時期から大阪周辺の景気は底が抜けたように悪化の一途を辿っていた。中でも東大阪市を中心とした中小製造業の落ち込みが激しく、ひどい時には一日で数十社もの企業が倒産している。邦彦の転職歴はこれとぴたり重なっており、さながら疫病神に祟《たた》られている感さえある。

「何人か元の雇用主にも連絡がついたので働きぶりを訊きました。どこでも加瀬は手先が器用で真面目だったという評判でした。加瀬の肩を持つ訳ではありませんが、ヤツの転職事情には同情すべき点がありますね」

「そして最終的には原発の人材派遣会社に拾われ、か」

仁科は班長の須藤から聞いた、現場の過酷さを思い出した。内実は労働力どころか身の安全を切り売りするような作業だ。自分ならおそらく三日と保《も》つまい。だが傍目《はため》には過酷な労働条件と思える職場で、邦彦は二年も就業を続けている。これは邦彦によほどの忍耐力があったのか、それとも彼を繋ぎ止めるだけの何かが存在したのか。

仁科はその存在こそが邦彦の行動原理ではないかと見当をつけていた。もちろん確たる根拠はない。言ってみれば、それこそ鼻で嗤《わら》われそうな〈刑事の勘〉というものだ。捜査会議の席で口に出せる代物ではない。

しかし邦彦の身辺を嗅ぎ回るうちに覚えた臭いは、仁科の知悉《ちしつ》する犯罪者どものそれとは明らかに異質だった。公安の追う対象とも違う。邦彦の行動には何かしら揺るぎない信念のようなものが感じられるのだ。

小室の指摘した通り、品行方正な人間が短期間のうちに豹変《ひょうへん》することはままある。ただし、それは本人の性根が脆弱《ぜいじゃく》だった場合だ。性根の硬度と品行は別物であり、芯さえ強靭であれば環境の変化ごときで人間性が変わることはない。仁科の見る限り、邦彦の精神は労働条件などで変質するものではない。

個人的には、邦彦の背景を知ることができただけでも大阪行きは有意義な情報を与えてくれた。

だが表面的には、残念ながら実り多い出張ではなかった。邦彦の経歴は把握できたものの、現在の行方に直結する手掛かりが得られないのでは大阪くんだりまで足を延ばした甲斐がない。

するとすかさず小室が「加瀬の行方について新しい情報が入った」と告げたのでぎょっとした。まさか仁科の心を読んだ訳ではないのだろうが、ひょっとしたらと思わせるところが如何にも小室らしい。

「今までみたいな俯瞰《ふかん》映像じゃない。れっきとした目撃証言だ」

「目撃証言?」

「矢大臣山の麓から四キロ離れた場所に小さな集落がある。福島第一原発から三十五キロ地点で、そろそろ住民たちが避難を開始しているが、昨日その中の一軒に侵入して物色していた空き巣が加瀬らしい」

「まさか、住人に怪我でも負わせましたか」

「いいや。住人といっても老婦人が一人きりだが、奴《やっこ》さん、この老婦人に一喝されるとそのまま逃げ出した。ちょうど冷蔵庫の中を漁《あさ》っていた最中で、盗られたものはわずかな食料品だけという話だ」

邦彦が住民に危害を加えていないことを知り、仁科は安堵した。

「奴はカネを持っていないから、食料は盗むか現地調達するしかない。住居侵入はそれが目的でしょう。加瀬のその後の足取りは?」

「老婦人の証言では矢大臣山に向かったとのことだ。つまり方向としては依然として大熊町を目指している。まさか山越えをするとはな」

対象が山中に入ったとなると少々面倒なことになる。矢大臣山はさほど標高の高い山ではないが、雪山の中での捜索は寒さと足場の悪さで二重に機動力が減殺される。

「もう、捜索隊は」

「まだだ、というよりも上から足止めを食っている」

小室は憮然《ぶぜん》とした表情で唇を歪《ゆが》める。

「上から……？」

少し考えて理由に思い当たった。

現状、署内で稼働できる人員は不足しており、その限られた人員にしても疲労が極限まで達している。そもそも屋内退避を指示されている区域のすぐ近くだ。署長とすれば、防護服を着用しなければならない場所に部下を派遣し、後で責任を問われるような事態は避けたいに決まっている。

更に福島県警との相克が考えられる。

「もう、完全に県警が入ってるんですか」

「被災者の捜索で忙殺されていたが、昨日から本格的に捜索に加わった。ただし従来通りの人員配備ではないがね」

重要事件容疑者の逃亡となれば所轄署に丸投げという訳にはいかない。当然のことながら、どの場所に誰を配置するかで県警側と石川署の間で駆け引きが行われる。

邦彦の身柄を確保したいのは山々だが、放射性物質が襲いくる区域に自分の部下を遣《や》って被曝でもしたら責任を追及されかねない。それは県警も石川署も事情は同じだ。虎穴に入らずんば虎子を得ずという諺《ことわざ》があるが、この場合の虎穴には虎よりも恐ろしい魔物が待ち構えている。

一方、小室の立場もある。

仮に署長が刑事課の人間を派遣すると決めた場合でも、直接命令を下すのは小室の役目になる。署長命令といえども自分の部下を死地に追いやるような真似を、果たして小室ができるかどうか。事務処理能力に長《た》ける一方で下からの信頼が厚いのは、決して部下を道具のように扱わないからだ。その信頼を反故《ほご》にしてまで署長命令に従うのかどうか。

小室が珍しく唇を歪めているのは、おそらくそれが理由だろう。今度ばかりは人当たりの良さと温厚な性格だけで切り抜けられる問題ではない。

そんなことを考えていると、小室がじろりとこちらを睨んだ。

「楽しいかね、仁科係長?」

「えっ」

「あんたがそうやって他人の顔をじっと見ている時は、大抵そいつの心理を探っている時だ。肚を探られていると知っていて、愉快な気分になる人間はあまりいない」

それも読まれていたか。

仁科は申し訳なさそうに頭を掻くしかなかった。有能な上司も時には考えものだ。頼りになる反面、一瞬の油断もできない。

「まあ、県警と石川署だけの話ならまだいいんだが……これにもう一枚加わっているから余計にタチが悪い」

溝口たちのことか。

「その後、公安の動きはどうですか」

「悔しいかな、彼らは我々の一歩先を行っているようだ。幹線道路で検問を張っている署員から連絡が入った。各検問にも公安のメンバーが紛れ込んでいる。しかも狙いは適確で、ちゃんと大熊町方向に延びる箇所に人間を配置していた。他の場所には見向きもしていない」

つまり仁科の予想通り、彼らは邦彦の行先を事前に知っていたということだ。

「再三、県警公安課の意図を探ってみても彼らの狙いが今一つはっきりしない。いや、やはり県警レベルには明確な意図が伝わっていないと考えた方が妥当なのかも知れない」

「サッチョウ主導ということですか」

「あくまでも中央が旗を振りたいんだろう。全く、この国自体が未曽有の危機だという時に呑気《のんき》なものだ」

「公安の狙いだったら、案外簡単に分かるかも知れません」

「どんな妙案がある?」

「当の本人たちに訊いてみればいいんですよ」


金城宅を訪れると、予想通り家から離れた場所に黒塗りのセダンが停《と》まっていた。

仁科はセダンの真後ろに覆面パトカーを停め、スクリーンで目隠しした窓を指で叩く。

ややあって開いた窓から、溝口が視線だけをこちらに向けた。

「何か用か」

溝口は細い眉を逆立てていた。束の間、この男は笑うことがあるのだろうかと真剣に考えた。

「話がある」

「こっちに話すことはない」

「あんたにとって有益な話だぞ」

「捜査の邪魔だ」

まるでとりつく島がない。仁科はいったん相手を怒らせる作戦に出た。

「ここで張ってるってことは、加瀬の確保に失敗したからだろう。検問で引っ掛かるのを横から掻《か》っ攫《さら》う計画だったんだろうが、まさか山越えするとはあんたたちも予想していなかった」

「網から逃がしたのはそっちの失点だ」

「網から逃がしたのは獲物の行先が分からなかったからだ。そっちが情報を寄越してくれれば、もっと効率のいい網を張れた」

「ふん、公安から情報を引き出すだと。本気でそんなことを言ってるのか」

「加瀬の目的地は福島第一原発。そうなんだろう？」

溝口の表情が一瞬、凝固した。どうやら図星だったらしい。

あれだけ関係者や知人から聞き込んだにも拘わらず、邦彦と大熊町を結ぶ接点は見つけられなかった。それならば、延長線上にある福島第一原発が目的地だと仮定するのが理に適っている。メルトダウンという最上級の悪夢が展開している場所に行く訳がないと、盲点になっていただけだ。

「検問で加瀬を捕まえられなかったのは両方にとって痛手だった。ヤツはおそらく原発から三十キロ圏内に入っている。これからますます汚染度の高い区域に進む。あんたたちはどこまで追っかけるつもりだ？　防護服を着込んで原発の建屋内で待ち伏せでもするか？　現場の作業員から聞いたが、あの防護服ってのは大して当てにならないらしいぞ。しかも現場では炉心溶融している。平時とは比較にならない値の放射性物質が拡散している。いくら法律が怖くない公安でも放射能は怖いだろう」

溝口は小さく歯を剝き出した。たったそれだけで凶悪な顔つきになるので、よほど顔の造作が悪人向きと見える。

「つくづくお喋《しゃべ》りな刑事だな。口より足を動かすのが商売じゃないのか」

「ああ、動かすさ。何なら今から原発に向かってもいい」

「何だと」

「取引するつもりはないか」

仁科は顔をぐいと近づけた。溝口は露骨に嫌な顔をしたが、窓を閉めることはしない。

「加瀬は俺が必ず捕まえる。その後はあんたに引き渡してやってもいい。その代わり、あんたたちの狙いを教えろ」

小室や他の署員、県警の人間が傍で聞いていたら烈火の如く怒り出しそうな提案だった。だが実際問題として、石川署や県警の刑事が邦彦を確保したとしても、どの道その身柄は警察庁警備局に持っていかれる。ならば容疑者逮捕だけすれば少なくとも石川署の面子《メンツ》は確保できる。

いや、所轄署の面子以上に仁科自身の拘泥があった。

移送途中で容疑者に逃げられた間抜けな刑事。その汚名を雪《そそ》ぐには自分が加瀬を捕らえるしかない。

　そしてもう一つ。

　仁科は、周辺捜査を続けるうちに今回の事件がただの殺人だとは思えなくなっていた。容疑者である邦彦はもちろん、金城一家が何かを隠している。それは邦彦が脱走して福島第一原発に向かっていることと決して無関係ではない。

　もう一度、邦彦を捕まえ、その口から直接真相を訊き出す――息子を亡くし妻を絶望の淵《ふち》に取り残し、ともすれば挫《くじ》けそうになる自分を鼓舞するには、それを執念にするより他なかった。

　しかし仁科の想いをよそに、溝口の口調はどこまでも醒《さ》めていた。

「くだらん。田舎刑事の戯言《ざれごと》に付き合ってられるか」

「戯言だと」

　その言葉で今まで耐えていた堤が決壊した。

　仁科は腕を伸ばして溝口の襟首を摑む。

「俺は本気で加瀬を追うつもりなんだがな。そうか、あんたは俺たち田舎の刑事には扱えないような巨悪を追っているんだったな。だったらあんたが加瀬を追ってみろ。放射性物質渦巻く原発で待ち伏せてみろ。加瀬一人捕まえられずに何が巨悪だ。笑わせるな」

　一度、吐き出した言葉は元に戻らない。分かっていながら、途中で止めることはできなかった。

「それができないのなら、あんたも口だけの人間だ。どこぞの電力会社の本店と同様、火の粉の飛んでこない安全地帯にふんぞり返って、組織の体面を保つことだけに腐心しているクソ野郎だ。何が刑事なもんか、あんたはただの公務員だ」

奔流のような言葉は私情だらけだった。犯罪捜査に携わる者が口にしていいことではない。しかし、言い切ってしまった後には不思議な爽快感があった。

仁科の言葉を聞いた溝口の目は昏い光を帯びている。

「中学生みたいに安っぽい売り言葉だな。買うつもりはないが、本気で原発まで加瀬の後を追うつもりか」

「追うさ。刑事だからな」

「馬鹿か、貴様」

「刑事の価値は頭の出来じゃない。挙げた犯人の数で決まるんだ」

「ふん、昭和の昔から連綿と続く刑事魂か。そんな風だから世情に疎くなる。最新の経済事情やＩＴ技術についていけなくなる。たまには経済紙で債券市場でも眺めるんだな」

襟元の腕を振り払って、溝口は窓を閉めようとする。その刹那、付け足しのように言った。

「特に3・11以降のな」

窓が閉まると、それきり会話は遮断された。

しかし弾《はじ》かれた格好の仁科は、溝口の最後の言葉に搦《から》め捕られていた。

どういう意味だ、今のは。

3・11以降の債券市場だと？

6

意識が戻っても、周囲は闇に閉ざされたままだった。

まだ夢の中にいるのか――邦彦は試しに下唇を噛んでみる。感覚がある。それでも一向に視界は明るくならない。

ひと息大きく吸って噎せた。煙が充満して鼻腔がひりつく。息苦しいのはそれだけが理由ではなく、身体全体が上から押し潰されている。

思い出した。農機具小屋で暖を取っている最中に地震が起き、頭上から梁が落ちてきたのだ。

あれからどれだけの時間が経過したのか。いや、いったい状況はどうなっているのか。

邦彦は一気に五感を覚醒させた。

視界が遮られているのは眼球を損傷したからではない。農機具小屋の屋根が覆い被さっているせいだ。

煙の臭いがするが何とか呼吸できるのは、間近まで火の手が延びていないせいだ。その証拠に身体全体が熱に包まれていても、火傷《やけど》をしたような痛みはない。痛みがあるのは右のくるぶしだが、火傷の鋭痛ではなく打撲傷のような鈍痛だ。

邦彦は慌てた。

ぼんやり現状認識している場合ではなかった。自分は小屋の下敷きになり、その瓦礫は今も燃え続けているのだ。

頭上に梁が落ちてきた時、咄嗟に横へ飛んだ。だから直撃を受けずに済んだ。だが意識を失っていたことを考えると、頭のどこかを強打した可能性がある。

とにかく一刻も早く、ここから抜け出さなければならない。

方向感覚で俯《うつぶ》せになっていることは分かる。

右足は鈍痛に邪魔されて力が入らない。左の膝を曲げてみると、膝下が少し動いた。ただし瓦礫が動いた訳ではなく、そこに元々隙間があっただけだ。

両手は肘を支点として扇状に動かせるが、やはり上からの圧力で瓦礫を撥《は》ね除《の》けることはできない。

四肢に力を込めて身体を持ち上げようとする。

ほんのわずか身体が浮く。しかし圧力に耐えかねて、すぐ潰される。

同じことを繰り返すうちに身体の浮き加減が小さくなる。焦燥が募り、恐怖が増大する。

このままでは焼け死ぬ。いや、窒息して死ぬのが先か。そう思うと手を横に動かしたり身を捩《よじ》ったりと無駄な足掻きをするようになった。

焦るな。体力を浪費するな。

警告が響いて、やっと邦彦は悪足掻きをやめる。

もっと効率のいい力の使い方があるはずだ。鉄筋コンクリートの建物ではない。木とモルタルでできた簡便な小屋だから、持ち上がらないはずがない。どこかに必ず何か突破口がある。

いったん落ち着け。

確実に危険が迫っていたが、邦彦は無理に動揺を鎮めた。

その時、不意に既視感に襲われた。

昔、これと同じことがあった。

そうだ、七歳の時、震災に見舞われ、気づいた時には両親が自分を護るように覆い被さっていた。そのお蔭で邦彦は家具や建材の直撃を受けずに済んだ。

ああ、あの時もこんな風に暗闇が自分を包んでいた。息をすれば、砂埃と煙を一緒に吸い込んで泣きながら噎せた。

父を呼び、母を呼んだ。

二人とも返事をしなかった。触れ合う肌がどんどん冷たくなっていくのを感じ、急に不安に駆られてまた泣いた。

泣いたら二人とも返事をしてくれると思った。声を嗄《か》らして願えば、二人がこの闇の中から救い出してくれると信じていた。

そのうちに煙の味が濃くなり、ますます息苦しくなった。空気も熱気を帯びてきた。

七歳の子供に死の概念は明確ではなかったが、それでも襲いくる危険に本能が反応した。半狂乱になって泣き叫ぶ。必死に泣き叫んでいるうちは恐怖を感じずに済んだ。

まるで喉が裂けるような叫び方だった。喉の中が切れて血が出ると思った。

何時間そうしていただろう。

やがて叫び声が擦《かす》れてきた。

ずっと叫び続けていたら、声はひゅうひゅうとした風の唸りにしか聞こえなくなった。肺の中の空気が全部声にならずに出ていった。

もう、息を吐くことさえ苦痛になった。

涙も涸《か》れ果てていた。

段々、意識が遠のき始めたその時——。

頭上から声が聞こえた。

（誰か生きとるか）

ようやく邦彦は瓦礫の下から救い出され、九死に一生を得ることができた。後から考えれば、運が良かったとしか言いようがない。

もう二度とあんな目には遭うまいと思っていた。

ところが、この有様だ。運命の女神は邦彦に対してとことん冷淡らしい。

今この場に邦彦を助けてくれる者はいない。我が身を犠牲にしてくれる両親もいない。

だが、もう子供ではない。それなりの知恵と、体力と、そして執念がある。

こんなところで死んで堪《たま》るか。

邦彦は両肘を使って横への移動を試みた。下方向の圧力は大きいが横方向はさほどでもない。

崩壊した小屋にかかる圧力が、全て均一とは思えない。どこかに堆積の薄い場所もあるはずだった。

横移動を続けると、右のくるぶしに激痛が走った。何かに挟まれて右足だけは動かせない。やむなく扇形に這って、肩の重みで堆積物の重さを確認する。

矢庭に煙が濃くなった。

空気も熱くなった。

悪夢が再び甦る。火が間近に迫っているのだ。

その時、圧力を確認していた右手がその場所を感知した。力を入れると、甲に触れていた瓦礫がゆっくりと持ち上がる。

右足首を軸に動く度、くるぶしに楔《くさび》を打ち込まれるような痛みが走る。煙もますます濃度を上げていく。深く吸い込んだら命取りになる。邦彦は打ちっ放しのコンクリートに額を擦《こす》りつけるような格好で浅く呼吸する。息を吸うと、床に積もっていた砂埃とゴミが口の中に紛れた。

畜生。

ひと声吠えて、邦彦は大きく右に移動する。右足が悲鳴を上げたが、もう構ってはいられなかった。

目的の箇所を肩甲骨の上に捉える。

両肘を立てると、背中に伸し掛かっていた瓦礫がぐらりと揺れた。いける。

邦彦は渾身《こんしん》の力を両腕に込め、一気に上半身を起こした。

重い。

眠っていた感覚が目覚めるように背中と腰、そして腕に疼痛《とうつう》が生まれた。知ったことか。痛がるのなら、生還した後でゆっくりやればいい。

腕立て伏せの要領で肘を突っ張る。

みしり、と瓦礫がずれ落ちる。

背筋の力を総動員して上半身を跳ね上げる。

すると落下音と共に背中が軽くなった。

身体を起こすと、右足首の痛みの原因が分かった。

丸太が足首を挟んでいた。

邦彦は丸太に両手を掛け、やっとの思いで右足を引《ひ》き摺《ず》り出す。縛《いまし》めから解かれた瞬間、くるぶしは別の痛みに変わった。

尻餅をつくように後方に倒れると、空が見えた。既に夜明けが近づき、東の空は明るくなりつつある。

小屋のあった場所には残骸しかなかった。その中央から炎が上がっており、瓦礫のほぼ半分を焼いている。邦彦の倒れていた場所から一メートルも離れていない。

降雪で火の勢いが殺《そ》がれたのが幸いした。小屋が湿っていなければ、邦彦も小屋の下敷きになったまま焼かれていたに違いない。

肩を落として脱力すると身体の節々が軋《きし》んだ。右足ほどではないにしろ、そこら中に打撲傷を負ったようだ。

あの揺れ、震度はどれくらいだったのだろうか。

邦彦は慌てて携帯電話を取り出した。

福島第一原発はどうなっているのか。

表示は相変わらず〈圏外〉だった。

邦彦は思わず溜息を吐《つ》いた。

携帯電話の電源はあとわずかで切れようとしている。貴重な情報源なので節約するに越したことはない。

小屋の周囲には他に延焼するようなものはない。放っておいてもこれ以上の大事にはなるまい。

邦彦は右足を引き摺りながら、また山道を歩き始めた。

早朝の凛《りん》とした冷気が剝き出しの肌を刺す。燃え盛る瓦礫の下で温められていた身体から、再び体温が奪われていく。

腹が猛烈な飢えを思い出した。

大人になって手に入れた知恵と体力と執念でも敵わない本能。

叔父の亮一に引き取られてから、恵まれた食生活など送ったことがなかった。育ち盛りの時分に与えられたのはもっぱらインスタントの袋麺で、それさえも満足な量ではなかった。家を出て働き出した時はいくぶんマシになったが、それでも定食屋とファストフード店を行き来するだけで、高級食材を売り物にするような店は横目で通り過ぎるだけだった。

しかし、これほど飢餓感に苛《さいな》まれることはなかった。貧しい内容でも三食は保証され、空腹で眩暈がするようなことはなかった。

今まで体験したことのない飢餓は脅威だった。本能の前では理性や常識など木端微塵《こっぱみじん》に粉砕される。他人の家に忍び込むという犯罪を容易にやってのける。犬を食うなどと、普段なら想像すらしないことを平気で考える。

既に思考は朦朧とし始めていた。胸に抱く使命感も目蓋の裏に焼きついた裕未の顔も、飢えの前では無力だった。

邦彦は凹《へこ》んだ腹を抱えて歩き続ける。矢大臣山を過ぎればまた集落に出られる。そうすれば何とかなるだろう。

しばらく行くと三叉路に出た。右は山中に向かう道、左は下り坂で集落に向かう道だ。左に折れる。

このまま進めば食い物を調達できるという期待で、自然と足が速くなる。邦彦は半ば駆けるようにして坂を下った。

だが、坂を下りきっても民家は見当たらなかった。雪に覆われた平地と竹藪があるきりだ。

まだ空腹のまま歩かなくてはいけないのか――絶望に霞む視界にはこんもりと盛り上

がった雪原が映る。竹藪が切り開かれているところを見ると、この辺りは田畑地帯なのだろう。

そこまで考えた時、足は盛り上がった雪原に向いた。田畑。その下には作物が埋まっているはずだ。

気ばかりが先走って、不自由な右足が疎ましい。邦彦は急《せ》かされるようにして雪原を目指す。

屋内退避が指示されている区域なので農作物に放射性物質が付着している危険性もあったが、不確実なことは頭から消えていた。今はとにかく形のあるもので胃袋を満たしたかった。

辿り着くと、その場で四つん這いになる。野犬よろしく両手で雪を払い除ける。悴んだ指先は雪を払う度、更に凍てついたが、痛覚よりも空腹感が勝った。

雪の中から放射状に伸びた葉が顔を見せた。邦彦はその根元を握り、両手で一気に引き抜く。

大根だった。

邦彦の腕よりも細く、見た目にも充分な生育ではない。

だが、そんなことを気にする余裕はなかった。逸《はや》る手で土を払い落とし、白い部分に齧りつく。

口一杯に渋味のある汁が広がった。慌しく咀嚼すると、舌先がようやく辛味を感知する。鼻先から抜けていく、つん、とした辛味だ。それでも味わううちにわずかな甘みが舌の奥に残る。しゃくしゃくとした歯応えを期待していたが、払いきれなかった土が混じったので、不快な食感だった。

ところが嚙み砕いたものを汁と一緒に嚥下した瞬間、胃は歓喜した。胃には味覚がない。ただ消化可能のものを取り込めばそれでいい。

邦彦は我を忘れて大根を齧り続けた。雪原の上に座し、ひたすら畑の作物を貪《むさぼ》り食う姿は浅ましい獣のようだったが、外見など気にしていられない。

丸々一本を平らげると少し人心地がついた。よほど急いで咀嚼したのか、今頃になって顎が嚙み疲れているのが分かった。

邦彦はゆらりと立ち上がる。胃袋の欲求を満たしたら、すぐに目的地に向かわなければならない。

しばらく歩いていると節々の痛みがじわじわと身体の深奥に滲みてきた。飢餓感に誤魔化されていた疲労と激痛が覚醒したのだ。

引き摺る右足はいよいよ重くなり、体感温度は急速に低下していく。歯ががちがち鳴っているのは寒さと共に体力が極端に落ちているせいだ。

失神している間も平穏な状況にいた訳ではない。倒壊した小屋の下敷きになり煙に汚れた空気を吸っていたのだ。これで肉体に変調の起きないはずがなかった。

三十分でいいから休ませてくれ。邦彦の目は寒さをしのげる場所を探し始める。だが前方は見渡す限りの雪原で、建物らしきものは存在しない。

いや——建物とは言えないが、寒気を遮るものは探し当てた。

百メートル先に見える、降雪で屋根が変形しかけたビニールハウス。邦彦の視線はその一点に注がれた。

疲労困憊《こんぱい》の肉体に鞭《むち》打って、ふらつきながらハウスに近づく。やっと辿り着くが、予想通り入口には錠が掛かっている。

指を立てて触れてみたが、ビニールはひどく厚手でとても破れる代物ではない。

切羽詰まった状況だと尚更頭が働く。邦彦はライターを取り出した。何気なく拝借したライターがこうも役立ってくれるとは、全く想像もしなかった。

火を点して近づけるとビニールは簡単に燃え始め、すぐに穴が開いた。燃え過ぎてはいけない。自分が潜れるだけの穴が開くと、すぐに雪で燃え広がるのを止めた。

穴から中に潜り込むと、むっとする熱気が身体を包んだ。有難い。こんな状況下でもハウスとしての役割を全うしてくれている。

暖気に身を委ねた途端、肉体が蕩《とろ》けそうになった。節々の痛みも気のせいか、いくぶん和らいだように感じる。

鼻腔には仄《ほの》かにイチゴの香りが飛び込んでくる。ここはイチゴを栽培するハウスだったのか。そう言えばイチゴはここ福島の名産品だった。

芳しさに誘われ、腰を落としてそのうちのひと房に近づいてみる。果実はまだ熟しきっておらず青いままだった。それでも先に大根で腹を満たしていなければ、この青い果実が大層なご馳走に思えたことだろう。

不意に暖気が睡魔を連れてきた。

邦彦は抵抗を試みる。三十分だけ身体を休めるつもりでここに来た。元より眠ることは考えていない。眠れば短時間で目覚める自信もない。空腹と寒さから解放され、精神も肉体も疲労の極みにある中、ひとたび寝入ってしまえばどれだけの時間を浪費することか。

もう自分には一刻の猶予も許されない。早くハウスから出て目的地に向かわなければ――。

しかし抵抗空《むな》しく、邦彦の意識は睡魔に搦め捕られていく。暖気はベッドに、イチゴの香りは睡眠導入剤と化す。

支えを失くして倒れ伏すと、もう駄目だった。

邦彦は再び深い淵に落ちて行った。

＊

「ひどいな……」

モニターに映し出された三号機建屋を見て、岩根《いわね》は思わず呟いた。

今日未明から東京消防庁ハイパーレスキュー隊による放水が本格的に始まり、使用済み燃料プールの温度は徐々に下がりつつあった。現在も尚、綱渡りの状況であることに変わりはないが、最悪の事態を水際で食い止めているという実感はある。消防庁との共同作戦は初めてではないが、今回ほど相手の存在を心強く感じたことはない。

それにしてもあの建屋の脆弱ぶりときたらどうだろう。屋根は完全に吹っ飛び、鉄骨が剝き出しになっている。まるで爆撃にでも遭ったような有様だ。こんな代物を世界最高水準の堅牢さと吹聴していた関係者たちを、建屋の前で一列に並ばせてやりたい気分だった。

加えて、己の腑甲斐《ふがい》なさに対する怒りと東電関係者たちに対する呪詛《じゆそ》で胸の裡が黒くなる。

五日前の十四日午前十一時一分。岩根たち陸上自衛隊中央特殊武器防護隊の一団はプールへの注水作業に着手するため、三号機建屋に到着した。東京電力本店からの事前説明では、建屋周辺に作業の支障になる要因はないと聞かされていた。

ところが水タンク車を二号機と三号機の間に横付けするなり、岩根たちは突然の爆風に見舞われた。三号機建屋内の水素爆発だった。

岩根の乗っていた隊長車とタンク車は大破し、ジープの幌《ほろ》は飛散した破片でずたずたに引き裂かれた。無論隊員たちも無事では済まず、タイベック越しに怪我をした者、飛んできた破片で背骨に罅が入った者がいた。慌ててその場から退避し、五キロ離れたオフサイトセンターで除染を行った。シャワー室と検査室を往復すること八回、それでやっと基準値まで戻った。

直後、岩根は東電関係者が陣取る会議室に怒鳴り込んだ。この期に及んでも水素爆発の危険性を含め、情報の全てを出し渋る東電に怒りが炸裂《さくれつ》した。だが、それで彼らの隠蔽体質にいささかの変化がある訳もなかった。

以来、岩根は東電に対し不信感を抱きながら作戦を遂行している。現場で命を賭して働いている作業員はほとんどが下請け孫請けの社員であり、そのことが更に東電への不信を募らせた。

いったい、あの会社が護ろうとしているのは人命なのか、それとも原発施設なのか。

岩根は頭を振った。企業の思惑など知るか。とにかく自分はこの国と国民の安全を護るために動くだけだ。

目下のところ三号機は消防庁に任せておいて構わないだろう。それよりも岩根が危惧するのは四号機の方だった。

地震発生前、使用済み燃料プール内の温度は二十七度だった。それが本日サーモグラフィーで測定したところ、四号機プール内は四十二度まで上昇していた。そして爆発で壁を失った建屋は、柱だけで支えられている不安定な状態にある。

早急に建屋内の状況を知る必要があった。だが先の三号機での事故が頭を過《よぎ》る。もはや東電の説明は全く信用できない。かと言って手をこまねいて見ている訳にもいかない。

そこで岩根の考えついた方法がロボットの使用だった。

ロボットといっても高度な技術を搭載した防災モニタリングロボットではない。既に原子力安全技術センターが実用化したロボットは存在しているが、東電が実地経験から国産品の使用に難色を示したのだ。瓦礫の散乱で走行不能という判断もあった。だから、これは業を煮やした岩根が隊の工作好きに作らせたリモコンカーの改造品だった。

大型のリモコンカーからボンネットを外し、タイヤの代わりにキャタピラを装着させる。あまり重い物は搭載できないので装備はズームカメラと線量計に限定する。見映えは良くないが、無限軌道なので瓦礫の山も乗り越え、捉えた画像と放射線量のデータは直接パソコンに送信される。

急拵えだが、これなら探査型ロボットとして最低限の作業は遂行できる。現に今、岩根の見ている三号機建屋の画像は即席ロボットから送られてきたものだった。国家未曽有の災害時に手作りのロボットを稼働させるなど冗談のような話だが、これも東電不信のなせる業だった。

岩根をはじめとした隊員数名が見守る中、やがてロボットは四号機建屋の中に侵入した。破片の散乱した床を走っているせいで車体の揺れがそのまま画角のブレになり、画像は常に落ち着かない。パソコンのモニターではなく、もっと大きな画面で見たらおそらく頭痛がするだろう。

やがてライトに照らし出されて内部が映った瞬間、岩根たちは一様に息を呑んだ。

上部から垂れ下がった鉄骨、破片が堆積した床、爆発時の高熱で溶解した壁面、その光景を朦朧とさせている蒸気。画面の向こう側からキナ臭さが漂ってくる。建屋内は外部よりも激しい被害を受けていたのだ。

まさかプールまで同様の衝撃を受けてはいないか――岩根は生きた心地がしなかった。

プールに近づくにつれて放射線量は上昇していく。センサーは床表面の数値を測るようになっているが、デジタルメーターは早くも毎時４０００ミリシーベルトを示している。

モニターを見ていた全員がその数値の上がり方に驚愕した。

５０００ミリシーベルト。

6000ミリシーベルト。

そしてプールの真下に到着した時、放射線量は遂に8000ミリシーベルトを超えた。これは作業員の年間被曝限度50ミリシーベルトに約二十三秒で達する数値だ。七分もいればたちまち嘔吐《おうと》などの急性症状が出る。

岩根は画像を見ながら、絶望で吐きそうになった。現状、放水でプール内の温度を冷やそうとしているが、それが徒労に終わった場合はいよいよ決死隊を組んで建屋内で作業しなければならない。だが毎時8000ミリシーベルトなどという放射線地獄の中に、自分は部下を送り出すことができるのか。いや、そもそも自分自身にそんな特攻精神があるのか。

ズームカメラが上部に向きを変え、プールの基底部分を捉える。3D映像撮影機能や階段昇降の機能がないのは口惜《くや》しいが、当面はズーム撮影で代用させるしかない。

どこかに冷却水の洩れている部分はないか。

基底部分に崩壊の前兆はないか。

カメラはマウスの操作で碁盤の目状に移動する。隊員たちの目はレンズと一体となって不審な箇所を捜索する。

そしてカメラが支柱に近い箇所を捕捉した時だった。

うん？

岩根の目がその物体を見つけた。ベージュ色をしたレンガ状の物体が支柱にガムテープで固定され、レンガからは二本のリード線が黒い筐体《きょうたい》に繋がっている。

中央特殊武器防護隊はその名の通り、核兵器・生物兵器・化学兵器に汚染された地域の偵察と除染を行う部隊だが、同時に爆発物のエキスパートでもある。岩根自身、今まで数限りない種類の爆弾を目にしてきた。

その岩根の目が捉えたレンガと筐体の組み合わせは一つしか思い浮かばないものだった。

隊員たちも同じ思いなのだろう、誰もが口を半開きにし、そこに有り得べからざる物を見ていた。

やがて隊員の一人が乾いたような声で言った。

「隊長。あれは……C－４（プラスチック爆弾）じゃありませんか？」

三　去来

1

暗闇の中でひどく重圧が掛かっている。

胸郭を押し潰し、頭と四肢の動きを封じるほどに重い。それでも何とか息ができるのは、すぐ上に母親の身体《からだ》が覆《おお》い被《かぶ》さっているからだ。母親だということは嗅ぎ慣れた匂いで分かった。

だが母親も、そして父親も決して自分の呼びかけに応えてくれようとはしない。母親の身体もどんどん冷えていった。怖くて怖くてずいぶん泣き続けたが、誰一人応答してくれなかった。

やがて声が擦《かす》れて出なくなり、迫りくる恐怖に思考がついていけなくなった。

次第に薄れゆく意識の中で、その声が聞こえた。

すっかりか細くなった神経を集中させる。

(誰か生きとるか)

(大丈夫かあ)

幻聴ではない。

気がついてから数時間、初めて聞く人の声だった。

邦彦は声を限りに叫んだ。既に喉がきりきりと痛んでいたが、もう構ってはいられなかった。

「助けてえ……助けてえ……」

肺の中から絞り出すようにしても声は大きくならなかった。それでも今、自分にできるのは声を出し続けることしかない。

やがて、頭の上から新しい声が聞こえた。

(待ってろ)

届いた!

邦彦の胸に安堵《あんど》が満《み》ち溢《あふ》れる。だが、それも一瞬だった。助かるという希望の一方でどこか別の場所を探しているのではないかという惧《おそ》れが綯《な》い交《ま》ぜになり、先刻まで感じていた恐怖が最大限にまで膨れ上がった。

「いたぞ!」

野太い男の声と共に、眩《まばゆ》い光が視界一杯に溢れた。温《ぬく》もりのある掌《てのひら》に手首を摑《つか》まれ、数人がかりで抱きかかえられて外気に触れた時、今が真冬であることをようやく思い出した。

途端に、邦彦は火が点いたように泣き出した。ひいひいと引《ひ》き攣《つ》るような声だったが、泣くほどに心が落ち着いた。流れる涙の量だけ、恐怖も哀《かな》しみも外に排出されるような気がした。担架に乗せられ、病院に搬送される途中もずっと泣き続けた。両親が還らぬ人となったのを知らされたのはその夜のことだった。

どこかで両親の不在を考えないようにしていたが、いざはっきりと告げられた時の衝撃はやはり大きかった。

胸に穴が開く、というのはこういうことかと思った。感情の或《あ》る部分が大きく欠落し、ひゅうひゅうと風が吹き抜ける。まるで精神が悲しみに対して不感症になってしまったかのようだった。

以来、邦彦は涙を流さなくなった。きっと瓦礫《がれき》の下敷きになった時、一生分泣いたせいだと思っていた。

しばらくしてから、病院に叔父の亮一が訪ねてきた。もっとも叔父だと知ったのは本人がそう名乗ったからで、邦彦自身はあまり見覚えがなかった。

「お前の身寄りは、もうわし一人や」

大した外傷はなかったので、邦彦はすぐ退院することになった。主治医だった医師はPTSD（心的外傷後ストレス障害）の可能性があるので定期的に通院するようにと申し渡したが、以後、亮一がPTSD絡みで邦彦を病院に連れて来ることは一度もなかった。

「怪我せんかったら、他にどうってことないやろ。医者ゆうのはつくづく阿漕《あこぎ》だよな。こんな時でも商売っ気が逞《たくま》しいわ。痛くもない腹探って、欲しくもないクスリくれよる」

亮一はそう嘯《うそぶ》いていたが、邦彦が見る限り、亮一の言説よりも主治医の心配げな視線の方がよほど説得力を持っていた。

初めて入る鉄工所は鉄錆《てつさび》と機械油と汗の臭いがした。

「働かざる者食うべからずって知っとるか」

そのくらいは知っていたので頷《うなず》いてみせた。

「まだ子供やから一人前に仕事せえとは言わんけどな。個室と三度三度の飯に恵まれるんや。それに見合った働きはせえよ」

兄弟だというのに、父親と亮一はまるで似ていなかった。顔も声も身体つきも全部違う。唯一同じなのは唇の形だが、その口から出る言葉は天と地ほどに違う。

だからという訳でもないのだろうが、亮一から何を言われても心が痛くなることはなかった。不快感はあったが、それも長続きするものではなく、邦彦は淡々と言いつけに従った。

亮一が個室と称した部屋にはまだ機械油のリットル缶と使用不能になった器材、薬剤で固まった古新聞などが放置されていた。何のことはない。単なる物置部屋だったのだ。最初の夜、邦彦は布団ひと組分のスペースを確保して、そこに眠った。子供の手にも易々《やすやす》摘《つま》めるほど薄い毛布で、打ちっ放しコンクリートの部屋に暖房はなく、ミノムシのように包《くる》まっていないと寒さで眠れなかった。ともすると両親の顔が浮かんで胸が締めつけられそうになったが、想《おも》いが声になる寸前でやめた。

あの日、自衛隊員たちの手で助け出された時、それまで自分を庇《かば》ってくれていた母親の身体がずるりと剝がれ落ちるのを感じた。

生き物の感触ではなかった。

自分がこの世に一人きりだと自覚したのはその時からだった。もう泣いても助けてくれる者はいない。無償の愛を注いでくれる者も、蕩《とろ》けるような笑顔を向けてくれる者もいない。

いくら泣いても無駄だ。第一、泣こうとしても涙腺が堰《せ》き止められたように反応しない。ただ、身体の奥底が冷え冷えとするだけだった。

コンクリートの床を通して冷気が立ち昇ってきた。薄手の布団を容赦なく貫いてくる。

邦彦は我が身を外敵から護《まも》るように丸く丸く縮こまった。

亮一が邦彦を、延《ひ》いてはその父親を快く思っていないことはすぐに察しがついた。まず邦彦の顔をまともに見ようとしない。見れば見たで、唇の端を曲げて露骨に不機嫌な顔をする。

「お前が可愛《かわい》くないのは兄貴に似てるからやな」

亮一はそう言って憎悪を隠そうともしない。

「わしたち兄弟のことを聞いてるか」

兄弟も何も、引き取られるまでは亮一の存在さえうろ覚えだったのだから、邦彦は首を横に振るしかない。

「最初っからよ、兄貴は親父《おやじ》たちから贔屓《ひいき》されてたんや。成績もええ、品行もええ、顔も男前やったしな。俺とは正反対や。せやけど、そんなことで子供の扱いに差ァつけることあないやないか。それをあのクソ親父ときたらよ。兄貴には大学まで行かせるくらい教育熱心なくせして、わしはほったらかしやった。どない思う?」

どう思うと訊《き》かれても返答に困る。

「お蔭《かげ》で兄貴はええ会社に就職できたけど、わしは裸一貫で工員から始めるしかなかった」

最終的には鉄工所の社長になれたのに何が不満なのだろう——邦彦は不思議に思ったが、亮一の愚痴を聞くうち、この男が自分の生業《なりわい》をとことん嫌っていることが分かってきた。だが、どうして自分にそんなことを告げているのかは分からなかった。

後から思い起こしてみると、真情を吐露したのは邦彦に対する所信表明と考えられた。つまり邦彦に対して容赦ない態度を取るのは元を辿《たど》れば父親の責任であると、当初から理由づけしていたようだった。

実際、亮一の邦彦に対する態度は初日が最も穏当で、翌日から徐々に苛烈なものへと変わっていった。たった一人の身寄りを引き取ったのではなく、薄汚い孤児を気紛れに拾ってやったのだという態度に終始した。

朝は亮一よりも早く起きることを命令された。工場が稼働する前に、まず掃除をしておけというのだ。亮一の方が早く起きると、それこそ腹を蹴って起こしにくるので、自然、邦彦は早起きになった。

大型機械が所狭しと並ぶ工場は、床掃除だけでも結構手間を食った。しかも落ちている鉄の削りカスは相当な量で、子供の手では一度に処理できなかった。

以前は何人かの従業員もいたのだろうが、その頃は亮一しかおらず、手が行き届かない結果として床と言わず壁と言わず油汚れや煤《すす》がタールのようにこびりつき、とても一日で拭き取れるものではなかった。それを亮一は「手を抜いている」と断じて、邦彦に平手を浴びせた。

「掃除一つ満足にできひんのかい、この薄のろ」

亮一は邦彦との対話では、言葉より腕力を優先させた。亮一の教育方針によれば、「言葉の分からんガキに何を言うてもアカン」ので身体に直接教えた方が効率がいいとのことだった。

掃除のし残し、自分への受け答え、表情、仕草。亮一はことあるごとに理由をつけて邦彦を嬲《なぶ》った。仕事の受注が上手《うま》くいかない時、納期が遅れた時、それから虫の居所が悪い時。ある時などはお前を見ていると兄貴を思い出す、という理由で叩《たた》いた。

「ええか。世の中に、これほど分かり易い躾《しつけ》はない。言葉が理解できひんでも身体の痛みは誰かて分かるからな。ただ、これは他人がやったら単なる暴力や。身内がやるから愛情になる。せやから殴られたらお前は感謝せんとアカンぞ」

もっとも、亮一が残忍な顔を見せる相手は邦彦に限られていた。死に瀕《ひん》した両親の庇《ひ》護《ご》で救出された邦彦は、阪神・淡路大震災の悲劇の象徴として取材が殺到していた。亮一がこうしたマスコミ関係者に向ける顔は愛嬌《あいきょう》の上に慈悲深さを纏《まと》った叔父の顔だった。あるテレビクルーたちの前では涙さえ流してみせた。そして、もちろん取材費という名目でいくばくかのカネを徴収することを忘れなかった。

いや、取材だけではない。邦彦の元には全国各地から義捐金《ぎえんきん》や激励の便りが届いたのだが、善意の贈り物は全て亮一の管理下に置かれ、邦彦自身が目にする機会はほとんどなかった。しかし毎日のように届けられる現金書留や封書の量から考えても、送られてきた現金は相当な額に上るだろうと推測できた。

ここに至って、亮一が邦彦を引き取ったのはただ一人の身内という理由だけではないことが明らかになった。七歳はもう大人だ。カネの値打ちも、それを求める人間の性《さが》も知っている。そして亮一という男は、欲望にも報酬にも至極正直な男だった。

一度だけ、どうしても商店街の角で売っているお好み焼きが食べたかったのでカネをくれと言ったことがある。すると、亮一は答える前にまず邦彦の頬を張った。

「そんな齢《とし》でもう無駄遣いする気ィか。お前はまだカネの価値も遣い方も知らん」

「でも」

「でも……何や」

「俺宛てに色んな人がおカネ送ってくれてる」

言い終わる前に、今度は拳骨《げんこつ》が飛んできた。

「あれは全国の篤志家さんからいただいたご厚意や。小遣いなんかに回せるかい。あれはお前の学費や生活費になるんや、分かったか。分かったら、もう二度とわしにカネせびるような真似《まね》すな」

二時間かけて朝の掃除を終わらせると、もう登校時間が近づいている。食卓に行くと袋麺がひと袋だけ置いてあった。

これが朝飯ということらしい。冷蔵庫を勝手に開けると怒られるので、麺だけを湯掻《ゆが》き、鍋のまま食べる。こうすれば洗い物が少なくて済むが、食事をしたというより餌を補給したという感覚しかない。時間もないので味わう間もなく掻き込み、鉄工所を飛び出す。知った顔は一つもない町だったが、それでも亮一の仏頂面よりは数段マシだった。

町工場の建ち並ぶこの辺りは下町の人情が残っていて、近所の主婦たちは邦彦のことをあれこれ気遣っていた。亮一には悟られぬよう、菓子パンやら夕食のお裾分けをしてくれたのも一度や二度ではない。だからという訳ではないが、邦彦も彼女たちへの挨拶は欠かしたことがなかった。

「おばちゃん、おはよう！」

「おはよう、邦ちゃん」

元気な声を掛ければ、元気な声が返ってくる。家の中で鬱屈した気分が、それだけでずいぶん軽減された。

だが、学校から帰ったら帰ったで過酷な仕事が待っていた。加瀬鉄工所の主な仕事は鋼板や鉄板を注文通り加工することだが、この原材料の運搬が邦彦に割り当てられた業務だった。

「背ェも低い、身体も小さい。そんなお前にできるのは運ぶ仕事くらいしかないやろ」

もちろん素手で抱える訳ではなくカートで運ぶのだが、それでも一回当たりの重量は数十キロを超えていた。カートのキャスターも円滑には回らないので、前に押し出すのに全体重をかけなければならない。邦彦が通る傍らでは亮一が溶接やら旋盤をしている。溶接作業の間は辺りに火の粉が飛ぶ。下手にポリエステルやアクリル地の服を着ていると、一気に燃え上がることもある。旋盤作業も同様で、削られた鉄片が始終飛んでくる。実際に、邦彦の腕にも破片が刺さったことがあった。

加えて工場に冷房設備と呼べるものは皆無だった。作業中は溶接や旋盤機から排出される熱で蒸し風呂のようになったが、そんな中でも邦彦は長袖を着て重い原材料を運び続けなければならない。冬場ならともかく、夏のさなかには頭の中が沸騰して一度ならず気が遠くなりかけた。

一日の仕事が終わると、くたくたになって布団に倒れ込む。いくら子供の運動量が大きいといっても、こんな重労働をさせられたのでは蠟燭《ろうそく》を両側から燃やすようなものだった。形ばかりの夕食を掻き込み、入浴後に浴槽を洗って出るとそのまま眠りに落ちた。学校の予習復習をする時間的余裕も体力ももう残っていなかった。

新しい住処《すみか》に愛情と安穏はなく、代わって待っていたのは憎悪と疲労だった。

では、学校ではどうだったか。

転入したての頃、教師もクラスメートも邦彦を腫れ物に触るように扱った。一つには大震災の生存者で且つ両親を亡くしたという事実が距離を作らせ、もう一つは連日に及ぶマスコミ取材が垣根を作らせたからだ。

最初は校舎の中にテレビカメラを持ち込むことに難色を示していた学校も、「残酷な運命に耐えて、なお健気《けなげ》に登校を続ける少年の姿は全国に深い感動と勇気をもたらす」という声に押し切られる形で、これを許可した。

蓋を開けてみれば確かにその通りで、邦彦の特集を組んだニュース番組はその時間帯にいきなり十ポイントの視聴率上昇を記録した。記録だけではない。邦彦の学校生活が流されると、すぐに全国の視聴者から「感動した」だの「涙が止まらなかった」だのと局の回線がパンクするほどの感想が寄せられた。極め付きは校長のインタビューで、この定年近い校長は「加瀬くんの転入はむしろ歓迎すべきことでした」とぶち上げた。

「加瀬くんの、何にも負けないという態度は全児童の模範となるものだからです。手の届く場所にお手本がいる。これこそが生きた教育、教科書一冊にも勝る人間教育と言えましょう」

自己満足ではち切れそうな顔をした校長だったが、惜しむらくは邦彦自身の気持ちには思いが向いていなかった。更に言えば、クラスメートたちが本音の部分で何を感じるかを、ひどく浅薄に捉えていた。

閉鎖的な社会の中では価値基準が画一化する。クラスという単位もその例に洩《も》れず、目立つことはそれだけで充分に異質だった。マスコミに取り上げられるクラスメートなどという存在はとびきりの異物だった。

子供が天使のように清純だという人間は、おそらく自分が子供だったことがないに違いない。大抵の子供というのは臆病で、計算高く、そして純粋に残酷なものだ。そういう生き物が自分のテリトリーに異物が侵入してきたら、いったいどんな反応をするものなのか。

一連の取材攻勢が沈静化した頃、教室で座っていた邦彦にそろそろと近づいてきたグループがあった。斉藤主浩《さいとうかずひろ》をリーダーとする四人組で、四人とも父親が警察官という共通項で繋《つな》がっていた。

「大変やったなあ、地震」

それが主浩の第一声だった。

「大阪の方も結構揺れたけど、神戸に比べたら全然やからなあ。震度7やったて?」

「うん」

「やっぱ怖かった?」

「あんまし……憶《おぼ》えてへん」

記憶が詳細でないのは本当だった。

地震が発生したのは午前五時四十六分。まだ夢の中にいた邦彦は、ベッドから弾《はじ》き出されるような突き上げで強引に叩き起こされた。すぐにラックが倒れてきて、中の本が飛び出した。天井のペンダントライトが引き千切れそうなくらいに揺れた。とても立ってはいられない。邦彦は上半身を起こしたが、動けるのはそこまでだった。

その時、隣の部屋から両親が飛び込んできた。まず母親が何事かを叫びながら覆い被さってきた。視界が遮られてから重量が増したのは、その上に父親が折り重なったためだろう。

母親の体温を感じた時、不安がふっと消えた。このまま災厄は通り過ぎるのだと思った。

ところが次の瞬間、更に大きな縦揺れが襲った。

天地が逆転する。

恐怖と急激な息苦しさで邦彦は意識を失くし、救出される直前まで記憶は途切れていた。

後から話を聞くと、その間の意識がなかったのは邦彦にとって幸運とも言える。もし意識が明瞭だったのなら、母親が絶命するまでの過程、その背中越しに聞こえたはずの破壊と阿鼻叫喚《あびきようかん》を逐一記憶していただろうからだ。

しかし主浩はそんな事情に頭を巡らせることもなく、露骨に落胆した表情を見せる。

「えぇー、憶えてへんのかあ。折角、体験談聞きたかってんけどな」

「体験談って……」

「そういうのって、体験したモンが喋《しゃべ》り倒してみんなに広めんとアカンの違うか？　広島とか長崎の原爆かて、生き残った人らがそうしとるやないか」

「せやけど、そん時、俺、気絶しとったし」

「最初の揺れくらいは分かるやろ」

主浩と他の三人は間合いを詰めるようにして邦彦を取り囲んだ。そのうち二人が邦彦を両側から押さえつけた。

「震度7ってどれくらいやった？　なあ」

主浩の声を合図に二人が邦彦ごと椅子を揺らし始めた。

「これが震度1かな」

「で、これが震度2」

「震度3」

「震度4！」

主浩がカウントを上げる度に二人の揺らし方が激しくなる。突然のことに邦彦は椅子の縁を摑んで弾かれないようにするのがやっとだった。

「5！　6！」

四人はオモチャを手にした幼児の顔で笑っている。邦彦の首は上半身に遅れて揺れ、咄嗟《とっさ》に片手を椅子から外して首を押さえた。

「7！」

その瞬間、椅子を揺すっていた一人が手を離した。

邦彦は椅子ごと床に放り出され、側頭部を強打する。途端にキナ臭さが鼻を貫いた。

「おおおー、大惨事大惨事」

疼痛《とうつう》で朦朧《もうろう》とした頭に主浩たちの嘲笑が響き渡る。

「どうや、震度7ってこんなもんやったか」

うっすら目を開けると、屈《かが》み込んでこちらを見る主浩の顔があった。

「何で……こんなこと」

「おうおう、勘違いすなよ」

主浩は邦彦に馬乗りになって言う。

「俺らは大震災ゆう貴重な体験を語り継いで欲しいだけや。あんだけテレビや新聞で騒がれたんや。身近にいる俺らにも語ってくれるんがスジやろう」

聞いている途中で気がついた。

主浩たちは邦彦がメディアで騒がれたこと自体が面白くないのだ。騒がれている内容には関係ない。称賛であれ非難であれ、自分以外の人間が目立つことに腹を立てているのだ。

しばらくの間、啞然《あぜん》とした。

母親の身体に護られながら救助を待った時間。掘り出される時、その母親が既に死体であることを実感した瞬間。

幼いながらに、邦彦は絶望の重さと理不尽さに対する憤怒を思い知った。ところが、主浩たちは他人が目立つということだけで怒っている。理科で覚えたばかりの沸点という単語が不意に甦《よみがえ》る。きっと自分と主浩たちは、怒りの沸点が大きく違っているのだろう。

そう考えたら、馬鹿らしくなった。

悔しさも惨めさもどこかに消えていった。

邦彦がゆっくり立ち上がると主浩たちは半歩だけ後ずさったが、そのまま椅子を直して座るのを確認して、また勝ち誇ったように笑った。

嬲り甲斐《がい》のある獲物を見つけた——そういう目をしていた。

邦彦はちらりと教室を見渡した。

こちらを不快そうに見る者。

薄く笑う者。

無表情を装う者。

顔を背ける者。

様々な反応をする者がいたが、ただ一人、止めに入る者だけはいなかった。

邦彦は溜息一つ吐《つ》くこともしなかった。自分が一人きりになったのは、瓦礫の下から救い出された時に理解した。今の出来事はそれを再確認しただけのことだった。

2

主浩たちの行状は日を追う毎《ごと》に、じわじわと熾烈《しれつ》になっていった。

ノートなどの学用品を隠したり破棄したりするのは半ば日常と化し、半年もすると暴力も顕在化してきた。最初は小突く程度だったのだが、邦彦が無抵抗であるのをいいことに、徐々に拳を固めたのだ。

四人で取り囲んで退路を断ってから床に転がす。皮膚の柔らかい顔を護ろうと両手で覆うので、主浩たちの攻撃は腹や胸に集中した。

ぐったりとした邦彦に向けて唾を吐きかけることもあった。

「何で、お前はこの学校におんねん」

ある日、主浩は邦彦を見下ろして言った。

「ここはお前のおるとこやない。さっさと神戸に帰れ」

やはり自分は異物なのだろうか。自分が存在するのを許してくれる場所なんてこの世にあるのだろうか——主浩の言葉を反芻《はんすう》しながら、邦彦はそんなことを考えていた。

邦彦へのイジメについて担任の教師が認識していなかった訳ではない。担任が教室に入る直前まで暴力が続いていたこともあり、主浩たちの所業の一端は彼も目撃していたはずだった。

ところが、担任は知らぬ存ぜぬを決め込んでいた。

少し考えれば理解できる。全国の視聴者に向けて「両親が亡くなっても健気に頑張る加瀬くん」と「それをバックアップする学校」を標榜《ひょうぼう》した手前、肝心のクラスで邦彦がイジメられていることが明るみに出れば、学校や担任に非難が集中することは目に見えているからだ。万事につけ保身に走る教師連中が見て見ぬふりをするのは、むしろ当然の成り行きだった。そして、邦彦も最初から彼らを当てになどしていなかった。

やがて転入して一年が過ぎようとした頃、主浩たちとの関係がわずかに変化した。いつものように邦彦を小突き回している最中、主浩がふと洩らした言葉がきっかけになった。

「お前はよー、ホンマに抵抗も何もせんカスやな」

自分のことを罵倒されることには慣れていた。主浩たちの声は単なる環境音でしかなく、意識の外で遮断しようと思えばいつでもできた。

だが、次のひと言は聞き流せなかった。

「オトンとオカンがお前をずっと護っとったやと？　嘘《うそ》こけ。お前の親にそんな甲斐性あるか。どうせ二人とも怖くなって固まっただけのことやろ」

不意に気が遠くなった。

右腕を振り上げたのは半ば脊髄反射で、拳は主浩の鼻梁《びりょう》を直撃した。さほど力を込めたつもりはなかったが、たったの一発で主浩は後方に引っ繰り返った。

邦彦が我に返ると、主浩は鼻から血を流して尻餅をついていた。

思いのほか力が出たのは、鉄工所での手伝いで齢に似合わぬ腕力が身についていたせいだろう。

ただし、それで大人しくなるような主浩ではない。元より校内一の乱暴者を自任している。顔を真っ赤にしたかと思うと、すぐさま邦彦に飛び掛かった。

一方、眠っていた闘争本能に火が点いた邦彦も反撃に移った。相手が殴れば殴り返す。蹴れば蹴り返す。二人の身体は床の上で揉《も》み合い、縺《もつ》れ合い、殴打の応酬となった。やがて駆けつけた担任によって二人は引き離されたが、邦彦も主浩も同様に顔を腫らしていた。

殴り合いを機に友情が芽生えるというのは、おそらくよその国のお伽噺《とぎばなし》だ。主浩はその出来事があってから、ますます邦彦を目の仇《かたき》にするようになった。

「あの野郎、俺の面子潰しよった。このままただで済ますかい」

小学生の分際でヤクザのような物言いだが、執念深さは本職顔負けだった。

暴力は校内から校外にまで延長され、邦彦は一瞬たりとも気を抜くことを許されなかった。四対一という条件は相変わらずだったものの、次第に喧嘩《けんか》慣れしてきた邦彦は一歩も退かず、時には主浩たちを返り討ちにする場面さえあった。

毎日が暴力との闘い。自《おの》ずと足は重くなったが邦彦は登校し続けた。既にクラスの中では浮いた存在として扱われていたが知ったことではない。

一度、睨《にら》み合った主浩が殴りながら尋ねてきたことがある。

「なあ。何でお前はそうまで俺らに逆らうんや」

ほとほと理解に苦しむという顔をしていた。

「俺らのオトンは全員警察官や。俺らのやってることは頼まんでもオトンたちが揉み消してくれる。それを知ってるからクラスの奴《やつ》らも先公たちも見んふりしとる。誰も俺らに逆らおうとせん。それなのに、何でお前だけは刃向かってくるんや」

邦彦は返事をする代わりにアッパーカットを見舞ってやる。

確かに服従を誓いさえすれば、毎日こんな思いをしなくて済むだろう。それなりに平穏な生活も保証されるだろう。

しかし、邦彦は断固として拒んだ。まだ尊厳などという語彙《ごい》は持ち合わせていなかったが、主浩たちに尻尾《しっぽ》を振ることは自分自身への虐待だと思った。

自分はこの世で一人っきりだ。

自分を護れるのは自分しかいない。

過酷な環境で醸成された自暴自棄が頑《かたく》なな態度を後押しした。痛みにはある程度、耐性が備わった。しかし魂を蔑《ないがし》ろにされることだけは我慢ならない。

来る日も来る日も暴力に明け暮れる日々。そんな毎日で学業に身が入るはずもない。担任から〈素行不良〉の烙印《らくいん》を押されたことも手伝って、邦彦の成績は転入以来低空飛行を続けた。それでもどこか邦彦が安心していたのは、中学に入れば主浩たちとの腐れ縁も終わると信じていたからだ。

しかし、その観測はあまりに甘かった。

この校区では、私立中学を選択しない限り生徒の居住地で最寄りの公立校に振り分けられてしまう。公務員の父親といえども素行の悪い息子を私立校に行かせるほどの甲斐性はなかったらしく、主浩たちも邦彦と同じ公立校に通うことになった。これが一つ目の誤算。

二つ目の誤算は、主浩たちが馴染《なじ》んだ標的は決して見逃さなかったことだ。しかもこの公立中学は地区の札付きどもが集まる、所謂《いわゆる》問題校であり、一時期などは学校中の窓ガラスが全て割られていた。そういう環境下では主浩たちのイジメなど生徒間のレクリエーションでしかない。つまり邦彦に対する暴力を、今まで以上に大っぴらに行使できることになる。

果たして暴力に彩られた日々が継続された。そして主浩たちとのトラブルに巻き込まれるのはご免とばかりに、邦彦はまたもクラスから疎外された。教師たちもイジメ行為、暴力行為は見て見ぬふりをするものだと心得ていた様子だったので、主浩たちの抑止力になるものは何もなかった。

いや、正確には一つだけあった。

他ならぬ邦彦と主浩たちの自制心だ。逆説めくが、年がら年中暴力に明け暮れているとそのうち相手の耐性と許容範囲が分かってくる。いくら何でも病院送りになったり警察沙汰になったりしてはまずいという意識が双方に働き、また急所狙いは避けることも暗黙の了解となったのだ。

それは文言にならない協定だった。粗暴で、短絡的で、互いに憎しみ合う者たちが殴り合いの中で得た共通認識だった。だからこそ、邦彦たちは暴力に明け暮れてなお、日々をやり過ごすことができた。

却《かえ》って身の危険は家に帰ってからの方が大きかったと言える。邦彦が中学に上がるや否や、亮一は仕事量を増やした。運搬する原材料を多くしたばかりか、鉄板の切断もさせるようになったのだ。

零細企業の例に洩れず、加瀬鉄工所は部品加工は元より建築物の補修修繕なども手広く請け負っていた。金属補修用に鉄板を任意の大きさにガスバーナーで切断するのだが、これを邦彦にやらせた。溶接のような専門技術を要する作業ではないが、もちろん中学生にさせるものでもない。それを亮一は人手が足りないという理由だけで強制した。

命令に逆らえば寝場所も食事も与えられない。ゴーグルで最低限の保全をし、見よう見真似でバーナーを握る。最初の作業で切り出した破片が頬に飛び、あまりの熱さと激痛に手元を狂わせるとすぐに鉄拳が見舞われた。

「アホンダラアッ、製品やぞ！　手前《てめ》ェの身体なんかどうでもええから、火ィの先から目ェ離すなあっ」

鉄片で切った頬から血が滴り落ちたが、殴られた痕の方が疼《うず》いた。二度目は細心の注意を払う。退避も懇願も許されない。どんなに危険であろうと命令に従わざるを得ないのは、相互に退《ひ》きどころを弁《わきま》えた主浩たちとの攻防よりも非情だった。

また、この頃から拳よりは物が飛んでくるようになった。それも金物ケースや工具といった物騒な物ばかりで、身体の成長と共に躾の道具も進化したということか。

とにかく作業中は気の張り通しで休まる間もなく、終わる頃には肉体よりも神経の方が疲弊していた。この点も、肉体疲労だけで事足りる主浩たちとの付き合いより過酷だった。

「鈍臭いやっちゃな、ホンマ」

ゴーグルを外した邦彦に、亮一はそう吐き捨てた。

「お前の親父も頭の出来はともかく、こういうのは鈍臭かったからな。しょうもないとこばっか似よってからに」

一瞬、怒りで目の前が真っ赤になった。何とか持《も》ち堪《こた》えたのは、さすがに相応の自制心が育っていたからだが、疲労していない時に言われたらどうなったか分からなかった。

亮一は早いうちから邦彦の工業高校行きを決めていたフシがある。普通旋盤作業二級技能検定は学科合格率五十パーセント、実技合格率五十パーセントの難関であり、一発受験を繰り返すよりは工業高校で資格取得を目指した方が手っ取り早いと考えたからだ。もちろん加瀬鉄工所で働かせるのを前提とした計画で、邦彦の希望など知ったことではない。しかも自分が学費を出すのではなく、大阪市の奨学金制度を利用しての進学なのだが、保護者である以上、自分の意に従うのは当然という理屈だった。

もっとも邦彦自身にさしたる希望があった訳ではない。自分の偏差値で行ける高校は限られている。将来に向けた展望がないから進学校を目指すつもりも最初からない。ただ、資格を持てば一人で生活していけるかも知れないという、おぼろげな期待があったので逆らわなかったのが実情だった。

高校受験を控えたある日、いつものように拳を交えていると、不意に主浩が訊いてきた。

「お前、工業高校行くんやて？」

右ストレート。

「ああ」

体重をかけたパンチはことのほか効く。こちらも反撃の右ストレートを見舞う。

「鉄工所、継ぐ気か」

腹への蹴り。邦彦は後方に跳ねてかわす。

「知らん」

「知らん、て何や」

飛び掛かって馬乗りにされる。両足を主浩の首に巻きつけてそのまま身体を起こすと、あっという間に形勢は逆転した。そこで相手の顔面に一発。

「みんなと一緒や。どうせ、そこまで将来見据えて高校決めるヤツなんておらん。今から役人目指すつもりもないしな」

「まあ、そやな」

主浩は血の混じった唾を吐くと下から邦彦の首を絞めた。自重をかけていないのに恐ろしいほどの握力で、邦彦は咄嗟に身体を離す。

「お前が区役所で腕貫きしてる姿なんて想像もできひんな」

「お前の役人のイメージってその程度か。えらい貧困やな」

「吐《ぬ》かせ」

頭に届きそうなハイキックを肩に受けるが、邦彦は堪《こら》える。ここで体勢を崩した相手への連続攻撃に出るのが主浩の戦法だ。

「受かる自信、あんのか」

「自信があるから受けるなんてレベルかよ。とりあえず受けとかんとしゃあない」

「選択肢、少ないな」

「お互い様やろ」

連続の蹴りで主浩の方がわずかに体勢を崩す。隙は逃さない。邦彦は頭を低くしてタックルを浴びせる。鳩尾《みぞおち》に一撃を食らった主浩は「ぶふうっ」と声を洩らしながら、邦彦と共に後方へ吹っ飛ぶ。

今度は逆に邦彦が馬乗りになる。これで同じように形勢逆転されたのでは笑い話にもならない。邦彦は組んだ両手を高々と掲げると、そのまま相手の鳩尾にもう一度叩き込んだ。

手応えあり。だが内臓が破裂するほどではない。

ぐう、とひと声呻《うめ》いて主浩は動くのをやめた。

邦彦は身体を離して立ち上がる。今日は自分の勝ちだ。先に伸びていた三人のうち一人がのろのろと起き上がり、主浩の許《もと》に近づく。

「加瀬ェ」

背中でくぐもった声がする。振り向くと、地べたの主浩が空を見ていた。

「勝ち逃げする気かあ」

「逃げるも何も、お前、もう立たれへんやろ」

「なあ」

「何や」

「これで俺ら何勝何敗なんや」

「数えてへんから知らん」

「小学校からの通算やったら、間違いなく俺らの方が勝っとる」

「そうか」

「せやから、まあええわ。こんで終わりにしたるわ」

終結宣言という訳か。

「勝手なやっちゃな。せやったらお前の方が勝ち逃げやないか」

「やかまし。俺らかて人並みに忙しいんじゃ、ボケ」

そういえば主浩たちはどこの高校を希望しているのか。興味がないので訊いたこともなかったが、彼らなりに真剣にならざるを得ない場面もあるのだろう。

「そしたら、もうこれっきりやな。そんじゃ」

「待てや」

「まだ何かあんのか」

「高校行って、他の奴らに伸されんなよ」

「……おう」

アホ。最後の最後に要らんこと言いよって——。

自分も似合わぬことを口走りそうになったので、邦彦はもう二度と振り返ろうとしなかった。


工業高校の機械科に入ると、邦彦は資格取得に邁進《まいしん》した。もちろん通常の授業を受けながらの試験勉強なので、おいそれと合格できるものではない。

狙っている資格は最低二つ、ガス溶接技能者と機械加工技能士（普通旋盤作業）だ。できれば危険物取扱者と工事担任者の資格も欲しい。この四つがあれば、少なくとも就職に困ることはないだろうと思えた。ただし四つもの検定試験を受けるとなると、遊んでいる時間はほとんどなくなる。邦彦の場合は、家に帰っても作業の手伝いがあるので余計に時間制限がある。

「せやけどお前《まえ》ン家《ち》、鉄工所で、手伝いしとんねやろ。せやったら実習になるから願ったり叶《かな》ったりやんか」

邦彦の家庭事情を知るクラスメートの中にはそう言って慰めてくれる者もいたが、生憎《あいにく》亮一は、実技試験に出題されるような複雑な細工は任せてくれない。来る日も来る日も鉄板を切断して溶接するだけの単純作業であり、それ以上に運搬や掃除などの雑用を押しつけてくる。

一度ならず実技試験に役立つような作業をさせてくれと頼み込んだこともあったが、亮一は返事をする代わりにプライヤーを投げつけてきた。

「ボケ吐《ぬ》かすな。何でウチの製品をお前の試験対策に使わんとあかんのじゃ」

邦彦に落胆はなかった。このひと言で、亮一が自分をどんな風に見ているのかを確認できたからだ。

亮一にとって自分は家族でも未来の従業員でもない。

ただの、労働力だ。

高校三年の正月明け、邦彦は進路希望を亮一に打ち明けた。卒業直前で打ち明けたのは、今まで曲がりなりにも宿と食事を提供してくれたことへの仁義だった。卒業直前まで黙っていたのは今まで粗雑に扱われたことへの意趣返しだった。

「就職するう？　何ふざけたこと言うてんねん」

食事を終えた後だったので、早速茶碗が飛んできた。邦彦は首をひょいと曲げて、それをかわす。食後であれば少しは落ち着いた話ができると考えたが、どうやら期待外れだったらしい。

「別にふざけてへん。俺はこの家を出る」

「誰のお蔭でそこまで育ったと思うとんねや」

「小中学校の頃は全国の篤志家さんたちの厚意。高校になってからは大阪市の奨学金制度のお蔭。少なくともあんたのお蔭やない」

「ほお。いっちょまえの口利くなあ。三度三度の飯は誰に食べさしてもろたんや。犬かて一晩飼《こ》うてやったら恩を忘れへんのに、お前は犬以下や」

「それ言う前に、全国から届いた義捐金の総額教えてくれるか」

「お前に関係あるかい」

「中身は開けられんかったけど封筒は見た。みんな俺宛てになっとった」

「こそこそ盗み見しとったんか。何ちゅう腐った根性や」

「甥《おい》宛てに届けられた現金をネコババするようなヤツには言われたないな」

「このクソガキ」

「悪いけど、もうガキ言われるような齢でもない」

邦彦は立ち上がって自分の全身を晒《さら》した。既に身長は亮一をはるかに超え、日々の労働で筋骨は年齢以上に発達している。主浩たちとの連戦で喧嘩慣れもしていた。

「今なら取っ組み合いしても、一方的な勝負にはならんと思うよ。試してみるか」

「おちょくっとんのか、ワレ」

「多少の恩義は感じとる。せやから、できればあんたに傷はつけたない。黙って行かせてくれよ」

「誰が行かすか、そんなもん。恩義感じとるんなら、ちゃんとその分恩返しせえ。そもそも検定試験受かったのも、ウチの工場で散々練習させたったお蔭やないか。寝惚《ねぼ》けたこと言うとったらブチ殺すぞ」

亮一の放り投げた皿が邦彦の肩先を掠《かす》め、ガラス戸に命中した。盛大な音を立ててガラス片が四散する。

「とにかく正直に話した。まだ卒業までは時間があるから、考えてくれよ」

邦彦はそう言い残して部屋を出た。背中で、亮一が新しい酒瓶を開ける気配がする。正月前に買い込んだ日本酒が数本残っているはずだから、おそらくヤケ酒が始まるはずだ。

自室に戻った邦彦は薄い毛布に包まって様子を窺《うかが》った。

亮一に真っ向から刃向かったのは、その日が初めてだった。今頃、亮一は突然の反逆に激怒し、邦彦に対して呪詛《じゅそ》の言葉を言い連ねているに違いない。そして、あの男のことだから沸き起こる感情に支配されて、対抗策など思いつきもしないだろう。

やがて家中が静まり返った時、邦彦は計画を実行した。教科書とノート、それから最低限の着替えをスポーツバッグに詰め込み、足音を殺して家から出た。どうせ元より財産と呼べるようなものは持ち合わせていない。

上弦の月がやけに眩《まぶ》しかった。吐く息は真っ白だったが、不思議に胸は熱かった。

しばらくは友人宅を泊まり歩く予定だった。既に数人からは承諾を得ている。そして邦彦の高校生活に何の興味も示さなかった亮一には、何の手掛かりもない。慌てふためいて学校側に連絡しても、邦彦が真面目に登校している限り教師たちは介入できない。そして警察も民事不介入の原則で、事件性がなければ動けない。

邦彦は路上でふと立ち止まると、月に向かって高らかに吼《ほ》えた。

勝利の雄叫《おたけ》びだった。

獣じみた声が虚空に消える。身体の内に溜まっていた澱《おり》を一気に吐き出したような爽快感があった。

邦彦の思惑通り、亮一は邦彦を捕まえることができなかった。何度か学校に怒鳴り込んできたこともあったが、邦彦はその度に隠れてやり過ごした。卒業式は待ち伏せされているのが確実だったので欠席し、亮一が式場でうろうろしている間に近所との別れを済ませた。

　既に就職先も内定していた。学年主任と担任にも話をつけて、自分の就職先は口外しないようにと釘を刺してある。万が一情報が洩れたとしても、その頃にはもう一端《いっぱし》の社会人だ。弱みを握られている訳でもないので、亮一が何を喚《わめ》こうが放っておけばいい。職場に迷惑をかけるようであれば、その時こそ威力業務妨害で警察に通報できる――。

　そこまでは全て邦彦の目論見《もくろみ》通りだった。学校側は邦彦の情報を守秘し続け、警察も動くことはなく、亮一の捜索網は寸断された。過去を断ち切った邦彦には、希望に満ちた未来が待っているはずだった。

　ところが思わぬ要因によって邦彦の行く末には暗雲が立ち込めることになる。

　最初の就職先は堺市にある中堅の金属加工会社だった。創立二十年、寮は完備、実績も信頼もある会社で、社長も社員たちも実直そうな人間ばかりだった。資格を有し、真面目で、しかも体力自慢の邦彦は彼らに歓迎され、文句なしの社会人スタートと言えた。

　ところが入社した次の年の秋、二回目の不渡りを出してこの会社は呆気《あっけ》なく潰れた。

　社長の経営手腕に責任があった訳ではない。長引く不況は堅実な中堅企業をも確実に侵食していたのだ。堅実だからこそ熟練工を手放すことができず、人件費が経営を圧迫する。そこに安価を武器にした中国企業の攻勢が加わり、受注減とコスト高が負のスパイラルとなって純利益を食い潰してしまう。

「加瀬くんはまだ若いから、きっとすぐに次の展望が開けるよ」

会社を畳む時、社長は涙ながらに励ましてくれた。しかし、邦彦たち技術労働者を取り巻く環境は、若さだけで乗り切れるような甘いものでは到底なかった。

前勤務先の紹介で再就職したのは西区の鉄工所だった。規模は小さいながらも大手自動車メーカーの孫請けで、経営基盤も盤石に見えた。

しかし平成二十年九月に起きたリーマン・ショックがその基盤を木端微塵《こっぱみじん》に打ち砕いた。世界経済の冷え込みは消費の急落を誘い、金融不安が円高ドル安を招いたからだ。輸出依存の自動車メーカーは揃《そろ》って赤字に転落、生産調整の必要から孫請け切りが始まった。邦彦の再就職先も倒産の憂き目に遭った。その後三社を転々としたが、まるで運命の神に呪われたようにことごとく職を失った。

円高不況の波は中小製造業の集中する東大阪市を直撃し、あっという間に邦彦は居場所を失くした。寮や住み込みを条件に加えていた邦彦には最初から選択肢が限られている。やがて此花区の簡易宿泊所に住所を定め、ハローワークに通う毎日が始まった。

職員と話をするうち、邦彦は自分の認識の甘さに愕然《がくぜん》とする。高校時代、懸命に取得した資格が何のアドバンテージにもならない現実を突きつけられたからだ。もちろん、ないよりはあった方がいいが所詮その程度であり、資格の種類を聴取した職員は洟《はな》も引っ掛けなかった。

若いというだけで雇ってくれる企業は少なかった。京阪神の就労事情は完全に買い手市場で、大卒の求職者たちが溢れ返っている。その中で工業高校卒の邦彦はいかにも分が悪かった。

自分は世の中で必要とされていないのだろうか——そう考えると胸が潰れた。就職の決まらない焦りが自己否定に繋がっていく。苛立《いらだ》ちが自己嫌悪に変わっていく。いくら簡易宿泊所に寝泊まりしていても日が経《た》つ毎《ごと》に貯えは目減りしていく。いや、それだけではない。奨学金の返済も滞納し、督促状が届くようになっていた。

そしてハローワーク通いを始めて数日後、邦彦は端末機の前で懐かしい顔に出くわした。

「加瀬……何で、お前こんなとこに」

「お前こそ」

そこにいたのは主浩だった。あの日から六年。世間を睥睨《へいげい》するかのような面影も今はなく、ずいぶん角の取れた顔つきになっていた。邦彦が変わったのと同様、主浩にも変化を促す何事かがあったということか。

しばらく軽い睨み合いをしてから、邦彦と主浩は不貞腐《ふてくさ》れたように笑った。理由もへったくれもない。この場所にいることが二人の現状を全て説明している。

「お疲れ様ってとこか」

「まあな」

主浩は手にした紙片の束をひらひら振ってみせた。どうやら求人票のプリントアウトらしい。

「よりどりみどりかよ」

「気分はな」

放るようにして紙片を机に撒《ま》き散《ち》らかす。その中の一枚がふと邦彦の目に留まった。

〈有限会社リーブル。内容、機械設備の保守点検。経験、資格不問。寮完備。日当二万円〉

すぐに引きつけられた。日当二万円というのは今まで見た求人票の中では破格だった。

「これ、借りてええか」

すると主浩は片方の眉を上げた。

「構わんけど……その会社、何や胡散臭《うさんくさ》いぞ」

「胡散臭いって、お前、自分でプリントアウトしたんと違うんか」

「窓口のおっさんから勧められただけや。経験も資格も不問で日当二万円やぞ。まともな仕事な訳あるかい」

それでも当たる価値はある。危ない仕事なら途中で抜ければいい。主浩と別れると、邦彦はすぐリーブルの求人に登録した。

意外にも翌日、先方から携帯電話に連絡が入った。今日にも採用を決めたいとのことだった。慌てて身なりを整え、指定された事務所を訪れると、人事担当と名乗る初老の男が現れて「採用になりました」と告げた。

あまりの呆気なさに驚いていると、今から早速現場に向かって欲しいと言う。邦彦の方に否やはない。それでも仕事の内容に不安があったので詳細を尋ねてみた。

「発電所設備の保守点検を行うだけですよ。詳しくは派遣先で確認してください。ああ、最低限の生活用品は寮の方に用意してますから安心して」

間もなく急《せ》かされるようにワゴン車に乗せられた。中には既に三人の男が出発を待っていた。

やがてクルマが出た。

発電所といえば、邦彦には港南にある発電所くらいしか思いつかない。念のために行先を訊くと、運転手は事もなげに応えた。

「行先は福島や。福島第一原発」

3

勤務地が福島と聞いて、邦彦は少なからず昂揚感《こうようかん》を覚えた。阪神間しか知らない邦彦にしてみればちょっとした旅行気分であり、しかも原子力発電所だ。どことなくハイテクな響きがあって、これも好奇心を掻き立てる。車中の他の男たちが押し黙っているのは、自分よりも大人だからだとばかり思っていた。

大阪を出て高速に乗る。途中四回の休憩を挟みながら、福島の寮に到着したのは午後十時過ぎだった。プレハブの外観に不安があったがあてがわれた個室は五畳ほどの広さで、ベッドにクローゼットそしてエアコン、テレビと、なるほど生活必需品は一通り揃っている。聞けば近くに百円ショップがあり、皆はそこで生活用品を買っているらしい。予想以上に福利厚生が充実しているので、邦彦は得をしたような気分だった。

すぐに娯楽室でミーティングが開かれた。同じリーブルに雇われた七人が顔を合わせる形だが、人事の島袋《しまぶくろ》と名乗る男が説明に先駆けてこんなことを言い出した。

「あなた方の元請け会社はゼネコンの住島《すみしま》建設で、現場での所属は下請けの矢作《やさく》興業という会社です。ただし、この寮での扱いは皆さん光川エンジニアリングの社員となっています」

聞いていて要領を得なかったが、後の説明は更に不可解だった。

「もちろん給料はリーブルから支給されますが、現場ではあなたたちはあくまで矢作興業の社員ということになっています。くれぐれも光川エンジニアリングやリーブルの名前を出さないようにしてください」

邦彦は思わず、どうしてですかと声を上げた。すると島袋は平然と、「それが決まりだからです」と答えたきりだった。

余計に疑問が膨らんだが、島袋の言葉はそれ以上の追及を許さないような口調だったので邦彦は押し黙ってしまう。同席した六人の顔を窺うと全員が納得している様子なので、尚更気が引けた。

共同風呂場は十二時までというので、急いで入った。中はそれほど広くない。湯船も五人入れば満員だろう。

邦彦は洗い場に目をやって驚いた。四人の男が背を向けているが、そのうち三人に刺青《いれずみ》があったからだ。端が空いていたので刺青のない男の隣に座った。

腰を下ろした時に男と肩が触れ合った。

「あ、すみません」

邦彦はすぐに詫びた。こういう時はすぐに謝るのが、無用なトラブルを回避する処世術だ。

男はじろりと邦彦を睨むだけで何も返そうとしない。だが、これ以上は近づくなという威嚇の目をしている。

話し掛けたら藪蛇《やぶへび》になる。そう考えて、邦彦は無言のまま身体を洗い始めた。刺青の男たちといい、この男といい、和気藹々《わきあいあい》とした職場環境は望み薄だった。

翌日、邦彦たちはバスに乗せられて住島建設の事務所に向かった。事務所は五階建てのビルで三階の一角が矢作興業のスペースになっている。邦彦たちはそこに放り込まれた。他の人材派遣会社から送り込まれた者たちもいて、総勢四十人ほどが集まっていた。

作業の前にまず講習を受けるのだという。当然だと思った。何しろ現場は原子力発電所なのだから。きっと博識な技術者が原子力発電の仕組みを専門的に説明してくれるのだろうと、邦彦は少し緊張した。

ところが部屋に入って来たのは七十過ぎの背の低い老人で、技術者というよりは定年を過ぎたくたびれたサラリーマンといった風情だった。自己紹介によると東電の元社員らしい。

老職員は放射性物質の種類と核分裂の仕組み、そして原子炉の構造などを淡々と説明した。なかなか流暢《りゅうちょう》だと感心したが、テキストの作成年を見て合点がいった。何と七年も前のテキストをそのまま使っている。それだけ同じことを喋っていれば流暢にもなるはずだ。

説明された内容も工業高校出身の邦彦には基礎以前の知識であり、それよりは防護服の着脱や放射線量の測り方に重心が置かれていた。

奇妙なのは老職員が放射線の安全性について殊のほか力説していたことだった。

「原子炉の近くで作業はするんだけど被曝《ひばく》する心配なんてありませんから。ええ、それはもう安心してもらって結構。どうも原発の作業ということで偏見持ってる人も多いんだけど、一年中山の中で暮らしていたって自然に放射線は浴びてるしね。実際、炉心の近くで作業してても、そういう自然被曝と大差ないんだから。ええ、本当にね、その点は気にしないで大丈夫なんです」

そんなに被曝の危険性がないのであれば、何故《なぜ》防護服の着脱や放射線量の測定には過敏になっているのか——喉《の》元まで質問が出かかったが、初日から先方の機嫌を損ねるなという計算に押し留められて言葉を呑み込んだ。

講習の最後に三択の小テストを受けさせられた。二十問中十六問正解すれば合格なのだという。出来レースというのはこういうことを言うのだろう。テストの直前に老職員が問題と解答を教えてくれたので、満点を取らない方がどうかしている。しかも合格するまで何度も同じ問題を出題してくれる。

年配の参加者の中には四回やって半分しか正答できない者もいた。だが会社側の対応は万全だった。老職員のみならず数人の職員が集中指導し、何とか彼を合格させたのだ。

ただし、これは原発の基礎知識に関してのａ教育と呼ばれるもので、次の時間には作業全般に関してのｂ教育が待っていた。ａ教育を学科とすればｂ教育は実習といったところか、内容は再度防護服や全面マスクの着脱に始まって作業工程の詳述と続いた。実際に従事しなければ要領を得ない内容なので、邦彦には少し退屈だった。

ａ・ｂ教育のテストを修了すると、一階のフロアに集められて放射線管理手帳というものを受け取った。一日の作業終了ごとに被曝量を書き込めと言われた。つまり自分自身の管理は自分でしろという意味だ。

デジカメで顔写真を撮られた後、作業者証を受け取った。これは東電から発行されたＩＤカードで、八桁の番号と所属会社、氏名、そしてバーコードが印字してある。勤務時間や被曝量はこのバーコードによって管理されていると説明を受けた。それならいっそ、放射線管理も会社側がすれば手間も省けると思ったのだが、そうなっていない理由は後になって分かった。

早速、その日から邦彦たちは原発の建屋内に送られた。まず作業着に着替えるのだが専用の更衣室はなく、事務所脇の廊下で服を脱がされた。下着も指定のものに替え、白いタイベックで身を包む。一応、防護服という名前はついているものの普通の服と全く変わりなく、放射線を遮断することはできないと言われた。頭には綿帽、靴にはビニール製のカバー、手には綿手袋の上にゴム手袋を装着し、最後にサージカルマスクをつける。ただし、これは建屋外での標準装備だった。

第一工区に設けられた専用出入口でいったん靴のカバーとゴム手袋を外すが、装備室に入ってまた同じ装備をする。つまり建屋内外と敷地内外で二重の防護をしていることになる。そして建屋内に入る際には、この上に全面マスクとタングステンベストを着用させられた。同時に線量計とフィルムバッジ、そしてアラームメーターも支給された。線量計は一日の被曝量を、バッジはフィルム部分が感光素材でできており、一カ月間の被曝量を測定するらしい。アラームメーターは予《あらかじ》め被曝上限値を設定しておくと、上限を超えた段階で警告音が鳴る仕組みになっている。これだけ周到な放射線対策がされていると、先刻の老職員の説明が更に怪しく思えてくる。何が気にしなくて大丈夫なものか。会社の方がよほど気にしているではないか。

大阪で事前に聞かされていた作業内容は発電所設備の保守点検だったのだが、実際には間違いではないものの正確でもなかった。

建屋の中には大小様々なパイプが縦横無尽に走っている。まるで巨大なジャングルジムだ。そしてこのパイプの点検と交換が邦彦たちに与えられた仕事だった。

パイプの中では二十四時間休みなく高圧高温の蒸気が行き来している。当然内部からの消耗が激しく、古くなった順に交換しなくてはならない。タービンを停止させてパイプを取り外すのだが、当然内部は放射能塗《まみ》れだ。交換時、床に零《こぼ》れ落ちる水も汚染されている。更に交換は全て人力で行われ、清掃も作業員が手で汚染箇所を拭き取る。発電所設備の保守点検という言葉からは、それが原発であればなおさら何やら完全隔離されたモニタールームで最新の技術を導入した点検をするような印象を受けるが、実際は重機を使用する土木作業よりもはるかに原始的な仕事だった。

原始的になればなるほど仕事は肉体を酷使するようになる。全面マスクは内側に呼気と吸気両方の弁を備えているが、自動に開閉するものではないので、呼吸するにも体力が要る。完全な密封状態にするために後部のゴムでぐいぐい締めつけるので、しばらく装着していると頭が痛くなってくる。またタングステンベストは重さが二十キロ近いので、着ているだけで疲労し、汗だくになる。そして、そんな状況下で数十キロもあるパイプを持ち運びするのだ。タングステンベストが不要な場合でも、汚染水が絡む作業ではタイベックの上からアノラックという合羽を着込む。アノラックには通気性が全くないため、長時間作業をしていると軽い脱水症状に陥る。

また作業は無線でやり取りする訳ではなく、全てマスク越しの目視で行われている。しかしマスクの内側には熱が籠って、すぐに曇る。マスクを外す訳にはいかないので視界が朦朧とする中で作業を進めることになる。慎重さを要求される場面では、ついマスクを外してしまうことさえある。

初日は五時間ほどで終了したが、事務所で着替えて寮に戻るなり、邦彦はベッドに倒れ込んだ。体力には自信があったが、これほど消耗するとは予想外だった。

眠りに落ちる寸前、携帯電話の着信音が鳴った。出ると、相手は島袋だった。

『初仕事、どうでしたか。大きな失敗とかなかったですか』

仕事始めには、こうして首尾を確認するものらしい。邦彦は予想していた内容よりも厳しいことを告げようとしたが、途中で一方的に切られてしまった。

　だが慣れというものは大したもので二日、三日と続けるうちに邦彦は作業に順応していった。もちろん邦彦のような人間ばかりではなく、早い者は二日目で寮から姿を消したが、会社の方でも脱落者の割合は計算に入れていたのだろう、それで現場の人員が不足することはなかった。不足したとしても後からすぐに新しい作業員が補充された。

　邦彦の所属は須藤という男が班長を務める班で、四号機の第五工区を担当する。しかし班といっても作業中に言葉を交わすこともなければ、仕事帰りに一杯呑む訳でもない。作業終了後に彼らの会話を耳にしたが、パチンコと競馬の話に終始し、自分には全く興味のない話題だったので割って入る気もしなかった。集団から孤立することには慣れている。ただメンバーの中に一目でヤクザと分かるような人間がいないことには好感を持った。

　須藤班では孤立している者が自分以外にもう一人いた。金城純一という男で邦彦と同様に口数が少なく、単独で作業をすることが多かった。齢は自分より五つほど上だろうか。落ち着いた物腰で決して粗暴な感じは受けない。だが観察していると他の人間は純一と接触するのを可能な限り避けているようで、純一もまた皆と交わろうとする雰囲気ではなかった。ミーティングの際、純一だけが離れた場所にいるので呼び寄せようとしたら須藤から制止された。

「いいから。あいつは放っておけ」

邦彦が不満そうな顔をしていたからか、須藤は二人きりになった時、そっと耳打ちした。

「あいつはな、前科持ちだ。だから皆が敬遠してる。本人だって、その方が気楽なんだ」

「でも他の班にはもろヤクザだっているじゃないですか。俺、寮で見かけましたよ」

「なるほどな。しかし元人殺しにはなかなかお目にかからんだろう?」

どことなく偏見のある言い方が引っ掛かった。子供の頃から暴力と対峙し、高校には暴力団の準構成員に近い者もいたせいで、邦彦には素行の良くない人間に対して耐性ができていた。素行が悪くても人間として憎めない者がいることも知っていた。

ただ須藤の言う通り、殺人の過去を持つ人間は初めてだった。自分から揉め事に首を突っ込むつもりもないので、邦彦はとりあえず頷いてみせた。

事件が起きたのは、邦彦が原発作業に従事するようになってしばらく経った頃だった。

その日は観測史上最低を記録するほどの寒さで、原発内の設備にもその影響が出ていた。

パイプ内の凍結だ。

パイプの中では二十四時間蒸気や水が駆け回っているが、定期点検で四号機のタービンが一時停止すると当然それらも止まる。本来は高熱が常態であるため、パイプ内の水分が凍ることなどそうそうないはずだったが、この時は点検が一昼夜に及び、更に記録的な寒気が拍車をかけた。夜のうちに凍結した水分が膨張し、それでなくても老朽化していた細いパイプの内部に罅《ひび》が入ったのだ。径の大きなパイプはともかく、細いパイプの中では凍結した氷塊が詰まり、内側からの圧力が高まっていた。

予兆はあった。タービンの電源を入れた瞬間、何人かの作業員がパイプの軋《きし》む音を耳にしたのだ。だが、まさか内圧によって悲鳴を上げていると想像する者は一人もいなかった。

その時、第五工区では須藤班の全員が所定の位置で作業をしていた。パイプの接続箇所でボルトが緩んでいないか、あるいは水漏れが発生していないかの点検で、ほぼ全員がパイプの至近距離に立っていたのだ。

ポンプが稼働し、一気に蒸気と水が押し出される。

ひとたまりもなかった。パイプ内の温度が充分上昇しないうちに放出された蒸気と水は氷塊にぶち当たり、ただでさえ内圧で疲弊していたパイプを更に押し広げる形となった。

途端に異常を報せる警報が鳴り響く。だが作業員たちが次の行動を考えるよりも、パイプが断末魔の叫びを上げる方が早かった。

それはバックファイヤの音によく似ていた。

耳を劈《つんざ》くような爆発音が同時に数箇所から発せられた。内圧の上昇に耐えかねた接続部分が、まずボルトを吹っ飛ばしたのだ。

邦彦も突発事に身体がしばらく反応しなかった。だが斜め前方でパイプが破裂し、その勢いで配管を支えていた支柱が折れ崩れた時、やっと足が動いた。

真下にいた作業員が支柱の下敷きになっていた。

現場を離れようとしていた邦彦の足が止まる。

こういう時ほど災禍は重なる。下敷きになった作業員に向けて、破裂したパイプがゆっくりと傾《かし》いでくる。このまま放っておけば支えを失くしたパイプが脆《もろ》くなった接続部分から折れてしまうだろう。

そうなれば大惨事だ。パイプの折れ口から放射能に塗れた高圧高温の蒸気が噴出する。作業員もそのことを感知して必死に這《は》い出ようとしているが、支柱に膝から下を押し潰されていて身動きが取れない様子だ。蒸気をまともに受ければ、大火傷《おおやけど》は間違いない上に高濃度の放射能を浴びることにもなる。おそらく重傷程度では済まなくなる。

異変は当然、東電本社にも知らされただろうが、現場に明確な指示が下りるまでにはタイムラグが生じる。それは今まで小さな問題が起きた際に、嫌というほど思い知らされている。そのタイムラグが今は人命を左右する。

いきなり胸のアラームメーターが鳴り始めた。数瞬ではなく鳴り続けているのは設定した上限の2ミリシーベルトを一気に超えたからだ。

パイプの亀裂からは派手な音を立てて蒸気が噴き出している。

警告音に追い立てられるようにして作業員たちが逃げて行く。須藤はと見れば、やはり退避しろと自分に合図している。

警告音は邦彦の頭の中でもけたたましく鳴り響いている。

駆け出せ。

もう一刻の猶予もならない。

お前が死ぬぞ。

ところがその瞬間、瓦礫の下敷きになった自分の姿が浮かんだ。

絶望の淵にいた自分を救い上げてくれたのは見知らぬ人々だった。その善意と使命感のお蔭で今の自分がある――。

そう思った途端、身体が警告を無視した。

理屈ではなく本能だった。

邦彦は倒れ伏した作業員の許に駆けつける。注意して奥を覗《のぞ》くと、両足首が支柱の下に隠れており、膝下全部に圧力が掛かっている訳ではなさそうだ。

いける。

邦彦は身を屈めて支柱の隙間に両手を差し入れた。そして重量挙げの要領で支柱を持ち上げた。

力を入れた時、何かの破れる音がした。見れば支柱の折れ目で、自分のタングステンベストが十センチほど裂けている。

噴出する蒸気が頭の上を掠める。

胸のアラームは鳴り続ける。

渾身《こんしん》の力を込めても支柱はミリ単位しか動かない。

自分一人の力では無理だ。

そう悟った邦彦は作業員の眼前で三本指を立てた。作業中、会話が不可能な場合にはサインで意思を伝えることにしていた。

二人で同時に持ち上げる。合図は三つ目だ。

作業員が一度だけ頷く。

ワン。

ツー。

スリー！

急に支柱が軽くなり、ぐいと持ち上がった。作業員はすかさず腕の力だけで支柱から這い出し、床の上を転がる。邦彦はその上半身を抱えて後ずさりした。

ごん、と鈍い音を立てて支柱が折れ曲がり、パイプが更に落ちる。亀裂から噴出する蒸気は床に当たっていた。もし、あと三秒でも遅れていたら、間違いなく蒸気は作業員を直撃していただろう。

作業員を立ち上がらせたが、片足を痛めたらしくまともに歩けない。邦彦は肩を貸して作業員を第五工区から連れ出した。

工区を抜けると、電源の落ちる音が身体を震わせた。やっと誰かがタービンを停止したらしい。

避難していた須藤が慌てて駆けつけ、まず二人に線量計を向けた。まだ高い数値を示しているらしく、二人はしばらくその場に足止めを食らった。全面マスクとタングステンベストを脱いだのは別室で長時間に亘《わた》る除染を受けてからだった。

「ありがとう。お蔭で助かった」

マスクを脱いだ作業員が邦彦に握手を求めてきた。

それが金城純一と言葉を交わした最初だった。

事故によって二人ともかなり被曝したはずだが、詳しい数値はとうとう教えてもらえなかった。

それどころか寮に島袋が現れ、邦彦を捕まえてこんなことを言い出した。

「検査しても大きな異状は認められなかったので、今回の事故について労災申請はしないでください」

いきなりで二の句が継げなかった。

「もちろん事故についても他言無用です。秘密が守れないようであれば辞めていただくしかありません。第一、あなたはアラームメーターが鳴っているのに、班長の指示に逆らって勝手な行動をしたのだし」

「どうしてそうなるんですか。あんなのどう見たって設備が老朽化してたせいじゃないですか！」

「コトが明るみに出たら東電さんに迷惑がかかるでしょ。そうなったら東電さんからウチとの契約を切られてしまいます。当然、あなたたちの仕事もなくなります。それでもいいんですか？」

とんでもない言い草だったので、邦彦は須藤に相談してみた。だが一緒に憤慨してくれると思っていた上司は、同調してくれるどころか邦彦を諫《いさ》めにかかった。今回の事故も珍しいことではなく、そもそもパイプの老朽化が原因の事故なら責任は保守点検を請け負った自分たちにあるのだと言う。

「悪いけどよ、我慢してくれ。親会社あっての俺たちなんだから。それに今、お前が内部告発みたいなことしてみろ。迷惑かけられたヤツから目の仇にされるぞ」

自分が解雇されることも痛いが、大勢の仲間に迷惑をかけるのはもっと痛い。結局、邦彦は泣き寝入りするしかなかった。

割り切れない気持ちのまま、平時と変わりなく作業を続ける。他の作業員も事故などなかったかのように黙々と身体を動かしている。

邦彦は改めて原発作業の危険性を肌身に感じていた。自分たちを取り囲んでいるパイプやホースのどこが老朽化し、どこに罅が入っているのかは皆目見当もつかない。今回の記録破りの寒波襲来など想定外の出来事が発生した時のマニュアルも存在しない。そして放射能漏れがなくとも自分たちは日々放射線に曝《さら》されて、間違いなく肉体を蝕《むしば》まれている。何のことはない。労働力どころか命を売っているようなものではないか。

愚痴を言い合う相手もおらず事務所で悶々《もんもん》としていると、後ろから肩を叩かれた。

振り向くと純一が立っていた。

「今……いいか？」

遠慮がちな口調は先入観を覆すには充分だった。

従業員用の駐車場で型落ちのカローラフィールダーに乗せられた。

「俺をどこに連れていくんですか」

「本来なら綺麗《きれい》な姐《ねえ》ちゃんを隣に侍《はべ》らせてお礼したいんだが……悪いけど酒断ちしてるもんでな。生憎そういう場所に縁がないんだよ」

「いいですよ、お礼なんて」

「他人の命救っておいて、そんな言い草はないだろう」

救われて、そういう言い草もないだろうと思う。

「じゃあ、いったいどこに」

「俺の家」

「え」

「家族によ、あんたに助けられた話をしたら是が非でも連れて来いってうるさいんだ。今日あたり連れて行かないと、マジでメシ抜きにされる」

「金城さんて自宅通勤だったんですか」

「知らないのか。イチエフ（福島第一原発）関連で働いているヤツはほとんど地元の人間だ。あんたみたいな余所者《よそもの》の方が少数派だよ」

他の作業員と交わることがないので、それは初耳だった。

「敷地内の草刈り、いつもオッチャンたちが何人かで手分けしてやってるだろ？　あれだって東電が時給二千円なんて結構な給料で雇ってるんだ。周り見てみろよ。海と畑しかない。農業か漁業か畜産以外にこれっていう産業もないから、みんな東電に雇ってもらって暮らしてる。だから誰も東電に逆らおうとしない。自分の身が危なくなるし、みんなにも迷惑かけるしな。今回もそうだったろ？」

指摘されて合点がいった。邦彦が島袋から釘を刺されたように、純一も口止めされているのだ。

「俺はともかく、金城さん結構ヤバかったでしょ。それで納得できるんですか」

「純一でいい。そりゃ会社に対して思うことは色々あるさ。だけど、こっちもムショ帰りのハンデがあるし、親も原発で働いてるからな。人質取られているようなものさ」

前科があることを本人から告げられたので少し気が楽になった。よく見れば純一は至極穏やかな表情をしており、とても人を殺した過去があるとは思えない。

純一は淡々と話し続けるが、言葉には押し殺した憤りがわずかに聞き取れる。

邦彦も生活するために命を売っている。そして地域住民もまた、生活するために何かを売り渡している。結局、誰も彼も東電に札束で顔を叩《はた》かれているのだと思うと、無性に苛ついた。

純一の家は平田村にあった。周囲に田畑が広がる中、数えるほどの家屋が集まって集落を成している。

居間に通されてしばらく待っていると、純一とその家族が少し緊張した面持ちで入って来た。両親と妹らしき女性の三人。

紹介もされないうちに両親が深々と頭を下げた。

「今度のことでは純一がご迷惑をおかけしました。本当に何とお礼を言ったらいいか……」

「やめてください」

邦彦は慌てて止めに入った。他人から感謝されることに、あまり慣れていなかった。

「俺、当たり前のことをしただけで」

「当たり前？　いや、全然当たり前ではない。現場の状況は息子から聞いております。配管が外れかけ、しかも亀裂から高熱の蒸気が噴き出していたのでしょう。アラームも鳴り続けていたはずだ。同僚を助けるためとはいえ、そんな中に飛び込むことができるのは、その……英雄ですよ」

「英雄だなんて、そんな。俺も前に助けられたことがあって……それを思い出したら自然に身体が動いたって言うか」

「ほう、そんなことがあったんですか」

「阪神・淡路大震災で被災しました」

するとと父親はひどく驚いた。

「これはまた奇遇だ。いや、実はわしらも当時は神戸に住んでおって被災したんです。あなたはどこに家が？」

「須磨区の定禅寺です」

「何と。わしらも須磨区だったんだよ。あなたはまだほんの子供だったはずだが、よく免れたものだねえ」

「瓦礫の下で生き埋めになってました。両親が上に覆い被さってくれていたんで九死に一生だったんですけど」

邦彦がそう告げると、父親は怪訝《けげん》そうな顔になり、やがて目を見開いた。

「加瀬……そうだ、思い出した！　確かにそういう名前だった。あなたが自衛隊員から救い出される写真を新聞で見たんだ。そうか、あの小っちゃい子がもうこんなに大きくなったんだな……いやあ、よく今まで一人きりで生きてきたものだ。すごいよ。あなたは立派だよ」

共通の体験があったことで、邦彦と金城一家の垣根はすぐに取り払われた。改めて挨拶があり、両親の横で畏《かしこ》まっていた妹が裕未という名であることも知った。

4

阪神・淡路大震災後に転居してしまったために邦彦は知ることができなかったが、被災者同士の精神的な繋がりは相当に強いものだったらしい。

その強い繋がりを、邦彦は十年以上遅れて味わうことができた。父親の和明は話し始めると、すぐ旧知の仲のように笑い出した。母親の宏美は邦彦の少年時代を聞くと、目頭を押さえて立ち去った。二人とも邦彦の痛みを知った上で、優しく慰撫《いぶ》する術《すべ》を心得ていた。

ほどなくしてテーブルに並べられたご馳走《ちそう》は全て宏美の手料理だった。いかにんじんに始まってそば団子汁、大根の煮物、にしんの山椒《さんしよう》漬け、そして鮭《さけ》の粕煮《かすに》。

「こんなものしかないんだけど」という宏美の申し訳なさそうな言葉を、邦彦は全力で否定した。

亮一に引き取られた頃からインスタント食品と定食屋のメニューに馴《な》らされてきた舌には、どれもが新鮮な味で涙が出るほど美味しかった。少し濃いめの味付けだが素材の旨《うま》さがそのまま残っている。他所《よそ》の家庭料理は好き嫌いが分かれると言うが、宏美の作るものはまるで邦彦の好みに合わせたかのようだった。ゆっくり味わわなければ損だと分かっていても、箸が勝手に飯を掻き込んでいく。宏美とはあまり話すことはなかったが、この味を知れば人柄が分かるような気がした。こんなに優しい料理を作る女性が優しくないはずがない。

和明と話すうちに純一が会話に紛れ込んできて、意外にも話し好きであることが分かった。時間の空いた時は映画を観《み》るのが唯一の趣味と言うので、班の皆と行動を共にしない理由はなるほどそれもあるかと合点がいった。訥々《とつとつ》とした喋り方だが、映画や俳優について話し出すと眩しそうに笑う。現場で見ている顔とはまるで別人だった。

「純一に、その、前科があるのは以前から知っていたんだって？」

「ええ、まあ」

「それなのに、どうして助けてくれた。いくら同僚だといっても、そういうレッテルを貼られた人間にはあまり近づきたくないのが人情だろうに」

和明の質問に、横にいた純一どころか宏美までが息を詰める。口に出してから和明もしまったという顔をしたが、今更引っ込められるものでもない。

だが、邦彦自身に迷いはなかった。あの時に感じたことをそのまま答えればいい。

「関係ないですよ」

「関係……ない？」

「状況は切羽詰まってるしアラームメーターは鳴りっ放しになるし、完全にテンパってました。そんな時に細々としたこと考えてる余裕なんてありませんよ。きっと皆そうだと思います」

「違う」

黙って二人のやり取りを聞いていた純一がぼそりと呟いた。

「そんなヤツ、いないよ」

気まずくはならなかったが、尻の据わりが悪くなった。

話した方がいいと判断したのか、純一は自分の犯した殺人事件の顚末《てんまつ》を語り始めた。

傷害致死で懲役五年の実刑判決。これだけの文言ならどんな札付きかと思うだろうが、
とどのつまりは交際していた女の昔の男がヤクザ者で、純一の望まないまま刃傷沙汰《にんじょうざた》になったというのが実情だった。

それでも当事者と家族以外は前科者というだけで色眼鏡で見る。市内から隔絶した集落の中では尚更だろう。酔った上での犯行だったと言うから、純一の禁酒にも納得がいく。

「正直、この家にお客を呼ぶことなんて滅多にないんだよ。確か裕未が中学の時分、担任の先生が家庭訪問に来た時以来かな」

和明は切ないことを微笑《ほほえ》みながら言う。

「わしも長い間原発で働いとるから、そこそこ他人様には信用してもらえる肩書はあるよ。それでもご近所からは、まるで無いものとして扱われる。もうここに引っ越してきてから十五年も経つってのになあ」

「十五年。じゃあ神戸の震災直後に」

「うん。その頃さ、小さいながらも親父の後を継いで皮革工場やっとったんだが、あの

震災で全部パーになった。機械どころか工場そのものが無くなっちまったからな。元々、神戸市がずいぶん前から再開発を目論《もくろ》んでいた地域だったもんだから渡りに舟でさ、復興計画の青写真には零細工場なんて全然組み込んでなかったんだよな」

邦彦にも頷ける話だった。高校生の頃、不意に故郷が見たくなって梅田から阪急電車に乗ったことがある。しかし、十年ぶりに訪れた故郷は小綺麗で賑《にぎ》わってはいたが、既に自分の勝手知ったる場所ではなかった。少なくとも父親と母親の匂いはどこにも残っていなかった。

「それでな。財産一切合財失くすような目に遭ったのも、神さんの思《おぼ》し召《め》しみたいな気がして、心機一転、家族ぐるみで引っ越した訳さ。その頃イチエフは運転開始から二十年、稼働率も海外並みになってエネルギー政策の根幹を担っていた。これこそ自分の一生を懸けるに値する仕事だと、そう思ったのさ。以来ずっと原発に人生を捧《ささ》げてきた。もう、一号機から四号機まで自分の子供みたいなもんだ。だから純一を原発作業員に送り込んだ時も、晴れ晴れとした気分だった」

聞けば和明の会社は東電の子会社で、完全にグループ企業の一員とされているところだった。なるほど父親がグループ会社の古参社員なら、その息子を孫請け曽孫《ひまご》請けの会社に紹介することもさほど困難ではなかっただろう。

「俺はさ、邦彦くん。原発の仕事に誇りを持ってるんだよ。資源のない国で産業を生かすためには、どうしたって安価な電力が必要になる。この国にとって電力というのは人間で言えば血みたいなもんだ。だから俺の仕事は日本の産業界を支えている。日本の未来を担っているんだってな。今もその気持ちに変わりはない」

それでも、と言葉を繋いでから和明はまた頭を下げた。

「邦彦くんには申し訳ないと思っている」

「何故ですか」

「会社から色々と言い含められただろ。その……労災申請するなとか。嫌な話だが、原発推進が国策になるとな、その大きな流れに逆らうものはどうしたって排除される」

「だけど俺よりも純一さんの方がずっと」

「家族ぐるみで原発に世話になっている身分では、文句は言えんさ。それにな、急成長した産業なり会社ってのは大抵暗い部分を抱えている。光が強けりゃできる影はその分濃い」

原発のグループ企業に十五年を捧げた男の言葉がこれだった。邦彦には抗《あらが》う言葉が見つからなかった。すると自分が刹那に感じた憤怒も、途端に幼稚なものに感じられてくる。

「短気は起こさんでくれよ」

和明は念を押すように言う。

「今までも健康被害で東電を訴えた作業員は何人もいるが、その度に潰されてきた。東電の息の掛かった大学教授やら医者やらが、原発と健康被害の因果関係をことごとく否定する。弁護士頼んだって徹底抗戦を怖《おそ》れて、すぐ和解に持ち込もうとする。だって国策だものな。リスクが大き過ぎる。だから、逆らおうなんて思っちゃいかん。こういう時は逆に利用するんだよ」

「利用、ですか」

「事故を起こしたとなると会社にも負い目ができるからね。自分の弱みを握っている者が身内である限り、会社も悪いようにはしないさ」

そんなものかと、和明の言葉を反芻してみる。依然わだかまりは残っているが、親身な和明を見ているとそれも掻き消えてしまいそうになる。

だが横に座っていた純一が独り言のように呟《つぶや》いた。

「俺はそうは思わないな」

純一は誰とも視線を合わせず、ただ虚空を睨んでいる。

「今度のことで思い知った。あんな事故があったっていうのに、会社は東電を気遣って俺たちに労災申請もさせやしない。労災が適用されないからと手渡されたのはたった五万円の寸志だけだった。何が負い目なもんか。使い物にならなくなった作業員は容赦なく捨てられるんだ。会社は俺たちのことを人間とすら思っちゃいないよ」

「純一」

和明がたしなめようとするが、純一は饒舌《じょうぜつ》だった。

「九死に一生を得てたったの五万円だ。口には出さなかったが顔に出たらしい。会社の担当者は見下したみたいにそれが相応の金額だと付け加えた。つまり俺の命は五万円ぽっちということさ。破損したパイプの修理費は二百万円以上だっていうのにな」

邦彦が何気なく見ると、純一はひどく昏《くら》い目をしていた。

途中でトイレに立つと、廊下で裕未と出くわした。

背丈は邦彦の肩ほどだろう。華奢《きゃしゃ》な身体つきで顔も小さいのに、目だけがくりくりと大きい。

何だ。よく見れば可愛いじゃないか。

「あの」と、思い詰めたような顔で口を開く。

「お父ちゃ……父のこと、ごめんなさい」

「え」

「加瀬さん、原発で危ない目に遭ったのに、ウチは原発のお蔭で生活しているから文句言えなくて」

「いや、あのさ」

「それにお兄ちゃんのことも。お兄ちゃん、前科あるから今まで誰とも話ができなくって……加瀬さんがいてくれなかったら、きっと死んでました。それなのに、こんなことしかできなくて」

「あのさ、ちょっと待って」

邦彦は裕未の言葉を無理に遮る。そうでもしなければ、いつまでも謝り続けそうだった。

「君は……自分が悪い訳でもないのに、ずいぶん謝るんだな。そんなこと気にするもんじゃない」

「だって……」

「原発で飯を食ってるのは俺も同じだよ。それに十五年も関わってきた仕事なら愛着の湧かない方が嘘だ。俺なんか一つの仕事が長続きしたことないから、そういう人は尊敬するよ。純一さんのことだって、周囲から浮いているのは俺も同じだから、君が気に病む必要はない。話し相手ができて俺の方が有難いくらいだ。それから、こんなことしかできなくて、と言ったよね」

「はい……」

「俺にとって、これ以上贅沢《ぜいたく》なもてなしはない」

口に出してみると急に恥ずかしくなったので、慌てて裕未の脇を通り過ぎた。

居間に戻ると、裕未を交えて晩餐《ばんさん》が再開した。

あれこれと邦彦に話し掛けてくる和明。

次々と料理を運んで来る宏美。

黙って一方的に酒を注ぎ足す純一。

遠慮がちにこちらを見る裕未。

これが団欒《だんらん》というものなのだろうか。邦彦はかつて両親と卓を囲んでいた頃を思い出そうとしたが上手くいかなかった。甘い回想を、どうしても亮一の野卑な顔が邪魔をする。

食事の美味《うま》さと相俟《あいま》って、邦彦は多幸感に包まれる。それは今までについぞ味わったことのない至福の時だった。

俺、こんなに幸せでいいのかな。

いいよな、今日一日くらい。

晩餐が終わる頃には、外はもうすっかり暗くなっていた。泊まっていけという和明の申し出を辞退して、純一のクルマで寮に戻るつもりだった。

玄関を出る時、ドアに張り紙の剝がした跡を見つけた。よく見ればマジックの消し残しもある。家の住人がドアの正面にでかでかと張り紙や大書する理由など思いつかない。

おそらく、家族以外の者が好ましからぬ内容のものを掲示したのだろう。

前科者。

客の来ない家。

排斥。

さっきまでの多幸感が一気に醒《さ》めた。自分はこうして浮かれているが、この家族は明日も明後日《あさって》も忌避され続けるのだと思うと、どうにもやりきれなかった。

玄関先へ純一が出て来て、邦彦とクルマに向かう。

「ちょっと」と、耳打ちをされた。

「明日も来いよ」

「そんな。悪いですよ」

「そっちの都合なんか知るか」

純一は少し不機嫌そうに言う。

「オヤジの喋り、ウザかったか」

「いいえ」

「オフクロの作ったモン、不味《まず》かったか」

「とんでもない！」

「妹、辛気臭かったか」

「終《しま》いに怒りますよ」

「当のオヤジとオフクロがまた誘えって言ってるんだ。ウチは客慣れしていないから決して社交辞令なんかじゃないぞ。だから来い」

無茶な誘い方だが、悪い気はしなかったので、はいと応じた。

「じゃあ」と、運転席に座った純一が、ああと思い出したように付け足した。

「多分、裕未もそう思ってる」


気後れしたのは最初だけで、二度三度と訪問するうちに、邦彦は金城家の雰囲気に慣れていった。

ただし一番態度を変えたのは裕未で、三日目から自分のことを「邦ちゃん」などと言い出した。さすがにくすぐったかったが、齢も三つしか違わず、呼ばれ続けていると抵抗もなくなったので良しとした。

いったん歯止めがなくなると、裕未はどんどん邦彦に話し掛けるようになった。自分が信用金庫に勤めていること、同僚とは話が合わず、いつも定時で家に帰って来ること、両親の話、趣味。

聞いているうちに疑問が湧いた。こんなに明け透けで素直な子が、他人と話を合わせられないはずがない。男だって放っておかないだろう。

すぐに思いついたのは、やはり純一の前科だった。考えるだに気の滅入る話だが、純一自身がそれを肯定した。

「四年で仮釈放になって家に帰るとさ、早速翌日から前科者の帰還て話が広まったんだよ。そりゃあもう文字通り悪事千里の速ささ。ここから石川なんて目と鼻の先だし、田舎にゃ他人の噂《うわさ》くらいしか娯楽ねえし、俺の話が裕未の勤め先に伝わるのもあっという間だった」

さぞ勤務先にも居づらくなっただろうと気を回したが、純一は困惑顔でこう打ち明けた。

「それが昔っから強情なヤツでよ……こんなハラスメントに負けて堪《たま》るかって、意地でも辞めようとしない」

邦彦は思わず拍手したくなった。あの素直な裕未に頑固な一面があるというのは愉快な驚きだった。

「元々な、俺はこの家に戻るの嫌だったんだよ。家族に迷惑が掛かるのは分かりきっていたしな。原発で働くのはともかく、俺一人くらい寮に住むって言ったんだ。途端にオヤジとオフクロから猛反対された」

「どうして」

「家族が離れ離れに暮らすなんて、絶対に嫌なんだとさ。ほら、阪神・淡路の震災で……」

純一は不意に口を噤《つぐ》んだが、続く言葉は聞かなくても分かった。

あの震災で多くの家族が離散した。邦彦の家庭のように一方は現世に、一方は別の世界に。そうでなくても経済的な理由で離れ離れになった家族も少なくなかったのだ。

何度も金城家の敷居を跨《また》いでいると慣れを通り越し、まるで彼らが十年来の知己であるような錯覚に陥り始めた。後戻りすることができなくなる惧れもあったが、それでも誘惑には抗し難かった。

和明の話を聞き、宏美の手料理を口にし、純一と語らい続けていると、彼らがまるで自分の家族であるように思えてきてならなかった。

ただし裕未に対してはもっと別の感情が生まれていた。知り合いでも、友人でも、ましてや姉や妹に対するものでもない何か。

まるでタチの悪い病原菌だと思った。本人に自覚症状が出る前に、身体中どころか精神の深いところまで侵食している。病状は進む一方で、作業中でさえ裕未の顔が浮かぶようになった。何気なく洩らしただろうひと言がいつまでも胸に残った。

きっと無い物ねだりなのだろうと思った。裕未は邦彦の持ち得なかったものを沢山手にしていた。両親・兄弟・将来・知識――。その中でも特に物珍しかったのは本だった。

裕未の読書量は相当なもので、案内された部屋の壁二面を占める棚には隙間のないほど本が溢れ返っていた。

教科書を見るのも億劫《おっくう》だった邦彦にとって本ほど縁遠いものはなかったが、裕未が好きなものと聞けば興味が湧く。

指で背表紙を追っていくと、ふとその一冊に目が留まった。

『ギリシャ神話集』――。

「何？　邦ちゃん、こういうの関心あるの」

「いや、えらく堅いの読んでると思ってさ。神話で、しかもギリシャって」

「あ、それって完全な先入観。あのね、ギリシャ神話に出てくる神々ってとても人間臭いのよ。嫉妬深かったり、三角関係だったり、超ナルシストだったり……」

面白そうだったのでその本を借りてみて――すぐ虜《とりこ》になった。

今まで物語など全く読んだこともなく免疫がなかったせいだろうか、神話の持つ寓意といくぶん下世話なストーリーが頭の中を席巻した。世の中にはこんなにも豊潤な世界があるのだと、蒙《もう》を啓《ひら》かれた気分だった。

金城家の裏庭から眺める夜空は、曇天の日以外はいつも満天の星で埋め尽くされていた。裕未はその空を指差して、神話に因《ちな》んだ星座を一つ一つ丁寧に教えてくれた。二十歳を過ぎた男が星座を眺める図など、以前なら噴き出していただろうが、隣に裕未がいれば気にならなかった。

そして半人半馬の射手座を見ているうち、どちらからともなく二人の唇が重なった。

――と、その時、邦彦は漸《ようや》く目を覚ました。

イチゴの香りに誘われて、ずいぶん長い間眠りに落ちていたらしい。甘い夢から無理に意識を引き剝がして頭を振る。

いったい、どれだけ眠りこけていたんだ。

慌てて携帯電話の電源を入れて時間を確認する。ビニールハウスに入る直前から二時間経過していた。

たった二時間の睡眠だったが、地面が疲労を吸収してくれたように感じる。有難い。これでもう少し速く進むことができる。

立ち上がった瞬間に軽い眩暈《めまい》がしたが、これ以上休憩するつもりはない。邦彦はライターの火で開けた穴から外に這い出た。相変わらず風が冷たかったが、身体を目覚めさせるにはお誂《あつら》え向きだった。

四　蠢動《しゅんどう》

1

プラスチック爆弾の構造は至極単純だ。トリメチレントリニトロアミンに油状成分を混合して可塑性の爆薬を拵《こしら》え、起爆装置を取り付けるだけで済む。科学的安全性が高く、衝撃による誤爆はまずない。火の中に投じてもただ燃えるだけだ。そのくせ、威力はTNT火薬の1・34倍もある。

単純な構造であるため、岩根をはじめとした中央特殊武器防護隊の面々はそれがC－4であると即座に断定した。だが、この場所にC－4が仕掛けられている光景に違和感が付《つ》き纏《まと》う。

岩根は大きく頭を振り、これが現実であることを意識に叩《たた》き込む。

「もっと拡大しろ」

岩根はロボットを操作する隊員にそう命じたが、声は微妙に上擦《うわず》っていた。こくりと頷《うなず》いた隊員の表情も緊張で固まっている。今は原子炉に爆弾が仕掛けられている理由より、その正体を特定するのが先決だった。

更に拡大すると、薄暗がりでもレンガ状の物体がオフホワイトであるのが分かる。見慣れたC－4の色と同じだ。もしもこれがC－4だとするなら、二本のリード線で繋《つな》がっている筐体《きようたい》は起爆装置ということになる。

「筐体に寄れ」

起爆装置が化学的装置なのか機械的装置なのか、あるいは電気的装置なのか。起爆装置の解除にはまずその見極めが必要だった。筐体表面に突出した部分、つまり信管と思しき部分は見当たらない。ならば時限式で作動する方式と考えた方がよさそうだ。

だが筐体を舐《な》めるように見つめていた岩根は、その表面に奇妙な物体を認めた。真っ黒な筐体の中央が穿《うが》たれ、透明な管が埋め込まれている。中には緑色をした液体も見える。

岩根の目にはそれが気泡管水準器にしか見えなかった。測量機器やカメラの三脚に付属しているもので、気泡の浮かぶ位置で傾斜を確認する器具だが、それがどうして起爆装置に付けられているのか。

水準器の中で気泡はどの位置に浮かんでいるのか。水準器が設置されている以上、筐体の傾斜角度には何らかの意味があるはずだった。

水準器にピントを合わせて更に拡大――そう指示しようとした矢先だった。

いきなりパソコン画面にブロックノイズが出現し、侵食を始めた。

次の瞬間、画面は真っ暗になった。

「どうしたんだ。カメラの故障か」

「ロボットからの通信が途絶えました。詳細は不明です」

不明と告げられたが大方の予想はつく。カメラを搭載するので、軽量化を図るため基板のシールド処理を厳重にできなかった。遠隔操作と通信目的で部品にＩＣを組み込んでいるのだが、８０００ミリシーベルトを超える放射線量の中では電子部品が耐えきれなかったのだろう。やはり建屋内の詳細なデータを収集するには本格的な防災モニタリングロボットが必要なのだ。

しかし、その搬入を悠長に待っていられる事態ではなかった。ブラックアウトした画面に見入る隊員たちの顔は、いずれも困惑と恐怖に彩られている。

もし仕掛けられたＣ－４が爆発したらどうなるのか。

使用済み燃料プールが破壊されれば冷却水が全て流れ出し、千五百三十五体もの核燃料が完全に剝《む》き出《だ》しの状態となる。それは地獄の釜の蓋が開く時だ。たちまちメルトダウンが始まり、福島第一原発から日本全土に放射性物質の雨が降り注ぐ。被曝《ひばく》でどれだけの人間が蝕まれ、どれだけの国土が放射能塗《まみ》れになるのか——。

予測することさえ恐怖だった。いや、予測ではない。危機は今、目の前にある。それでも隊員たちが徒《いたずら》に騒ぎ出さないのは、状況を冷静に認識するよう訓練されているからに過ぎなかった。

「……映像は記録してあるな」

「バックアップしています」

「至急、状況を官邸と東電に連絡。一号機から三号機の復旧に向かっている隊員たちに情報を流せ」

政府と東電がこの報告で何を考え、何を講じるかはともかく、自分の指揮系統の及ぶ範囲には伝達しておかなければならない。この、肝が冷えるような情報を受けてどれだけの隊員が恐れおののくのか。だが、仮に戦線を離脱する隊員が続出したとしても、岩根はそれを責める気には到底なれなかった。

一方で、政府が情報をどう扱うのかも気になった。公表すれば周辺住民ならびに国民のパニックを誘発することは間違いない。震災発生時、各被災地では市民が沈着な行動を示して世界を驚嘆させたが、それも程度問題だ。パニックを防ぐために政府は箝口令《かんこうれい》を敷くに違いない。この場合、情報管理は適切だ。満員札止めの劇場でいきなり火事を報せれば、紳士淑女の集まりであっても必ず退路の奪い合いが始まる。問題は観客を動揺させないように説明し、適切で効率的な避難指示が出せるかどうかだ。

そこまで考えて岩根は再び絶望に突き落とされた。今の政府に、そしてあの総理にそんな力量が果たしてあるのか。刻一刻と変化し悪化の一途を辿《たど》る状況に、官邸は全く為す術《すべ》がなかったではないか。当事者である東電に至っては、未《いま》だに被害者面をするばかりか施設の温存と情報の秘匿に走っている。福島第一原発が何とか小康状態を保っているのは、現場の作業員と自分たちが獅子奮迅《ししふんじん》の働きをしているからに過ぎない。官邸と東電のような有象無象どもに適切な指示を望む方がどうかしている。

また現在、現場で懸命に働く作業員、自衛隊員、消防隊員、警察官の運命はどうなるのか。それを思うとうすら寒くなる。

指揮官という立場にありながら、岩根はなかなか思考を纏められずにいた。

＊

その頃、仁科は純一を巡る周辺の聞き込みに余念がなかった。

純一が前科者であるという理由から近隣や同僚との交流はほとんどなかったということだが、刑事にとって有益な情報は得てして悪感情の中に潜んでいる。恋は盲目との喩《たと》え通り好意は真実の妨げになるが、悪意は時として対象の本質を衝《つ》いていることが多い。

ずいぶんと性悪説に傾いた見方だが、実際にそうなのだから嫌になる。

予想されていたことだが近隣住人の口は驚くほど軽く、そして辛辣だった。日頃の付き合いがなかったせいだろうが、一度塀の中に入った者に対しての人物評は悪罵に近いものがあった。

「無口で不気味だった」

「目つきが異常じゃった」

「こちらから挨拶しても返事が陰気だったんだよ。ああ、もう気味が悪いったらありゃしない」

「そもそも挨拶を交わすような雰囲気ではなかったしなあ。何やこう、他人を遠ざけるような」

いずれも先入観に起因する証言ばかりだったが、その中におやと思うものもあった。

「時々、見かけない男が家の近辺をうろついておったぞ。純一の帰宅時間を訊《き》き回っていたが、あれはひょっとしたら借金の取り立てじゃなかったのかね」

これは仁科にとって少なからず意外な話だった。初動捜査の段階で殺害動機が金銭トラブルだった可能性も考えていた捜査本部は、邦彦と純一両名について銀行とノンバンクに照会をかけてみたが、二人には全く借入実績がなかったのだ。

一応、人相風体を確認すると、長身で長い髪を後ろで結わえていたと言う。なるほど傍《はた》からも目立つはずだ。

　気になる証言として記憶に刻んでいたら、原発作業員からも同様の話を聞いた。

「金城か。あいつは間違いなく借金してたよ。妙なヤツが何度か会いに来てたんだよな。酒の付き合いが悪かったのは禁酒中ってこともあったけど、きっとカネがないことも理由の一つだったんだろ」

　原発作業員は面倒臭そうにそう言った。

「いくら勤め先だからって原発にまで取り立てに来るんだから。賭けたっていいが、ありゃあ真っ当なカネ貸しじゃない。十中八九ヤミ金か何かだろうな」

　人相を訊いてみると近隣住人が目撃した男と一致していた。それにしても、えらく断定的な物言いだったので更に突っ込んで訊くと、嘲るように言葉を続けた。

「あんな髪型したヤツがまともな金融屋に勤めてないだろ。それにちょっと調べれば金城が前科持ちだってのはすぐに分かる。そんなヤツに銀行がカネを貸すはずないじゃないか」

　またぞろ犯罪を繰り返していつ刑務所に逆戻りするか分からないヤツにカネは貸せない、という理屈か。カネ貸しに直接確かめた訳ではないが、出所者の再犯率が高いことを知っている仁科には頷ける理屈ではある。

　捜査線上に浮上した長身で後ろ髪を結った男。仁科の勘はこの男を追うべきだと告げていた。

邦彦が純一を刺したという事実に変わりはないにせよ、その発端が裕未との結婚を巡る口論だったという点はどうにも納得できなかった。酒の上でのトラブルという見方でも、逮捕時、邦彦から酒の臭いはしなかった。また過剰防衛という観点からも、邦彦がそれほど自制心のない人間とは考えにくい。

邦彦の過去を調べれば調べるほど、彼に対する心証が捜査本部の見解から外れていく。犯罪は人の性格を映す鏡だ。短絡的な人間は衝動的な犯行に走りやすく、冷静沈着な人間はやはり行動が計画に則ったものになる。仁科は、邦彦が衝動的に動くようには思えなくなっていた。

後ろ髪を結った男について、金城家の人間に確認を取るにはまだ材料が足りない。何度か家を行き来するうち、あの家族が何かを隠していることには気づいていた。男の存在が重要であればあるほど、今質問をぶつけてもはぐらかされるだけだろう。切り込んで核心を突くには、こちらも武器を揃《そろ》えておく必要がある。

もう一つ、溝口が残した謎の言葉がある。

3・11以降の債券市場を眺めてみろ――。

仁科も新聞を読む習慣があるが、経済欄だけは飛ばしてしまう。債券市場はおろか株の上がり下がりにもとんと興味がない。そういう人間が付け焼き刃で武装しても怪我《けが》をするだけだ。

そこで債券市場の件については小室に丸投げしておいた。小室自身に専門知識がなくても、あの上司は警視庁捜査第二課にも知り合いが沢山いる。早晩、溝口の示唆したことを解明してくれるだろう。

ならば今、自分がすべきことは後ろ髪を結った男の身元を洗い出すことだ。


捜査本部に戻った仁科は早速、純一の身辺を洗った別働隊に訊いてみた。

純一はカネに困っていたのか。もし困っていたのなら、それは何に起因するものだったのか――。

しかし返ってきた答えは否、だった。出所後の純一がギャンブルに熱を上げていた事実は見当たらず、浪費癖があったことも報告されていない。また、特定の女と交際し、そちらに貢いでいたという話も存在しなかった。

もっとも過去の事件の発端が女絡み、そして酒絡みであったことを考えれば、純一が慎重に毎日を過ごしていたのは容易に想像できた。

別働隊が調べ上げた純一の日常は、まるで清教徒のような内容だった。自宅から原発に通勤し、仕事が終われば道草を食うこともなく真《ま》っ直《す》ぐ家に帰る。会社帰りに一杯ひっかけるでもなく、風俗店で遊ぶでもない。ギャンブルと名のつくものはパチンコすらせず、暇な時にはひたすら映画館に通っていたらしい。

享楽に背を向け、刺激から遠ざかり、世間との関わりを必要最低限に留《とど》めていた――そんな姿が窺《うかが》える。前科を悔い、地道に生きることを自らに課したように見える。

禁欲的な人間に借金は必要ない。借金というのはその多くが現状に飽き足らない人間の産物だ。どれほど貧困であろうが、どれほど質素であろうが、それに満足し、与えられた環境と条件に従っている限り、実収入以上の出費を考えることはない。

従って近隣住人や同僚が見かけた男がヤミ金の取り立てだというのは、いささか早計に思えた。

では、カネ以外での結び付きがあるとして、それは何なのか。

仁科は視点を変えてみることにした。出所後の純一は他人と交わることを避けていたらしい。ならば、他人との結び付きは事件を起こす以前に求めるべきではないのか。

早速、事件記録を検索してみる。平成十五年四月の傷害致死事件。管轄は相馬警察署だった。電話で問い合わせてみると、まだ当時の担当者が在籍しているという。地方警察署の利点の一つはこれだ。キャリアでない限り転勤も少なく、昔の事件を扱った刑事が多く残っている。

ただ、と電話口の署員は気遣うように付け加えた。

『事件を担当したのは木島《きじま》という者ですが、現在は被災者捜索の任に当たっておりまして、その……』

　皆まで言わなくとも、石川署も同じような状況なので分かる。要は通常業務まで手が回らないので、時間が取れないという意味だ。

『お迎えするにしても伺うにしても、交通機関がこの有様では』

　この言葉ももっともだった。ＪＲ常磐線《じようばんせん》は日暮里―土浦駅間以外が運転見合わせになって使用できない。クルマで行こうにも、これまた国道・県道いずれもが沈下や破損で寸断されており、迂回すれば往復するだけで半日仕事になる。

「電話で構いません。至急、確認したいことがあります」

　仁科が告げると、しばらく待たされた後、擦《かす》れた声の男に代わった。

『お待たせしました。木島です』

　声質に疲労が聞き取れた。今更ながらに被災地の人間はみな大変なのだなと、共感めいた感慨が湧く。

『金城純一の事件でしたな。ええ、よお憶えておりますよ』

　そうだろうと思う。石川署と同様、年間を通しても殺人事件が幾度も発生する管轄ではない。

『ああ、コロシが珍しいから印象に残ったというんじゃないですよ』

「じゃあ、何故《なぜ》ですか」

『現場の居酒屋に到着するとですな、金城が動かなくなった被害者を見下ろしておる。まあ、これだけなら当たり前の光景なんですが、金城は泣きじゃくりながら被害者に謝っておるんです。何ともしおらしい犯人だと思いました。新聞で知りました。あいつは殺されよったんですね。何でも容疑者は妹の付き合っていた男だとか』

「ええ。現在、行方を追っている最中です」

『金城もつくづくついておらん男ですな。取り調べの時に本人から話を聞きましたが、悪人でも何でもない人間がふとした弾みで犯罪者に堕《お》ちる、そういう見本みたいなものでした』

「実はウチの事件が、金城純一の事件に関係している可能性がありまして……木島さん、その事件の関係者の中に、後ろ髪を結った男はいませんでしたか」

『後ろ髪を結った男？　いや、特にそういう人物は……』

木島の声が途切れる。八年も前の事件だ。担当刑事であっても細部の記憶が薄れることがある。いや、そもそも関係者でなかった可能性もある。

無駄足だったか――そう諦めかけた時、木島の声がいきなり跳ね上がった。

『あっ、ちょっと待ってくださいよ。言われてみると、そんな男がいたような……すいません、少し時間をいただけませんか』

「こちらは全く構いません」

『事件記録を漁《あさ》ってきます。いったん切って、こちらから掛け直しますから』

解決した事件の記録を後生大事に抽斗《ひきだし》の中に取っておく者もいない。おそらく木島は資料室まで出掛けたのだろう。どこの署もそうだが、資料室は庁舎内の端か地下に位置している。取って返すだけでも結構な手間を食うはずで、しかも今は非常時でもある。申し訳なさで自然と頭が下がる。

顔も見たことのない他署の刑事に手を合わせながら待っていると、やがて卓上の電話が鳴った。

『木島です。大変お待たせして申し訳ない』

「いや、それはこちらの台詞《せりふ》ですよ」

『いましたよ、後ろ髪を結わえた男が。関係者といえば関係者だが、事件には関与しておらず、わたしも見たのは一回きりだったので、すっかり失念しておりました』

「一回きり、ですか」

『葬儀の席でしたから、それもちらりと顔を見ただけで』

それでは咄嗟《とっさ》に思い浮かばなかったのも無理はない。

『男で後ろ髪を結っていましたから、それで印象に残っていたのでしょう』

「写真か何かありますか」

『ああ、デジカメで撮ったものがあります。今からそちらのパソコンに画像を飛ばしましょうか』

仁科は慌ててメールアドレスを伝える。ほどなくして、木島から映像を添付したメールが送信されてきた。声の調子では自分よりも年上らしいが、なかなかどうして木島はパソコンの扱いに慣れているようだった。

送信されてきたメールを開いてみると、葬儀の一場面だった。棺が霊柩車に収められるところを参列者が見守っている。その中に後ろ髪を結わえた男がいた。

拡大して見る。長身、細面で額が狭い。頬の肉が削《そ》げ落ち、目はキツネのように細かった。眉も薄く、一見して酷薄な印象を受ける。

「葬儀ということはこの男、被害者の縁者だったんですね」

『ええ。参列者が少なくてえらく寂しい感じがしました。この背の高い男のことですかね』

「いったい何者なんですか」

『名前は堤剛志《たけし》。殺された堤健二の兄ですよ』

一瞥《いちべつ》しただけで言葉は交わさなかったという。従って、堤剛志の職業なり住所の確認は取れていない。だが、住処は死んだ健二の戸籍の附票を洗っていけば、どこかで共通の住所が出てくるはずだ。逮捕歴があれば即座に検索もできる。

まだ謎の男が堤剛志であると決まった訳ではなかったが、仁科は確信していた。

こいつに間違いない。

木島に礼を言ってから、仁科は剛志の拡大写真をL判の写真専用紙に印刷した。若干ドットが粗くなったが、人相ははっきりと分かる。

急いで、目撃証言をした作業員の許《もと》を訪ねた。写真を見せると、「ああ、そうそう、こいつだったよ」と即座に答えた。

やはりそうか。

純一が殺害される直前まで付き纏っていた被害者の兄。邦彦との関連はまだ見えないものの、口論になるような諍《いさか》いのなかった純一が突如態度を変えた誘因である可能性は無視できない。

手応えを感じながら石川署に戻った仁科を小室が待ち構えていた。

「かなり方々を動き回っているようだな、係長」

小室は憔悴《しょうすい》を誤魔化すように笑った。無精髭《ぶしょうひげ》は更に濃くなり、心なしか顔色も黒ずんでいた。仁科も時折自分の顎を撫《な》でて髭の伸び具合を確かめているが、小室ほどではない。

「3・11以降の債券市場がどんな具合になっているか、だったな」

「ええ」

「いったい、どこからそんな話を聞きつけた。警視庁の二課がずいぶん怪しがっていたぞ」

何もなければ怪しむ必要はない。こちらの質問に反応するのは、二課も異変を察知している証左に他ならなかった。

「結論から言うと、日本の国債がこのところ異常な動きを示しているそうだ」

「日本の国債が？」

「震災が発生した時点から日本国債は売り一方だった。当然だろう。あれだけの被害を被った国の行く末に希望を持てるお人好しは、市場に存在しないからな。翌日には原発のメルトダウンが発覚して、一層売りに拍車が掛かった。だが、日本人がパニックにも陥らず冷静さを取り戻すと、市場も落ち着きを取り戻し、反転買いが始まった。戦後、奇跡の復興を果たした日本に、世界が再び期待したというところかな。日本には世界最大の銀行と言ってもいい郵便貯金制度もある。千五百兆円に上る個人金融資産もあるから簡単に崩壊はすまいという読みだ。まだ震災前の水準には届いていないが、結構値を戻している。元々、国債の保有率は国内投資家が九十五パーセントだから、海外投資家がどれだけ動揺しても、すぐに国内で買い支えるという図式ができている」

話を聞いているうちに不快感が募る。投資家たちが市場原理で動くのは当然と承知しているが、それでも一国の運命をカネに換算するような行動には抵抗があった。

「市場は押しなべて買いに移行している。ただ、その流れに逆行してひたすら売りを続けている海外投資家もいる」

「仕方ないでしょうね。世界中が親日家であるはずもない。財政が逼迫《ひっぱく》しているところなら、リスク回避で売り抜けようとするでしょうから」

「わたしも同感だ。しかし、その売りがカラ売りだとしたらどうだ」

「カラ売り？　何ですか、それは」

「現物のないまま債券を売り、償還期限到来の際に買い戻すというやり方さ。利益を出すには安く買って高く売ることだ。だからこの場合は、将来国債が現時点よりも安くなることを見越して売るというオペレーションをする訳だな」

　経済音痴の仁科にも理屈は何となく理解できる。要は売り買いを逆の順序で行うということだ。

「しかし、そのカラ売りを執拗に続けている海外投資家が、出自を調べてみると揃いも揃って同じ筋だったとしたら？」

「全部、同じ筋……まさか」

「そのまさかさ。海の向こうからしょっちゅう挑発を繰り返している例の独裁国家が、様々な機関投資家の名前で日本国債を売りまくっている。その総額たるや、あの国が年間に獲得する外貨に匹敵するというから面白いじゃないか。おそらくは同盟国の国債を売却してまで資金を捻出してるんじゃないかと、読んでいる筋もある」

「つまり国を挙げての日本売りですか。しかし何だってそんなことを」

「分からんね」

小室は半ば呆《あき》れたように言う。

「あの国の考えることなんて、まともな人間に分かるものか。分かるのは見境がないってことくらいだ。それにしても、こんなことが金城純一の殺害事件と何か関係あるのかね」

問われても即答できなかった。今、仁科が追いかけているのは実体のない影のようなものだ。企みの痕跡――だが、影の根元を手繰り寄せれば、必ず実体に辿り着くことができる。

答えずとも承知してくれているのか、小室はそれ以上詮索しようとしない。ただしこれは不問に付すという意味ではなく、形になり次第報告しろという無言の圧力だった。

「ああ、それからもう一つ。これも事件に関係するかどうかは分からんが、福島第一原発付近で先刻妙な動きがあった」

「原発付近で？」

「四号機の建屋周辺で事故処理に当たっていた自衛隊員の一人が、突然現場から逃走を図ったらしい。敷地内で待機していたトラックを奪って検問を突破しようとしたところ、追ってきた隊員たちに取り押さえられた。まあ、放射性物質が充満しているような現場から一刻も早く逃げ出したい気持ちも理解できるが、それにしても今更の感がある。検問所にいた警官が事情を尋ねたが、あやふやな答えしか返ってこなかった。どうやら自衛隊内で箝口令が敷かれている様子だが、時期が時期なだけに妙な不安を覚える」

国家規模の国債カラ売り、そして自衛隊員の脱走と箝口令――。

仁科の頭脳が猛烈な勢いで回転を始める。バラバラだったパズルのピースが、次第に一枚の絵になっていく。だが、あと一つだけ行き場のないピースが残る。

堤剛志。

いったい彼の立ち位置はどこで、何の役割を振られているのか。仁科は逸《はや》る気持ちを抑え、直ちに堤健二の戸籍を調べにかかる。事件記録で健二の最終住所地が相馬市北飯《きたいい》渕阿弥陀堂《ぶちあみだどう》であることは分かっている。過去を遡るには再度木島の手を煩わせるか、相馬市役所の市民課に直接捻《ね》じ込むかしかない。郵送手段で結果を待つような悠長なことは、もう許されなかった。

2

見上げた標識は大きく左に傾《かし》いでいた。

〈大熊町３㎞〉

邦彦は数字を確認してから大きく息を吐く。滝川渓谷を過ぎ、後は県道三六号線沿いに進めばいよいよ大熊町に近づく。福島第一原発から二十キロ圏内は既に避難指示が出されている。大熊町に入れば十キロ圏内なので検問はより厳重になるか、あるいは逆に検問要員さえ数が減らされている可能性もある。どちらにしてもタングステンベストでも着用しない限り、近づいていい場所ではない。

道すがら、タイベック姿の警官か自衛隊員かを目撃した。防護服の頼りなさを知る邦彦には噴飯ものでしかない。新米の原発作業員よろしく、それさえ着ていれば安全だと上司から言い含められでもしたのだろうか。原発事故が発生するまでは警官にも自衛隊員にも畏敬の念があったが、防護服姿を見せられては物知らずにしか思えなくなっている。

政府は自主避難を勧めているが、邦彦自身は手ぬるい処置だと思っていた。建屋内で作業をしているうち、何人もの作業員が身体に変調を来《きた》して辞めていった。原因が作業内容と無関係だとはとても考えられない。放射能は遅延性の毒と同じだ。密かに体内に侵入し、ゆっくりと肉体を蝕《むしば》んでいく。殊に内部被曝は厄介で洗浄する方法もない。そんな場所に自主避難も何もない。真剣に住人のことを考えているのなら、強制的に退避させるべきだと思う。

大熊町に入る道はさすがにどこも検問が立っているはずだった。正面突破という訳にはいかない。山間《やまあい》を踏破して町内に侵入するのが一番安全なのだが――。

邦彦は崖から視線を上げていく。渓谷を睥睨《へいげい》するように聳《そび》える稜線《りょうせん》は雪を被《かぶ》ったまま、東西に延びている。ここから眺めても、林は伐採されることなく鬱蒼《うっそう》と生い茂っている。踏破するといっても、障害物のないトラックを全力疾走するような訳にはいかないだろう。そもそも獣道さえあるかどうかも分からない。

却下だ。

ただ単に逃げ果《おお》せるのではない。自分は一刻も早く目的地に到着しなければならないのだ。徒に時間と体力を浪費する道は選択できない。

ならばこのまま県道三六号線を進み、検問の手前で迂回《うかい》するしかない。邦彦はジャンパーの襟を立てて真っ直ぐ歩き始めた。だが農機具小屋で負傷した右足は以前のままで、未だに疼痛が途切れない。片足を引《ひ》き摺《ず》り気味に歩くので軽快な足運びにはならない。

民家はまばらにしか見えないが、あっても人気《ひとけ》は感じられない。きっと既に避難しているからだろう。

しばらく行くと、アスファルトが不自然に隆起していた。渓谷側の車線が陥没して大穴を開けている。通行するクルマを見掛けないはずだ。これが通行止めの原因になっているとすれば、行先でやはり交通規制のための検問が設置されているかも知れない。

用心しなくては。

襟を立ててみても吹きつける寒風が和らぐことはない。

睡眠も取り空腹も収まったが、天気任せの寒さだけはどうしようもなかった。途中で調達したジャンパーは重宝しているがあくまで作業用の物で、雪山踏破をする装備ではない。辛うじて風は防いでくれるものの、低下し続ける体感温度を上げてくれるものではない。

交差点まで来ると、信号機が支柱の根元から折れている。どうせ通行するクルマはないので、信号が機能していなくても支障はないのだが、それゆえに無残にへし折れた光景は妙に哀れを誘った。

ふと、邦彦はその信号機に自分の姿を重ね合わせてみる。自分の仕事を全うしながら、誰にも顧みられずに果てていくもの——。

邦彦は頭を振って余計な考えを払《はら》い除《の》けた。今更詮無いことだ。第一、実行に踏み切った時から一人で朽ちていくことは想定済みではなかったのか。

自分の末路に思いを馳せている場合ではない。残された猶予はあとわずかかも知れないのだ。

足を速める。残存する体力を考慮すれば全力で駆け出すことはできないが、とにかく急がなければならない。

あの、地獄の釜の蓋が開いた福島第一原発に。

交差点を過ぎてしばらく行くと、また崖が続いていた。相次ぐ余震でコンクリートブロックがところどころ剝がれて、地肌が剝き出しになっている。普段であれば慌てて補修すべき事態だが、この状況下では野ざらしのままだ。

インフラの改修、除染、風評被害の駆逐、避難住民の回帰、そして原発の廃炉。この町が以前と同じ風景を取り戻すには、思いつくだけでこれだけの障壁が立ちはだかっている。それがいったいいつになるのかを考えると、他人事《ひとごと》ながら気が滅入って仕方なかった。

その時だった。

また大地が揺れた。

今度も大きい。

邦彦は咄嗟に頭を抱えて身を伏せた。経験則で、そうすれば最低限落下物から身体を護《まも》れることを本能が覚えていた。

だが、地の神は本能を凌駕《りようが》した。

絶望的な音を立ててアスファルトが傾く。邦彦の身体は容赦なく崖側に放り出される。

間髪入れず土砂がどさどさと降り注いだ。

驚く間もなく、伏した身体の上に土砂が積もっていく。矢庭に落下音が激しくなったのは次の瞬間だった。

頭上からの轟音《ごうおん》。

崖崩れを察知した時には手遅れだった。あっという間に身体が土に埋まっていく。大きな岩が落ちてこないように祈るのが精一杯だった。

早く収まれ。

もう止まってくれ。

だが願いも空しく、土砂は降り続ける。邦彦の身体は遂に背中と首までが埋まった。視界が遮られ、耳と鼻、そして露出した肌が重い土砂だけを感知する。

一秒が一分にも感じられる中、ようやく落下音が静まった。

意識ははっきりしている。良かった、落下物で頭に打撃を食らうことはなかったらしい。

ところが身体を動かそうとして邦彦は驚愕した。

覆い被さった土砂はあまりに重く、身動き一つ取れなかった。雪解けの水を吸って土が重くなっていることに加え、動く端から隙間が埋まるので可動範囲が少しも拡《ひろ》がらないのだ。

続いて唇が土くれに触れた時、邦彦は大いに慌てた。既に覆い被さった土砂の重みで肺が圧迫されている。このままでは間違いなく生き埋めになってしまう。土砂が口の中まで入り込むかも知れない。

圧死か窒息死か。

恐怖が舞い降りてくる。

邦彦は何度も四肢を掻《か》くが、粘着性を持つ土砂が纏わりついて自由な振る舞いを許さない。

繰り返しても報われない足掻《あが》き。

一瞬、諦めた。

警察の手を逃れてからこの方、何度命を失いかけたか。その度に生き延びたが、切なさ苦しさは募るばかりだ。

寒さ、ひもじさ、痛さ、孤独。体力は消耗し、心も折れかけた。どうして自分だけが、こんな責め苦を続けざまに味わわなくてはならないのか。

もう楽になりたい――そう思った。押し潰されるのでもいい、息ができなくなるのでもいい。寒さも苦しみも存在しない世界に移りたいと思った。

しかし、皆がそれを許さなかった。

金城家の人々が自分を叱咤する。和明が、宏美が、純一が肩を揺さぶる。

殊に裕未が責める。現実では一度たりともそんな顔をしなかったのに、泣きながら邦彦を叱っている。

まだ死んじゃ駄目。

立って。

最後に怒鳴ったのは自分自身だった。

諦めるな、もっと悪足掻きしろ。

そこで我に返った。

甘い誘惑を払い除けて現実に思考を戻す。

ここで体力を無駄に散らせば、ますます死を招きよせることになる。農機具小屋の時もそうだったではないか。落ち着いて対処しさえすれば、必ず活路は開ける。

邦彦は自分の位置を確かめようと頭を巡らした。崖崩れの起きる直前、自分は崖を背にしていた。その後に降り注いだ土砂で動きを封じられたから、身体の向きは変わっていない。つまり、頭の方向に土砂の切れ目があるはずだった。

真っ直ぐ這《は》え。

邦彦は両手を頭の先に伸ばした。上からの圧力に比べて、横方向の抵抗はそれほどでもない。伸ばした先の塊に爪を立て、平泳ぎの要領で土くれを掻きながら同時に足を蹴るが、右足に激痛が走る。

ずるっとした感触と共に、頭がわずかに土砂の中を突き進んだ。

いける。

だが、そのひと掻きだけでおそろしく体力を使った。正直、土砂がどこまで拡がっているか見当もつかないので不安は残るが、今はこの作業を続けるしかない。

ひと掻き、そしてもうひと掻き。

前に進む度に、期待と不安が押し寄せる。

この方向で合っているのか。ひょっとしたら真逆に向かっているのではないか。

残り少ないカードを無意味に切っているような恐怖で、ともすれば思考が凍りつく。

焦燥に駆られながら伸ばした手に反応があった。感触では岩盤の端のようだった。

両手で握り、一気に身体を引っ張る。

すると呆気《あっけ》ないほど両腕が曲がり、頭が土砂から抜け出た。

握っていたのは陥没したアスファルトの先端だった。視界の先に見慣れた雪景色が拡がる。尖《とが》った寒気が顔に吹きつけてきた。

やった。

思わず歓喜の声を上げそうになった。

ずるずると這い出して深呼吸しようとしたが、圧迫され続けた胸は十二分に開かず、邦彦は盛大に噎《む》せた。

立ち上がると身体中に絡みついた土砂が途轍《とてつ》もなく重い。

だが泥を拭い取ってすぐに後悔した。

ジャンパーとズボンが土砂から水分を吸っていたため、寒気をまともに皮膚に伝えたのだ。いや、水分を含んだ分だけ冷たさは外気温よりも格段に低い。

咄嗟に両手で自分の肩を抱く。あまりの寒さに心臓が止まるかと思った。吹き荒ぶ風は止まず、冷気が内臓にまで達する。まるで鉄の爪だ。邦彦は全身をぶるぶると瘧《おこり》のように震わせて膝を屈する。身を縮こまらせることだけが冷気をやり過ごす手段だった。

風がようやく止んだ。

邦彦はゆっくり立ち上がり、再び東を目指して歩き始めた。この先、麓山《はやま》トンネルを抜け、県道三五号線との交差点を過ぎればいよいよ大熊町に近づく。そこからが正念場だ。いつまでもこんなところで足止めを食っている訳にはいかなかった。

麓山トンネルの中に人工の光は皆無だった。

通常はオレンジ灯なりの照明があるはずなのだが、未《いま》だ停電から復旧していないせいで光源が消失している。まともにクルマが行き交えば事故になる可能性が大きいが、幸か不幸か通行するクルマが存在しない。

結構な長さのトンネルで光源は入口と出口の自然光だけなので、中間地点では深淵な闇に包まれる。

我知らず足早になる。邦彦は暗闇が嫌いだった。阪神・淡路の大震災で長時間瓦礫《がれき》の下敷きになっていた記憶から、暗所に閉じ込められると判断力を失う傾向にあった。

だが一方で、闇には吸引力がある。墓の中の安寧と同じだ。ここに留まっている限り、追われることも傷つくこともない。静かに、眠るように死を待っていればいい。

相反する二つの思いに引き裂かれながら、それでも邦彦は薄明るい光源を目指す。

トンネルを抜けた途端、目の前に惨状が拡がった。

陥没した道路は元より、ほとんどの電柱や標識は傾ぐか倒れるかしている。路地に停《と》めてあるクルマの多くは横倒しになっており、無残な姿を晒《さら》している。民家も築年数の古そうなものは全壊して原形を留めておらず、そうでない家屋も壁にみみず腫れのような罅《ひび》が走っている。ブロック塀は根元から崩壊し、ガラス窓に穴を開けている建物も少なくない。

住民の姿が見当たらないのは避難しているせいだろうが、その代わりに取り残されたらしい犬猫がエサを求めて徘徊《はいかい》している。

片倉《かたくら》大橋の向こう側、県道三五号線との交差点に検問の一団が見えた。数人の警察官が全員タイベックを着込んで通行車両のチェックを行っている。

彼らと顔を合わせるつもりはない。邦彦は橋の手前で道路から外れて、林の中に踏み入った。このまま麓山の中に分け入って検問を回避する気でいた。

橋梁《きょうりょう》に遮られてこちらの姿は見えないはずだった。もちろん真っ当な通り道など期待できず、通過するだけで相当な体力を消耗させられるのは目に見えている。

松林の中は下草がほとんど刈られていない。その上を雪が被《おお》っているので、足を取られてひどく歩き難かった。交差点の警官たちを警戒しながらの踏破なので、尚更《なおさら》時間が掛かる。

一歩踏み出す度に足が膝上まで沈む。

安全靴もここ数日の逃避行であちこちが傷み擦り切れている。足底で下草の冷たい硬さが分かるほどだった。ズボンも同様だ。片膝の辺りは瓦礫で切ったのか、完全に肌が露出している。雪山歩行にこれほど不似合いな装備もないだろう。

まだ完全に乾き切らないズボンに雪溜《ゆきだ》まりが絡みつくと、はや爪先から足の感覚がなくなってきた。ちらと街道の方を見ても、警官たちは一向に立ち去る気配がない。少なくとも彼らが自分の視界から消えるまで遠ざからなくてはならない。邦彦は口の中で畜生、と何度も呟《つぶや》いた。

松の樹に隠れながら移動していると、時折積雪の塊が頭上から落ちてくる。目立つ行動はできないので振り払うことはせず、雪を被ったまま歩き続ける。

あとどれだけ強行軍を継続しなければならないのか——うんざり考えていたところ、不意に背後からくぐもった声を掛けられた。

「どうしました。道に迷いましたか」

驚いて振り向くと、十メートル後ろにタイベック姿の男が立っていた。マスク越しだが大声でしゃべっているらしく、何とか聞き取れる。

「よければ誘導しますよ」

どうやら警官のようだった。ここで逃げれば怪しまれる。邦彦は適当にやり過ごすことにした。

「大丈夫です。抜け道は知っていますから」

「でも、この方向だと大熊町に戻っちゃいますよ。防護服もなしでは危険です」

そんな防護服の効能を盲信している方がよっぽど危険だと言ってやりたかった。

「いいえ、お構いなく」

「いや、そんな訳には」

警官らしき男は足早に近づいて来る。仕事熱心なのは結構だが、今は迷惑千万でしかなかった。

無視して前に進むが、相手の足の方が速かった。

「知らないんですか。原発から二十キロ圏内は政府から避難指示が出されていて……」

すぐに追いつかれて肩を摑《つか》まれた。

ちらと振り返った邦彦を見て、マスクの中の表情に緊張が走った。

「お前……手配中の加瀬邦彦じゃないかっ」

しまった。

肩に置かれた手を振り払い、邦彦は脱兎《だつと》の如《ごと》く駆け出した。

「待て」

気は焦るが雪溜まりの中で足は思うように動いてくれない。

「加瀬っ、この辺り一帯は放射能で汚染されている。逃げ回っているとやられるぞ。おとなしく投降しろおっ」

放っておいてくれ。

あんたこそ、そんな軽装でうろうろしているとやられるんだぞ。

日頃から鍛え方が違うのか、それとも邦彦の消耗度合いが大きいのか、二人の間隔は見る間に縮まっていく。

警官の腕が再び邦彦の肩を捕らえた。

握力のある手だ。

だが俊敏さに欠ける。

更に相手はタイベックを着込んでいる。粉塵《ふんじん》を遮る効果しかないのにやたらと重く、そして水分を吸うという最悪な防護服を。

邦彦は置かれた手を片手で摑むと、さっと身を翻した。手を捻《ひね》られた格好の警官は予期せぬ反撃に対応が遅れ、がくりと体勢を崩す。

今だ。

相手の手に更なる捻りを加えながら、自分も同じ方向に身体を捻る。ストリートファイトで体得した技だが、それなりの効果はあるはずだった。

果たして警官は半回転し、雪溜まりの中に投げ出された。

相手の鳩尾《みぞおち》に向け、全体重をかけて肘を打ち込む。

警官はカエルが潰されたような声を上げた。

次に邦彦は身近にある松の幹に体当たりする。すると、その衝撃で大量の雪が派手な音と共に落ちてきた。警官は雪の中に埋まる。一瞬、辺りは白い闇となる。

これで当分は時間が稼げる。

邦彦はまた走り出した。肘の感触では間違いなく急所に命中している。相手の戦闘意欲を奪うには充分な一撃だったはずだ。

しかし邦彦は警官の職業意識を過小評価していた。

数歩も行かぬうちに林の中で銃声が轟《とどろ》いた。

刹那、右足の太腿《ふともも》に焼《や》き鏝《ごて》を当てられたような激痛が走り、邦彦は前のめりに倒れる。

あの警官め、撃ちやがった。

威嚇射撃のつもりだったのだろうが、視界を遮ったことが却《かえ》って災いした。

慌てて右足を見る。腿の内側に擦ったような傷ができ、そこから血が流れているが命中はしていない。這うように立ち上がり、今度は背を低くして逃げ出す。

「逃げるな、加瀬！」

銃声に気づいたのか、検問に立っていた警官たちがこちらに向かって移動し始めた。

まずい展開だ。

軽装である分、こちらが動きやすいという利点はあるが、多勢に無勢ではその利点もあまり意味がない。ここは何としてもひたすら逃げに徹するべきだ。

かすり傷でも右足は焼かれたように痛む。それを騙《だま》しながら、邦彦は右へ左へと蛇行しながら林の奥に進む。直進したら狙撃されやすくなると思った。

林の奥に進めば進むほど明かりは乏しくなっていく。邦彦にとっては好都合だった。

雪を掻き分けるようにして暗い方へと足を向ける。

追手から、焦燥から逃げる。

これでまた徒に時間を浪費することになる。もう残された体力も気力もわずかだというのに、どうして自分はこうも運に見放されるのか。

呪詛《じゅそ》に胸を焦がしながら、邦彦は木々の間を駆け抜けた。

3

堤健二の戸籍を調べようとした仁科は最初の段階で、早くも躓《つまず》いていた。健二の最終住所地を管轄する相馬市役所に直接電話をかけてみたが、コール音が続くばかりで誰も出ようとしない。やっと男性事務員が出たと思えば、今は被災者対策で忙殺されており、とても通常業務を処理するまでに至っていないと言う。

犯罪捜査に身を置いている最中はそれに没頭しているので、ついつい自分たちの境遇を忘れがちになるのだが、要するに現実逃避に過ぎない。今、仁科を含め被災地一帯の住民と公的機関は機能麻痺《まひ》に陥っているのだ。避難誘導、避難場所の確保、被災者の受け入れなどで右往左往しているのが現状だ。そんなところに、住民一人の戸籍請求をしても迅速な処理を期待する方が間違っている。

そうだ。おそらくは仁科も邦彦を追っている場合ではない。人の親であれば津波被害のあった女川町に赴き、息子の行方を捜し続けるのが本来のあり方なのだろう。妻に連れ添い、震える肩を抱いてやるのが本当なのだろう。

だが仁科の足は竦《すく》む。

理由は分かっている。捜索し、息子の遺体を自分の目で確認するのがこの上なく恐ろしいのだ。

行方不明を知らされた当初は、とにかく一刻も早く捜し出そうとしていた。だが日が経《た》つにつれ、息子の死を認めたくないという相反した気持ちも次第に大きくなっていった。もし遺体を前にしたら正気を保っていられる自信がない。

だから足はどうしても邦彦の方に向く。現実逃避と言われれば首肯せざるを得ないが、邦彦を追うこと、今与えられている職務を全うすることが息子を捜すことと同義に思える瞬間があるからだ。顔も違えば声も違う。共通点と言えば被災者であることぐらいだが、息子は依然行方知れず、一方の邦彦はその後の過酷な環境に耐え抜いているから境遇も違う。それでも仁科には息子の顔が邦彦にダブってしまうのだ。

幸か不幸か相馬市は福島第一原発から四十キロ地点にあり、まだ交通規制は緩やかだ。この上は直接乗り込むしかないか——。

そこまで考えた時、仁科はもう一人の関係者に思い当たった。

西郡加奈子。

純一が相馬市の食品加工会社に勤めていた時の同僚であり恋人。以前に付き合っていた堤健二が純一にしつこく付き纏っていたというのなら、彼女にも同様のことをしていた可能性はないか。彼女なら健二の兄剛志とも面識があるのではないか。

すぐ平成十五年四月の事件記録を繰る。当然そこには事件関係者である西郡加奈子の住所も記載されているはずだった。加奈子が今もそこに住んでいれば良し、転居しているようなら可能な限り追跡してみよう。

彼女の当時の住所は相馬市赤木《あかぎ》で、常磐線日立木《にったき》駅の近くだった。いずれにしてもこちらも追いかける必要がある。

ところがコートを引っ掛けて刑事部屋を出ようとする際、小室に呼び止められた。

「係長の依頼だったからな。リストアップしておいた」

渡されたのは一枚の紙片だった。そこにはただ企業名が羅列されている。

・マクロ投資ファンド
・T・Hアセット・マネジメント
・タイラー・インベストメンツ
・ファローズ&カンパニー……

「これが？」

「二課から送られてきた。3・11以降、日本国債のカラ売りを続けている投資会社の一覧だ。どれもこれも聞かんような名前だから、二課の連中もずいぶん胡散臭《うさんくさ》がっていたようだ」

小室は物憂げな目で仁科を見る。

「胡散臭い以上にキナ臭い。そこらにある事件じゃない。もっと規模の大きな、いち警察署の手には余るような不穏さがぷんぷんしてくる」

おや、と思った。小室という男は慎重ではあるものの、その実、検挙実績や県警本部での立場には決して無頓着な上司ではない。いや、人一倍の貪欲さを慇懃《いんぎん》な衣で隠しているようなフシもある。その小室にして、今は腰が引けているように見える。

だから煽《あお》ってみたくなった。

「お言葉ですが、我々の追っているのは加瀬邦彦といういち個人であり、一件の殺人事件です。どこに遠慮することもないでしょう」

「自衛隊員が原発の処理現場から逃走した、という話はしたな」

「ええ」

「事態が事態だから彼らだって寄せ集めの部隊じゃない。それなりに注意は受け、覚悟もしてきた連中だろう。比較しても始まらんが、警官よりはよっぽど肚《はら》の据わった隊員たちのはずだ。それが一人ではあるが逃走した。いや、逃走した彼だけじゃない。オフレコになっているが、現場で従事している隊員たちの中で精神的な不安を抱えている者が少なくないらしい」

小室は仁科から視線を逸《そ》らして喋《しゃべ》る。長く下にいるうちに知った、本心を見せたくない時にする仕草だった。

恐れているのか、この男が。

「……らしくありませんよ、課長」

「そうかな。人間というのはえてして想定外の事態に直面すると、本質が分かるものだ。

今この状況で顕《あらわ》れる態度が、案外そいつの正体かも知れんよ」

　想定外なのはその通りなので黙っていると、小室は露骨に不機嫌な顔をした。

「例のカルト教団の事件の時、何だってあんなペテン師風情に騙されるのかと信者たちを馬鹿にしていたが、我々も彼らを嗤《わら》えん。多少疑問に思っても毎日毎日安全だ安全だと耳元で連呼されていれば、自然に馴《な》らされてしまう。実際は燃料プールの水がなくなったくらいで世界中が戦慄するような、とんでもなく危ない代物が目と鼻の先にあったというのにな」

　言葉の端々から憤怒が滲《にじ》み出る。普段から一度たりとも声を荒らげることのない小室には珍しいことだったが、これが福島県民の偽らざる心境なのだと思う。

「加瀬の意図が何であれ、その目標が福島第一原発であるからには何らかの破壊行動を企てている可能性が大きい。だからこそ公安も半ば大っぴらに動いている。それを思うと情けない話だが、手錠がやけにちっぽけに見えてな」

　仁科を眩《まぶ》しいように見る。

「その点、係長は凄《すご》いな。目標を決めたら一点突破でブレがない」

　よしてくれ、と叫びそうになった。

「相馬市に、行ってきます」

　仁科は動揺を押し隠してそう告げる。

「相馬か。あっちもずいぶん混乱しているだろうな」

「今や、どこだって同じですよ」

交通規制のかかった県道を避けて迂回すると、到着には相当な時間を要した。

日立木駅周辺に津波被害はないものの常磐線はまだ運転を見合わせており、線路沿いにクルマを走らせていても遂に電車の姿を見かけることはなかった。

西郡家は木造一戸建てだった。屋根は中央で撓《たわ》み、壁にも亀裂が入っている。市役所で確認すると西郡家からは誰も避難所に移っていないので、地震の被害も受けなかったと予想していたが間違いだったようだ。

チャイムのボタンを押したが音が聞こえない。どうやら故障しているようなので戸を叩《たた》くと、すぐに応答があった。

勢いよく引き戸を開けて現れたのは三十半ばに見える女だった。加奈子に姉妹はいなかったというから、おそらく本人だろう。

仁科を見た彼女は落胆した表情を隠そうともしなかった。

「西郡加奈子さん、ですね」

警察手帳を見せながら訊くと、加奈子は恐ろしそうに目を見開いた。

「あのっ、父ちゃんが見つかったんですか?」

切羽詰まった口調で、倒壊の危険性がある家屋から避難しない理由に見当がついた。

途端に身につまされ、仁科は自然に首《こうべ》を垂れる。

「いえ、わたしは別件で伺ったのですが……じゃあ、お父さんはまだ？」

加奈子は力なく頷く。建物倒壊の恐れで避難勧告が出ているものの、行方不明となった家族の帰りを待つために家を空ける訳にはいかない——そういう家が数えきれないほどある。

「お伺いしたのは金城純一さんの件なのですが……お話しいただけますか」

「中へどうぞ。その、散らかってますけど」

誘われて家の中に入る。玄関の靴箱は斜めに倒れ、靴は土間に投げ出されている。

「父ちゃんと二人暮らしだったから、まだ全然片づけが済んでなくて」

他に比べればまだ綺麗《きれい》な部類だが、これは言わずにいた。言い出せば不幸自慢のようになるのは目に見えている。

通された居間もひどい有様だった。テレビは台ごと倒れ、壁に掛けられていたと思しき額や時計はことごとく床に落ちている。それでも破片が見当たらないのは、最低限掃き掃除をしたからだろう。

「すみません、お茶も出せなくて」

それも当然だ。まだライフラインは復旧の目処《めど》すら立っていない。水道も電気も止まった家ではコップ一杯の水さえ出すことができない。

「純一、殺されたんですね。ケータイでニュース、見ました」

「純一さんとは連絡を取り合っていたんですか」

「いいえ。彼が出所した日に連絡をもらったきり、その後は一度もありませんでした」

前科者とよりを戻す気にはなれなかった——そういうことかと納得しかけた時、加奈子が言葉を挟んだ。

「別れようって純一から言い出したんです。元々は堤のせいで刑務所入る羽目になったんだから、純一には何の落ち度もなかったけど、前科のついた人間の傍《そば》にいたら碌《ろく》な目に遭わないって……あたし、そんなこと気にしないって言ったんですけど、俺の方が気にするからって。人間ってあまり変わらないんですね。純一、刑務所から出てきても昔のままでした」

加奈子は肩を落としていた。純一への想《おも》いを断ち切れなかったのはその通りだろう。純一が出所する日まで携帯電話の番号を変更しなかったのはその表れだ。

「純一さんはどんな人でしたか」

「優しい、人でした。気が弱くって、街頭のティッシュ配りももらうのを断れなかった」

そんな気弱で優しい人間が、何故邦彦のような男と刃傷沙汰《にんじょうざた》の口論になったのか。

聞き込みをすればするほど最初の疑問に戻ってしまう。

「では、堤健二はどうでしたか」

「あいつは蛇でした」

害獣を貶《けな》すような口ぶりだった。

「あの日、あいつが純一と居酒屋に行かなかったら、きっとあたしが殺してました。あんなヤツと一時《いっとき》でも付き合ってたあたしが一番のでれすけなんだけど」

「事件の記録を読みました。不思議なことに健二はあなたより純一さんに付き纏っていたようですね」

「あたしに付き纏ってもカネを搾り取れないと判断したからです。他人からは三角関係みたいに受け取られがちですけど、実際は堤がカネ目的で純一を脅迫してただけです」

「純粋にカネだけ、ですか」

「だって純一に目を付けた途端、あたしのことは全然無視でしたから。あたしといた時も何かと理由つけてはカネを出させようとしてました。どうせ俺は差別されているから碌な仕事に就けないんだって、バイトもしようとしなかったし……」

「どうして差別されていると」

「国籍が日本じゃないからだって。でも、そんなのただの言い訳です。日本人じゃなくても真面目な人はやっぱり真面目だし、ちゃんと仕事をしているじゃないですか。結局、あいつはただの寄生虫だったんですよ」

　その話が頭に引っ掛かったが、加奈子の言葉は尚も続く。

「あたしに心配かけまいとして純一は言いませんでしたけど、同じ会社に勤めていたから薄々噂《うわさ》は聞いてました。当時、純一は会社の寮に住んでたんですけど、堤はそこまでやって来てカネを要求したそうです。それだけじゃなく、彼の行くところ行くところ、ずっと付き纏って。きっと純一の性格を見抜いてたんだと思います」

　加奈子の話を聞く限り頷けることではある。寄生虫はそれ自体で生活する能力はない代わり、宿主を嗅ぎ分ける本能に長《た》けている。そして、これと決めたら宿主が生命を失うまで寄生し続ける。

「純一も善い人過ぎるんです。あんなヤツ死んで当然なのに、出所した時もずっと気に病んでました。どんな人間でも自分が人生を奪ってしまったことに変わりはない。自分は一生かけてその罪を償わなきゃいけないんだって言うんです。そんなの、懲役で罪は償ったはずじゃないですか。あたしに会わないのも、自分一人が幸せになったら死んだ相手に申し訳ないって意味なんです。そんなことってないです。純一はもっともっと自分の幸せを考えなきゃいけないのに、いつもそんなことに引き摺られちゃうんです」

　堪《こら》えきれない様子で加奈子は顔を伏せた。

　元恋人だから人物評価が何割増しかになっているきらいはあるかも知れないが、それでも純一の人となりは意外だった。仁科も様々な形で元受刑者と相まみえたことがあるが、ここまで自分の犯した罪を悔いる者にはお目にかかったことがない。

「純一を殺した犯人、まだ捕まってないんですか」

「目下、逃亡中です。今は福島全体がこんな騒ぎなので碌に警戒線も張れません」

「ニュースでは口論の末なんて言ってましたけど、それは変です。もし純一が昔のままだったら口論なんてするはずがありません」

「純一さんはかなり酒を呑《の》んでいたようです」

「余計に変です。最後に電話をくれた時も、自分は金輪際酒を呑まないって言ったんですよ」

　だが事件の直前、純一が大量にアルコールを摂取していたのは司法解剖の結果で明らかになっている。無理に酒を呑まされたのでもない限り、誓いを破ってでも酔わなければならない理由があったということか。

「堤には確か兄弟がいましたよね。この写真に写っている人物ですか」

　剛志の写真を見せると、すぐにああ、という反応が返ってきた。

「剛志とかいう人ですよね。ええ、知ってます」

「いつから」

「純一が出所して、しばらく経ってからです。きっと健二から電話番号を聞いてたんでしょうね。あたしのケータイに掛かってきましたから」

「何を話しました?」

「あたしに直接、という内容じゃなかったんです。たった一人の弟を殺されたんだから、せめて会わせてくれって。あたしに彼の連絡先を訊いてきたんです」

死んだ弟の無念を塀の外で晴らすという訳か。時代錯誤めいた話と呆れる者もいるだろうが、仁科にはこちらの話も頷ける。この国の法律はいつまで経っても被害者遺族に冷淡だ。加害者の人権を護る、司法を復讐《ふくしゅう》の場には提供しないと謳《うた》う一方で遺族たちの感情を逆撫でしてばかりいる。

ただ堤剛志をこれに当てはめるつもりはなかった。同じく恨みを残した遺族ではあるが、純一にしつこく付き纏っていた事実が別の意図を疑わせる。

「西郡さんは剛志氏にどんな印象を受けましたか」

加奈子は言葉を選ぶように考え込んだ。

「蛇の兄弟は、やっぱり蛇じゃないのかな」

先刻の害獣を貶す物言いと同じだった。

「あたしが連絡先を知らないと言った翌日、今度は家にまで押しかけて来たんです。あたしが嘘《うそ》を吐《つ》いたと思ったんじゃないかな。今はどこに住んでいるんだとか、ケータイの番号を教えろとか。新しい住所は知らなかったし、出所直後に電話が来たことは黙ってました。教えたら、またトラブルになるのが目に見えていたから」

「兄弟も蛇というのはそういう理由ですか」

「ある意味、弟よりずっとタチが悪いかも知れません」

「と、言うと？」

「健二のタチの悪さはとても分かり易いんです。口が乱暴だったり、おカネ目当てなのが見え見えだったり。あまり考えた行動もしません。でも剛志の方は何て言うか、得体が知れないんです。話し方は普通なんだけど、わざと感情を殺したような感じ。弟と違って何を考えてるのか、さっぱり読めないんです。本当に爬虫類《はちゅうるい》を相手に話しているみたいに」

「ちょっと待ってください。純一さんのケータイ番号と住所を教えろと迫ったんですよね。勤め先についてはどうです」

「それは訊かれませんでした。後であたしも変だとは思ったんだけど、わざわざこちらから向こうに言うことじゃないからスルーしたんです」

「因《ちな》みに……剛志氏の連絡先はご存じですか」

既に押収した純一の携帯電話から全てのアドレスを調べてみたが、剛志のものと思しきものは遂に発見されなかったのだ。仁科は事件の直前までに何らかの理由で純一が削除したのだと見当をつけていた。もちろん氏名から番号を割り出す方法もあるのだが、こちらは各電話事業会社が回線の復旧に忙殺されており、作業は遅々として進んでいなかった。また剛志が慎重な悪党であった場合、プリペイド式の携帯電話にしている可能性もある。もしそうであれば番号を特定するのはほとんど不可能だ。

「すみません。ケータイ番号を聞いていたんですけど、すぐに捨てちゃいました。でも、話の途中で、今でも実家に住んでいるとは言ってました。あたしと付き合う前、健二が一緒に住んでいたらしいです」

訊くべきことを訊いて、仁科は西郡宅から辞去した。言葉にしないものの、一刻も早く加奈子と父親が再会できればという願いを込めて。

剛志の住まいが健二の前住所であるらしいという情報を得た。だがそれよりも重要なのは、剛志が純一の勤め先を訊こうとしなかった点だ。

付き纏おうとする相手の勤務先を訊かなかった理由は一つしか思い浮かばない。

既に知っていたからだ。

更に健二は外国籍だったという。それなら剛志も外国籍だったはずだ。

債券市場で日本国債をカラ売りしていたファンド会社も全て外国籍だった。その共通点から何かが見えてこないか。

市役所の市民課を訪ねた際、健二の前住所までは確認してある。相馬市北飯渕。健二の最終住所地である阿弥陀堂のすぐ近くだ。西郡家と同様、指定された避難場所に移った記録は見当たらないので、自宅で待機している可能性が高い。市役所方向に逆戻りする形になるが、これは仕方がないだろう。

仁科はカーナビで目的地を設定してからクルマを出す。各道路の交通規制は可能な限り把握しているつもりだが、通行不能であればその都度迂回すればいい。とにかく今は、一刻も早く堤剛志の正体と目的を明らかにすることだ。六号線陸前浜街道を直進、ここから約五キロ。運と道路状況さえ良ければ十分程度で到達できるはずだった。

ところがそうはならなかった。

相馬警察署を過ぎた途端、視界の先で道路が寸断されているのが見えた。明らかに津波のせいで道路上に乗用車や瓦礫が山積している。いったんUターンして一一五号線から迂回するしかない。

右手に拡がる光景はこの世のものとも思われなかった。相馬バイパスの通っていた辺りは以前なら民家が建ち並んでいたのに、今は家屋のほとんどが流出して、向こう側の海岸線が見える。

外壁だけを残した家、基礎部分を晒した土地、腹を見せてスクラップになったクルマ、累々と重なった流木、地面をびっちりと覆う汚泥。かつてそこに存在していた繁栄と平穏は波に攫《さら》われ、後には死と荒廃だけが残されていた。

事件や事故で人の死体を見慣れていた仁科も、さすがにこの景色の前では慄然とするより他なかった。

陳腐に過ぎるが、自然の脅威の前で人間の存在やその構築した物など塵芥《ちりあくた》でしかない。そんなことは百も承知している。しかし、その真理をこうまで傲然《ごうぜん》と突きつけられると、自分たちの無力さに改めて心の芯が萎える。

一一五号線から中村城跡を中心とした市街地に入る。福島地裁相馬支部、相馬市役所。辛うじてこれらの建物群は原形を留めており、見慣れた街の風景が少しだけ安堵をもたらす。

だがそれも常磐線の線路を過ぎるまでだった。

北飯渕宇多川《うだがわ》付近。地図上で堤宅の存在していた場所は更地に近い状態に成り果てていた。区画を隔てていたはずの道路も敷地も境界を失い、そこにはただ廃墟と荒野が広がっている。

元々この辺りは宇多川が流れていたため、津波が押し寄せた際にはより内陸部まで破壊の爪が伸びた場所だった。

近づくと潮と腐泥の臭気が鼻を突いた。いや、そればかりではない。一帯には希望を根こそぎ奪うような臭いも充満している。

死の臭いだ。

あらゆる生命の源であるはずの海が、今はあらゆる生命を奪って残骸だけを露《あらわ》にしている。倒壊し中身をあらかた失った家屋には、家具や家電、食器、本、CD、人形、ノートの切れ端、衣服など生活の残滓《ざんし》が泥塗《どろまみ》れになって放置されている。震災前はそれぞれ人の生きていた証《あかし》であったものが、ゴミの塊に堕ちている。

あまりの荒漠さに恐怖すら忘れる。

それは街の死骸だった。

しばらく呆然《ぼうぜん》としていると、視界の隅に老人の姿が映った。老人は腰を屈《かが》めて廃墟の中から何かを探している。

「ご近所の方ですか」

邪魔をしては申し訳ないと思いつつ声を掛けると、老人は表情のない顔をこちらに向けた。

「ああ、そうだよ」

無表情に胸を衝かれた。仁科には見覚えがある。愛しい肉親の遺体と対面した時、たまにこういう顔をする遺族がいる。感情の暴発を防ぐために、精神回路のどこかを遮断しているのだ。

「この辺に堤というお宅はありませんでしたか」

「ああ、堤さんなら知ってるよ。わしは向かいだったからな。そこだよ」

老人は力なく指を差すが、その方向にも汚泥と残骸があるばかりで既に住居の形を成していない。

「堤さんは何人家族でしたか」

「昔は四人家族だったな。ずいぶん前だったか、旦那と奥さんが相次いで亡くなり、後は兄弟が残った。そのうち弟が家を出て行った。確か阿弥陀堂の方じゃなかったかなあ」

「どうして家を出て行ったんですか」

「さあなあ。ふた親が生きとる頃から近所付き合いはせん家だったからな。それに兄弟とも素行が悪いもんだから、みんな寄りつきもせんかった。何やら得体の知れん連中が出入りしておったし。確か弟の方は何年か前に殺されたよ。ニュースでもやっておった」

「剛志さんと健二さん、でしたね」

「ああ、そうそう、そんな名前だった。何だ、あんたの方が詳しいじゃないか」

「二人はどんな仕事をしてましたか」

「知らんよ。少なくとも勤め人じゃあなかったろうさ。二人とも家を出る時間はばらばらだったし、第一留守になるのはしょっちゅうだったし」

「その……一人残った剛志さんはどうなりましたか」

老人はとろんとした目で仁科を見る。

「流されたか、避難したかっちゅうことかね」

「ええ」

「知らん」

突き放した物言いではなかった。まるで途方に暮れた子供の口調だった。

「誰が流されて誰が残っておるか、そんなことをわしなんぞに訊くな。自分で捜せ。みんな、そうしとる」

それが最後の言葉だった。老人は背中を向けて、瓦礫の中に両腕を突っ込む。

仁科もまた叱られた子供のように頭を垂れ、堤宅のあった場所に移動する。瓦礫に鼻を近づけた途端に異臭がしたので、慌ててハンカチで鼻から下を覆う。

老人の言葉を裏づけるように、廃墟の跡に残ったものは独身者の住まいのように僅《きん》少《しょう》に見えた。屋根板を横にずらすと、食器棚が現れる。食器はどれもこれも安物で、しかも一枚ずつしか見当たらない。

表紙が破れ、皺くちゃになった本。

泥に塗れて数字が判読できなくなったカレンダー。

ジャケットの色が褪《あ》せた韓流ドラマのＤＶＤ。

片方ずつのスニーカーとスリッパ。

真ん中から骨がへし折れたビニール傘。

金具だけを残した蛍光灯。

もはや元が何だったのか判別がつかなくなった布切れ。

粗大ゴミと化したバイク。

折れた柱。

欠片《かけら》となった壁の漆喰《しっくい》。

虚無感に囚《とら》われながらも、仁科は瓦礫の山を突き崩す。本当なら、剛志本人を捕まえて問《と》い質《ただ》すつもりだったのだが、この地区の有様を前にして望みも薄くなった。新住所、電話番号など剛志の連絡先を示すもの。あるいは純一に関わる何か。こうなれば何でもいいから手掛かりが欲しかった。

犯罪捜査でこれほど空しい思いを味わったこともない。寒空にも拘わらず額に汗が滲んできたが、充足感がまるでない。証言だけで形成された剛志の人物像は唯々《ただただ》胡散臭い人物だったが、それでも生きているように願った。

だが、何もなかった。パソコン、携帯電話、書類の類はどこにも見当たらず、写真の一枚すらない。せめてカレンダーにヒントになるような書き込みがないものかと表面の泥を拭ってみたが、悪戯《いたずら》書《が》き一つない。

溜息を吐きそうになった時、ふと気がついた。

カレンダーには〈福東《ふくとう》銀行〉のロゴマークが大書されている。これは銀行の企業カレンダーだ。そして、こうしたカレンダーは顧客向けに作られているのが普通だ。

つまり剛志は福東銀行の顧客だったことになる。

何故、こんなことに思い至らなかったのか。

慌てて市街地の方角を振り返ると、福東銀行相馬支店の袖看板が目に入った。この距離ならまず間違いない。剛志はあの支店に口座を持っていたはずだ。

今から支店に乗り込むか。いや建物の倒壊を免れたとは言え、私企業はどこも営業を中断している。通りかかった際もガラス戸に張り紙らしきものがあったではないか。

仁科はすぐに警察無線で小室を呼び出した。

『何だ』

「課長。大至急、福東銀行本店に照会をかけてください。対象は相馬支店、顧客名は堤剛志」

『カネの流れか』

「ええ。範囲はここ一年の入出金記録。できれば照会書を郵送するのではなく、誰かを本店に向かわせてください」

『慌てさせるだけの価値はあるんだな』

「結果次第では、もっと慌てさせるかも知れません」

最後の挨拶の言葉もなく電話が切れた。素晴らしい対応だ。無駄な会話をする間も惜しんで指示を出したと解釈しておこう。

迂回に迂回を繰り返し、元来た道を辿る。速度オーバーなど構うものではないが、肝心の道路状況がそれを許さない。信号機の機能しない交差点で徐行する度に気が焦る。

仁科の立てた仮説にあと一枚足りないピース、それが事件の中での剛志の存在理由だった。

仮説は仁科が集めた邦彦と純一の人物像に拠《よ》っている。物的証拠は皆無、本人たちの証言もないので当て推量と言われればそれまでだが、他に納得できる画《え》が存在しない。仁科には確信があった。そうであって欲しいという願望も強かった。

いずれにしても答え合わせをしてくれるのはあの人物だろう。当てずっぽうをまくし立てても相手にはされない。居並ぶ警察官たちを前にして守りぬいた秘密を、そう易々と吐き出すはずもない。仁科の側にも相手の外堀を埋めるだけの材料が必要だった。

ただ、最大の問題はその後に控えている。

事件の謎を解明し、あの晩何が起きたかを明らかにしただけでは終結しないのだ。

では、どうすればいいのか──焦燥が邪魔をして、未だ自身の行動を決められないでいると無線が着信を告げた。

小室だった。

『本店に押し掛けた城田からたった今、口座の記録が送られてきた。ビンゴだ。堤剛志には定期的にある企業から送金がされている。十中八九、こいつは企業に雇われていたと見て間違いない』

「その企業は？」

『T・Hアセット・マネジメント社だ』

小室から渡されたリストの中にあった名前だ。

やはりそうだったのか。

「それにしても早かったですね」

まだ小室に依頼してから一時間も経っていない。

『城田が窓口に行くなり、すぐに記録が出てきたそうだ。何故そんなに銀行側の対応が早かったと思う？　二日前にも同じ内容で照会書が届いていたからだ』

「同じ内容」

『照会書を寄越した担当者は溝口という名前だったそうだ』

公安の溝口。畜生、つまり自分より二日も前にこのことを知っていたという訳か。

まあいい。とにかく、これで全てのピースが一枚の画に収まる。

仁科はアクセルを強く踏み込んだ。

4

金城宅を訪れると、玄関から出てきたのは裕未だった。

「ご両親は」

「出掛けています」

「少し時間をいただきたい」

「まだ何かあるんですか」

「これが最後だ」

仁科は有無を言わさず、家の中に入る。

「ちょっと待ってください」

「もう悠長に待ってる時間なんかない。加瀬もそうなんだろう?」

裕未は黙って目を逸らした。子供のように正直な反応だ。元来、嘘を吐くことに慣れていないのだろう。

「何を仰っているのか、よく分かりません」

「俺たちがすっかり事件を見誤っていたということさ。加瀬は連行されて行く際、君にケジメはつける、と言った。あの時はちゃんと裁判を受けて刑に服するという意味だと思ったが、実際には別の意味だったんだな」

裕未の表情が俄《にわか》に硬くなる。仁科の言葉が胸に届いた証拠だった。

「まだある。君の親父さんの言葉も腑《ふ》に落ちなかった。まず加瀬には、すまない、と言った。加瀬は自分で罪を償うことだと説明したが、それもまた違う意味合いだった。それからもう一つ。親父さんは本当に理不尽だ、とこぼしていた。あれも震災を二度も経験したという意味じゃない。選《よ》りにも選って、純一の殺した男の兄が堤剛志という人間だったという不運を理不尽だと嘆いていたんだ。違うかね」

裕未や和明を責めるつもりはなかった。責められるべきは自分自身だった。あの時、金城家の人間は誰もあからさまな偽証はしていなかった。それを仁科たちが勝手に解釈してしまったのだ。

「堤剛志という人がどういう人間か、分かったんですか」

「ああ、ついさっきね。現場の状況から警察は加瀬と純一の関係だけに目がいっていたが、事件の肝は純一と剛志の間柄にあった。純一は剛志に脅迫されていたんじゃないのか」

「あたし……知りません」

「いいや、知っている」

退路を遮るように、仁科は裕未を射竦める。

「君に絡んだ別の刑事は公安、つまりテロリスト対策に従事する者だ。つまり剛志と純一はテロという共通項で結ばれた間柄だった。二人で何らかの計画を立てた。ところがそこに加瀬という邪魔者が割り込んできた。正当防衛か過剰防衛かはともかくとして、加瀬が純一を刺したのはれっきとした事実だ。しかし動機は君との交際を巡ってのものではなく、テロに関して純一と対立したからだ」

裕未は顔を伏せて逃げようとする。ここで逃がす訳にはいかない。仁科は可哀想だとは思ったが、裕未の両肩を摑んで放さなかった。

「警察の手を逃れた加瀬の向かっている方向は福島第一原発だ。警察は加瀬が原発施設の破壊工作をするものと推測している。だから、もし見つかれば射殺される可能性だってある」

射殺と聞いて裕未の顔色が変わる。やはり、この言葉が一番効くようだ。

しかし脅しではない。原発施設を狙おうとするテロリストなら、警備局の警察官でなくとも躊躇《ちゅうちょ》なく邦彦に銃口を向けるだろう。

「俺は加瀬を助けたいんだ」

すると、視線の揺らいでいた瞳が仁科を直視した。

「……助けたい？」

「大阪へ行って彼の過去を調べてきた。わずか七歳の子供がよくもあんな環境でまともに育ったものだ。その生命力には頭が下がる」

「それは、その通りです」

　初めて唇が緩んだ。

「あんなに剛《つよ》い人はいません」

「本人の努力を嘲笑《あざわら》うような出来事が続いたが、彼は決して悪の道に染まることも他人を虐《しいた》げることもなかった。大した男だと思う。だからこそ、最後の行動が読めない。いったい、加瀬は原発をどうするつもりなんだ。仮に何らかの報酬が得られるとしても、あんな軽装備で今の原子炉建屋に侵入したら、まず間違いなく被曝する。まさか命と引き換えにしてもいいとでも言うのか」

　我知らず肩を摑む手に力が入る。

「君なら知っているはずだ。あの晩、本当はここで何が起こったのかを。加瀬が何をしようとしているのかを。それが分かれば、ひょっとしたら彼を助けられるかも知れない。だから教えてくれ」

「どうして邦ちゃんを助けてくれるんですか。あなたは彼を捕まえたいだけじゃないんですか」

「これ以上、不幸を見たくない、と言ったら笑うかね」

　既に駆け引きも恫喝《どうかつ》もなかった。仁科は本心を曝《さら》け出す。

「3・11からこっち、心がパンクするほどの悲劇を見聞きした。近しい者を亡くした。近しい者が悲嘆に暮れるのを見た。君もそうだろう。皆が皆、善人じゃなかったかも知れない。それでも命を奪われる理由なんてどこにもなかった。日々を平穏に過ごし、当たり前に生活してきただけだ。それなのに、死んだ。みんな、死んだ。思い出も一緒に流された」

不意に目頭が熱くなった。無理にでも思い出すまいとしていた息子の顔が脳裏に浮かび、感情の堰《せき》が決壊しようとしていた。

「もう、人が死ぬのを見たくないんだ」

溜息混じりにそう告げた途端、身体中からふっと力が抜けた。

まるで馬鹿ではないか。

事件関係者、しかもまだ幼さの残るような娘に延々と本音をぶちまけてどうする。昨日今日採用された警官でもあるまいし、何を青臭いことを叫んでいるのか。

警察官としてではなく人の親としての感情が噴出してしまった。普通の親なら許されることでも、年季の入った刑事の言動ではない。

羞恥と後悔で身体を硬くしていると、裕未がおずおずといった風に口を開いた。

「どうぞ……上がってください」

誘われるまま居間に通されると、そこに和明と宏美の姿があった。二人が出掛けたというのはやはり苦し紛れの方便だったか。

二人が驚いて何か言おうとするのを裕未が遮る。

「この刑事さんはあいつのこと知ってるよ」

そのひと言で全てを悟ったのか、和明と宏美は揃って肩を落とした。この二人も裕未同様に嘘が苦手な人間なのだろう。

「もう隠しきれないよ。それにこの刑事さんが力になってくれるって。ねえ、あたし全部言うよ。邦ちゃんを助けたいもの。いいよね」

二人は無言で頷いた。

四人でテーブルを囲む形に座る。

やがて裕未は語り始めた。

＊

林の中を抜け、狭い獣道を突っ切ると追手の姿は見えなくなった。この辺りは人一人がやっとすり抜けられる程度の隙間しかない。あの防護服を着ていたのでは碌に身動きも取れないだろう。

邦彦はようやく歩を緩めて木の幹に身体をあずけた。右足のかすり傷は出血が止まったものの、鈍痛はまだ続いている。消毒くらいはしておきたいところだが、生憎《あいにく》そんな気の利いたものは持ち合わせていない。せめてもの応急処置として、雪の塊で傷口を押さえた。熱く火照《ほて》っていた患部の痛みが、雪の冷たさでしばらくの間治まる。

痛みが引いたので神経を集中して耳を澄ませる。降雪が屋根の役割を果たして、林の中は森閑としている。葉擦れの音さえ察知できそうだった。

追手の声も迫りくる足音もまだ聞こえない。警戒心を解いて、原発周辺の情報を見るために携帯電話を開く。電池の残量は減り、表示は尚も圏外を示している。

不意に胸の辺りが苦しくなった。

自分に全てを許してくれた者。

そして自分が護るべき者。

この痛みも寒さも空腹も、裕末のためだと思えば何ということもない。ただ、目的地を目前にして無性に会いたくなった気持ちは否定できない。

使命感と恋慕の情が絡み合って胸を掻《か》き毟《むし》る。

自分はつくづく貧乏くじを引く人間だと思う。幸福な時間が巡ってきても、すぐに過酷な方に追いやられる。

あの日も同じだった。仕事を終えてから金城家に立ち寄り、裕末たちと団欒していた時には、こんな運命になろうとは想像すらしていなかったのだ。

十六日は午後十時過ぎに金城家に辿り着いた。和明が運転するクルマに同乗したのだが、街灯も信号機も全て消え、しかも道路状況に気を配りながらの走行なので普段の三倍も時間が掛かってしまった。辿り着いたというのは、そういう意味だ。

ガス・水道・電気などのライフラインが途絶していても金城家の主婦は健在だった。納戸にあった七輪を引っ張り出し、炭火だけで三品を拵えた。さすがにコメを炊くことはできなかったが、震災直後の献立としてはこれ以上のものは望めなかった。

テーブルの上にはランタンが二台きりだが手元を照らす分には充分な光量であり、裕未などは却ってムードが出ていい、と燥《はしや》いだ。

マグニチュード9・0の地震は当然この家にも及んでおり、ガラスのほとんど、食器の半分は割れてしまい、建物全体が歪《ゆが》んだために引き戸は開閉不能になっていた。それでも何故か金城家の面々に深刻さは感じられず、邦彦は少し驚いていた。

「まあ、家も借家だしな」と、和明は何でもないように言う。

「これが豪邸だったり、ローンが残っていたりしたら沈痛な顔にもなるんだろうが……とにかくウチはみんな大丈夫だったからな。それで充分だ」

「そうそう。あんな凄い地震に遭って生きてるだけで儲《もう》けものじゃない」

宏美も嬉《うれ》しそうに言う。横で会話を聞いている邦彦は、それだけで安堵《あんど》した。二人とも阪神・淡路の大震災を経験している。地震慣れしているというのは変だが、家財道具や財産よりも大切なものを知っているからこその物言いだと思った。では裕未はどうかと見ると、やはりこの夫婦の娘らしく被災者の心細さなど微塵も感じさせない。「邦ちゃん、醬油控えなきゃ駄目だよ。それでなくても母さんの味付け濃いんだから」などと気楽なものだ。

未曾有の震災、過去最大規模の津波、そして原発事故。東北を立て続けに襲った災厄に、邦彦も一時は恐慌状態に陥っていた。すぐに金城一家を、それが無理なら裕未だけでも連れて南の方に避難しようと焦ったのだが、それを宥《なだ》めたのも金城一家だった。どこに行っても天災はやってくる、というのが金城夫婦の人生訓だった。だから家屋が傾ごうと食器が割れようと、住めるうちはここに住むのだと言う。

「ただなあ」

和明は心底済まなそうに話し出した。

「地震や津波はともかく、原発事故は人災だからな」

すっかり気落ちしているのも無理はない。和明は原発こそが日本の産業界を支える担い手だと信じ、己の仕事に誇りを持っていた。その原発が今や史上最悪の災厄として恐怖の対象となっているのだ。その胸中を思うと、掛ける言葉が見つからなかった。

邦彦自身は原発に対しての思い入れは皆無に等しかった。日々の労働は過酷で、命をカネに換えているような職場だ。第一線で働いているからその危険性や、逆に電力会社の安全広告がとんでもない眉唾であることも熟知している。今回の事故も起こるべくして起こったという印象がある。

「メルトダウンすれば放射性物質が風に乗って四散する。おそらくすぐに影響が出ることはないだろう。しかし確実に放射能は生物を蝕む。だが、本当に怖いのは今まで原発で飯を食っていた俺たちみたいな人間だ」

　和明は目の前のコップに注がれていたビールを一気に呷《あお》る。

「原発に寄り添って、その利潤で家族を養っている連中が大勢いる。今は頬かむりをして嵐の過ぎ去るのをじっと待っているが、ほとぼりが冷めたらまた再稼働させようとするに決まっている。日本が、福島がこんな目に遭っているのに、自分たちには関係ないと思っていやがる。俺も含めて、みんなクソみたいなヤツらだ」

「和明さんは違うよ」

　思わず邦彦は口を差し挟んだ。

「現場の人間には何の責任もないじゃないか。それどころか一番の被害者だ」

「そう言ってくれるのは嬉しいな。しかし原発の危険性を知りながら、ずっと見て見ぬふりをしていたという点では、俺もクソの一人ということに変わりがない。もし事故のせいで誰かが死んだとしたら、今まで原発が安全だと吹聴していた阿呆《あほう》どもは全員縛り首にされても文句は言えん」

空気が重くなる。

宏美も裕未も黙り込んだ。

今は何をどう口にしても気まずくなる。

玄関で物音がしたのは、そんな時だった。

「みんなあ、帰ってるのかあっ」

純一だった。しかし、その声は粗暴で普段のものとはかけ離れており、邦彦はすぐにそれが酒に酔った声であることに気づいた。

果たして皆の前に現れた純一はしたたかに酔っていた。離れていても酒の臭いがここまで漂ってくる。

「お前、呑んでるのか」

和明が咎《とが》めるように言うが、純一は返事もせずに家族の顔を睨《ね》め回す。

「み、みんな、家から出て行けえっ」

呂律《ろれつ》が回らず、闇雲に腕を振り回す。絵に描いたような酔っ払いだ。漂う臭気からも相当の量を呑んだことが分かる。

「家から出て行け、福島から出て行け」

伸ばした手が宏美の肩に触れ、彼女は椅子から転げ落ちる。

「やめなよ、純一さん」

割って入ると、次に純一の手は邦彦にも及んだ。いきなり胸倉を摑み、左右に揺さぶろうとする。

「俺の、俺のことは放っておけ。それよりお前もとっとと出て行け」

「放っとけるもんか。少し落ち着けよ」

「うるさいっ」

繰り出した拳が邦彦の顔面を狙うが、邦彦はひょいとかわして身体を横に傾ける。勢い余って純一は頭から床に倒れ込む。

だが、純一は性懲りもなく邦彦の身体にしがみつき、下から顎に拳骨を放った。堪らず邦彦は二、三歩よろめいてテーブルに手を突いた。

「お前もだ、裕未。お前も早く」

彼の腕が怯《おび》えた裕未に伸びた時、邦彦は制止のために純一を羽交い締めにした。純一は縛《いまし》めを振《ふ》り解《ほど》こうとして足掻くが、邦彦の力が強くて思うように動けない。反射的にとった行動は後ろ蹴りだった。蹴りは邦彦の股間に飛んできたが、命中するより邦彦が純一の身体を突き放す方が早かった。純一は勢いよく流し台にぶつかっていった。

「畜生」

手探りの先に包丁があった。純一はその切っ先を邦彦に向ける。

「よせ」

「俺に構うなあっ。みんな出て行けえぇっ」

吼《ほ》えながら包丁を振り回す。その真横には裕未がいる。邦彦は凶器を取り上げるため、純一の懐に飛び込んだ。純一の体勢が崩れ、二人は縺《もつ》れ合って床に倒れる。四本の手が凶器を奪い合う。

そして邦彦が下になり、純一の身体が伸《の》し掛かった時だった。

包丁の柄は邦彦の手にあった。

純一の身体が迫るにつれて、掌に不快な感触が伝わる。

ずっ。

見れば切っ先が純一の脇腹を貫いていた。

覆い被さった身体から急速に力が抜けていく。邦彦が慌てて起き上がると、純一はごろりと床に横たわった。

「純一！」

「お兄ちゃん！」

和明と裕未が駆け寄ったが、既にその顔からは生気が感じられない。

ほう、と純一の口から息が洩《も》れる。邦彦の耳にはまるで安堵の溜息のようにも聞こえた。

「みんな……逃げろ……できるだけ遠くに」

「純一さん、逃げろって何のことですか。いったい何があったんですか」

「とんでもない……ことをした」

「だから何を」

「四号機の建屋に……爆弾を仕掛けた」

突拍子もない話に声を失った。それが最後の義務と思ったのか、純一は息も絶え絶えに言葉を継ぐ。

「昔、殺した相手に兄貴がいて……堤剛志って名前で、ずっと……ずっと付き纏われていた」

純一が誰かに付き纏われていたのは一度目撃したことがある。だが相手の素性を質そうとは思わなかった。

純一によれば、剛志は死んだ弟に償えと執拗《しつよう》に迫ったらしい。償わなければお前の家族を同じ目に遭わせてやると脅されてもいたと言う。そのうちに剛志は自分が独裁国家の工作員であることを告げ、家族への暴虐が決して冗談ではないと匂わせた。

「怖くなって……それで……仕方がなかった」

それで合点がいった。誓いを破ってまでの飲酒は良心の呵責《かしやく》と恐怖から逃れるためだったか。

「……イチエフには恨みもあった……パイプが破裂した事故の時、実感した。道具みたいに、使い捨てにされたと思っていたから……」

力を失くした手がゆるゆると邦彦の腕を摑んだ。

「頼む……爆弾を、解除してくれ」

「え」

「今更……頼める、義理じゃないけど……」

声は更に弱々しくなり、口元に耳を近づけないと聞き取れなかった。

純一は爆弾の仕組みと解除方法を説明した。それ自体は簡便な作りなので、解除の手順も単純に思える。だが、その設置場所が問題だった。

まるで現実味のない話だったが、次のひと言が胸に突き刺さった。

「裕未を、助けてくれ」

頷くしかなかった。

すると純一は安堵した表情のまま、静かに目を閉じた。

これがあの夜に起きた全てだった。

家族を人質にされたとは言え、純一の取った行動は決して許されるものではない。そして剛志の目論見《もくろみ》が成功した場合、金城一家には汚名が降り注ぐことになる。だが、ただ沈黙しているだけでは大事故に裕未を巻き込むことになる。しかも仕掛けられた爆弾は時限式ではなく、偶発的に爆発する種類の物だ。設置された第五工区は邦彦の持ち場でもある。

自分が行くしかない――そう判断するのに時間は要しなかった。

まさか、こうまで難渋するとは予想もしなかったのだが。

思いを断ち切るようにして邦彦はまた走り出す。

ようやく林を抜けると目の前に県道三五号線が延びていた。

あの道路を越えれば大熊町はすぐそこだった。

五　終局

1

裕未の話を聞き終わるなり、仁科は席を立った。

「何てことをしてくれた」

抑えようとしても感情が溢《あふ》れ出す。

「何故《なぜ》もっと早くに言ってくれなかった。あんたたちは加瀬を見殺しにするつもりなのか。今、原子炉建屋がどんな状況になっているか、そこで働いているあんたたちが知らんはずはないだろう」

怒りの矛先は和明に向かう。当の和明は沈痛な面持ちのまま項垂《うなだ》れて言う。

「邦彦くんから絶対に黙ってろと言われました。自分にはこれくらいしか恩返しする方法がないと。純一が邦彦くんに頼んだ内容はそりゃあ無茶なものだ。だが、あいつが最後の最後になって金城家の行く末を案じ、それを邦彦くんが汲《く》み取ってくれた時、わしらはそれに縋《すが》るよりなかった」

横に座った宏美は静かに嗚咽《おえつ》を洩《も》らしている。その声を聞いて、かつてこの家が受けた誹謗中傷《ひぼうちゆうしよう》がどれほどのものであったかが推測できた。

閉鎖されたコミュニティの中での圧力は、そこに住んでいる者にしか分からない。神戸から移り住んだ金城家にとっては尚更《なおさら》だったろう。死期を悟った純一がそれを案じたのも頷《うなず》けない話ではない。

だが、結果的には家族以外の若者を死地に追いやることになった。理屈では理解できても感情として納得できることではない。

「警察に言ってくれれば」

「警察に言ったら、すぐに爆弾を撤去できたと思いますか」

和明は皮肉混じりに言う。

「数分いるだけで年間被曝《ひばく》線量の上限を超えてしまうような場所に、警察のどなたが行きます？　それとも自衛官？　タングステンベストを着込んだ完全と言われている防備でもガンマ線を四割しか遮断できない。工区は一般人には迷路みたいになっている。震災後の現在は倒れた機材が通路を塞いでいるから尚更だ。慣れない者なら使用済み燃料プールに辿《たど》り着くまでに三十分か一時間。そんな地獄にあんたたちの誰が行くと言うんですか。それに爆弾の解除方法を直接聞いたのは邦彦くんしかいない」

半ば開き直ったかのような物言いだったが、反論する言葉が出てこない。聞くところによれば、現場には人が入れずモニタリングロボットを使用しているという。仮に自衛隊員が赴くとしても、要は死んでこいという任務だ。表面上は志願を募るよりしょうがない。いや、特攻人員を確保できたとしても、現場に不慣れな人間では目的物に到着するまでがひと苦労だ。和明の指摘は決して的外れなものではない。

「それでも、彼のする仕事じゃない」

言い残して仁科は部屋を出る。おそらく事態は一刻を争う。爆弾の構造や起爆方法は不明だが、邦彦の行動から推し量れば危急存亡の刻《とき》であることは容易に想像がつく。とにかく小室に報告するべきだ。

「すみません」

玄関を出た時、後ろから裕未に呼び止められた。

「今更……今更だけど邦ちゃんを助けてください」

あなたが彼を止めるべきだった――喉から出かかった言葉は、裕未の涙目を見た途端に引っ込んだ。邦彦が爆弾を撤去しようと原発に向かった一番の理由は裕未だ。我が身に照らし合わせて思う。かけがえのないものを護《まも》ろうとする時、人は我が身を犠牲にできる。もし目の前で息子が津波に呑《の》まれようとしたら、自分も躊躇《ちゆうちよ》なくその中に身を躍らせるだろう。

「分かっている」

仁科は頷いてみせた。たとえ根拠がなくても、今は組織の力を信じろと言うしかなかった。

「今度の震災で誰もが身に沁《し》みて思ったはずだ。救える命は、何としても救いたい」

裕未は何度も頭を下げた。見るに忍びず、仁科は身を翻してクルマに乗り込む。

無線で小室を呼び出してみる。しかし、こんな時に限ってなかなか出ない。

畜生、早く出ろ。

レシーバーを握ったまま、仁科はアクセルを踏み込む。いったん感情を制御して、しなければならないこと、考えなければならないことを列挙する。

邦彦の目的を小室に報告してから自分は何をすべきなのか。

今から邦彦に追いつくにはどのルートをどう通ればいいのか。また、その際に何を用意していけばいいのか。タイベック、タングステンベスト、線量計といった備品をどこでどうやって調達するのか。

だが思考を巡らせていると、自然に邦彦の顔が頭に浮かんでくる。

精悍《せいかん》で、そのくせ禁欲的な顔。一度しか見ていないが、邦彦のこれまでを辿ってきた仁科には分かる。あれは自分の運命を達観した者の顔だ。幾度となく障害を乗り越え、高望みもしないが最低限のものは死守すると心に決めた者の顔だ。

そういう人間を自分は殺人犯として追い詰め、過去に土足で踏み込んだ。

何故、見誤ったのだろう。息子を亡くした衝撃と被災したやるせなさで刑事としての目が曇っていたのか。

畜生。

何の言い訳にもならない。

その時、やっと無線がつながった。

『小室だ』

「仁科です。分かりました、加瀬が原発に行った理由が」

『やはりテロ行為の幇助《ほうじょ》だったか』

「我々が追っていたのは犯罪者じゃありません」

自らの恥であっても、これだけは言わなくてはならない。

「ことによると彼は英雄なのかも知れません」

仁科は金城家で得た情報を細大洩らさず小室に伝えた上で、署に戻った。既に日は暮れていたが、石川の町はまだ完全には電気が復旧していない。自家発電で明かりの点《とも》った庁舎が闇の世界に浮かび上がる光景は、安堵《あんど》と共に不安をも連れてくる。

刑事部屋では昨日よりも更に人の姿が減っていた。非番の者は洩れなく家族の安否確認に走り、そうでない者も徹夜続きの疲れを取るため仮眠室に入っているという。

そんな中、小室だけは無精髭《ぶしょうひげ》を更に伸ばして陣頭指揮に当たっている。さすがに疲労の色は隠せないが、管理職としての処し方は天晴《あっぱ》れとしか言いようがない。おそらくは執務机の上で短時間の仮眠をしているのだろうが、それとて仁科にできる芸当とは思えなかった。

「加瀬の件、どうでしたか」

開口一番に訊《き》く。無線で事情を全て説明してから数十分。小室ならば既に各関係部署に連絡を終えているはずだった。しかも内容は国家転覆にもなりかねないテロだ。政府、警察とも慌しく動き始めたに違いない。

だが、小室の反応は心許《こころもと》なかった。

「まだ、指示は来ていない」

「まだ？　しかし加瀬の行動を見る限り事態は一刻を」

「県警本部は半信半疑のようだった。取りあえず本部長に上げてみるそうだが、あの口ぶりでは早急に指示が下りてくるとはとても思えん」

「どうして！　わたしの捜査では不充分なんですか。それとも証拠がなければ本部は動かないんですか」

「扱うものが大き過ぎるのさ。係長、あんたなら一度くらいは想像しただろう。四号機建屋は津波と地震にやられてほぼ剝《む》き出《だ》しの状態だ。使用済み燃料プールが爆破され、保管されている千五百体もの核燃料が露出したらどうなるか。一号機三号機の比じゃない。それこそ国土の半分は人が住めなくなる。死者は百万人単位。文字通り、日本は壊滅し国土ごと死ぬ」

漠然と思い描いていた恐怖でも他人の口から聞くと、改めて腹が冷えてくる。形のない悪魔、音もなく忍び寄る怪物。自分たちはそういう存在を飼い慣らしていたと錯覚していたが、とんでもない大間違いだったのだ。

「加瀬が破壊行動を起こすために福島第一原発に向かっているというのならまだ救いがある。それこそ一個師団を待ち伏せさせて、加瀬が敷地内に侵入する前に射殺してしまえばいいだけのことだ。だが既に爆弾が仕掛けられていて、爆発のタイミングも分からないとなると、さて誰を生贄《いけにえ》に差し出すか。いや生贄を差し出して問題が解決すれば良し、もし奮闘空しく四号機の核燃料棒がメルトダウンを起こした場合、責任は誰が取るのか。日本壊滅の責任なんか取れる訳がない。究極のババ抜きさ。みんな、それを知っているから誰も真剣に検討しようとしない。正式なテーブルに載せることさえ怖がっている」

「まさか、そんな」

「国の中枢に座る者たちがそんな無責任だとは思えないと？　らしくもないな。散々この現状を見せられているのにか」

皮肉めいた言葉に虚を衝《つ》かれる。見せられている現状。虚しくなるが、関係者たちの責任のなすり合い以外の何物でもない。事故の当事者である東電は未《いま》だに被害者意識に凝り固まり、事態収拾どころか原発施設の温存を第一優先に考えている。原発を推し進めてきた経産省は早くも未曽有の人災責任を東電のみに転嫁し、事故収束後の管理体制にどれだけ自省から人間を送り込めるかを算段している。傍《はた》から見れば火事場泥棒のような連中だ。今まで原発推進の旗を振り、利権の甘い汁を吸い続けていた政治家どもは頬かむりをして知らんふりをしている。原発の安全神話作りに加担してCMを流し続け、莫大《ばくだい》な広告料で潤っていた新聞やテレビは自分たちが口にしてきたことを完全に忘れ、事態収拾に当たっている者たちを追い立てているだけだ。

誰も責任を取ろうとしていない。謝罪も反省もせず、ただ嵐が過ぎるのを待っている。その間にもじわじわと国土が蝕《むしば》まれ、人命が危険に晒《さら》されているというのに。

それを考えると小室の指摘はもっともだった。最悪の事態と狂乱している最中に、実は更なる最悪が口を開けていると知らされれば何もかも放り出したくなるのは人情だろう。

だが危急存亡の刻にこそ存在する組織があるのではないか。責任を取るために任命された役職があるのではないか。

「そしてこれは極めて非人道的で恥知らずな話だが……金城和明の話は示唆に富んでいる。爆弾の解除方法を聞いたのは加瀬邦彦だけ。しかも仕掛けられた場所は彼の庭先と言っていい工区だ。もし彼が建屋に入り解除に成功すれば万々歳、失敗したとしても彼が独断で行ったことであり警察と自衛隊は制止に努めたと言えば責任も転嫁できる」

今度こそ開いた口が塞がらなかった。

「加瀬一人に責任をおっ被《かぶ》せるということですか」

「どんな場合でも責任を取る人間は少なければ少ないほどいい。それが移送途中で脱走した殺人事件の容疑者なら尚更だろう。上に行けば行くほどそう考える。わたしの報告を受けた人間がそうでないことを、あるいは判断に迷っていることを祈るだけだがね」

聞くほどに胸糞が悪くなるが、下衆な人種を見慣れている小室の言葉に反駁《はんばく》する気持ちは起こらない。小室の抱いている不信感や懸念はおそらく正しいのだろう。

「それからこれは気休めにもならないが、大熊町の検問所に例のごとく公安の姿を見掛けたという連絡があった」

「公安が？」

「堤剛志の口座に関して先回りしていたように、今回も彼らは我々の一歩先を行っている。公安の思惑が加瀬の逮捕なのか、それともテロの阻止なのか。当初は同義と思われていたこの二つが今や二律背反となっている。さて彼らはいったい、どちらを選択するのかね」

邦彦を止めた方がいいのか、放任した方がいいのか――それは、そのまま仁科に向けられた問いかけでもある。邦彦を確保し、事件の真相を明らかにするのは刑事としての役割だ。しかし四号機のメルトダウンを防ぐことは人としての選択肢だ。

どちらを選ぶのか。いや、それ以前に邦彦一人を死地に追いやることが刑事としても人としても正しいのかどうか。

煩悶《はんもん》を胸に抱えながら小室と共にじりじりと指示を待つ。

しかし夜半を過ぎても尚、県警あるいは政府関係部署から明確な指示が下りることは遂になかった。


いつの間にかうつらうつらとしていた。仁科が慌てて起きると、目の前で小室も舟を漕《こ》いでいた。腕時計は午前三時十二分を指している。どうやら日を跨《また》いでも上層部の結論は出なかったらしい。

「課長？」

小声を掛けるが反応はない。

仁科は踵《きびす》を返すと、足音を殺して刑事部屋を出る。今から自分のすることは石川署刑事課に勤務する警察官仁科忠臣の行動ではない。従って上司である小室の目を盗んで退出しなければならない。

だが、予期せぬ声を背中に浴びた。

「……無理はするなよ」

驚いて振り返るが、小室は腕組みをしたまま目を閉じている。

「まだ、あんたを必要としている者がいる」

寝言を聞いた——今のはそういうことだ。

仁科は深く一礼すると部屋を出て、静かにドアを閉めた。

邦彦が片倉大橋の向こう側、県道三五号線の交差点付近で警官と争ったことは報告を受けている。おそらくは幹線道路を迂回《うかい》し、麓山山中から大熊町に入るつもりだろう。いや、もう既に入っているのかも知れない。

福島第一原発まで幹線道路を使ってどこまで通れるかは分からないが、とにかく行けるところまで行くしかない。相次ぐ通行規制で最新のナビゲーターも役には立たない。仁科はそろそろとクルマを出した。

相変わらず街灯の消えた漆黒の闇を走り抜けながら、仁科はふと妻を思う。今もまた浅い眠りにつきながら息子のことを思い出しているに違いない。そして亭主が加瀬邦彦なる容疑者を追って、深夜にクルマを走らせていることを知ったら激怒することだろう。自分や息子よりも犯人を追うのが大事なのかと。

心中で詫びながら、しかし仁科は言い募る。確かに筋違いな行いかも知れない。それでも今は救える命は誰の命であっても救いたい。

3・11から無数の悲惨と死を目の当たりにしてきた。無辜《むこ》の命と貴重な財産が問答無用に奪い去られた。これほど命の脆《もろ》さと儚《はかな》さを思い知らされたことはない。そして、だからこそ愛《いと》おしく大切に思える。きっと息子も、この馬鹿な父親の無茶を笑って許してくれる——せめてそう信じたかった。

陥没の有無を確認しながら走るので徐行並みのスピードしか出せない。気は焦るもののクルマを横転させてはどうしようもない。通行禁止の標識で後戻りすることを繰り返し、片倉大橋を通過したのは午前六時を過ぎた頃だった。

東の空が白み始めていた。直進していた仁科は道路の前方に検問所を認める。同業ながらご苦労なことだ。こんな時間でも道路の両側に白い防護服姿の警察官が立っている。その傍らに見慣れたクルマの存在を確認する。黒塗りのセダン。

可能性の一つとして想定はしていたが、まさかこの局面であの男と対峙するとは。

検問の手前でクルマを停《と》める。警察手帳を見せても防護服の警官は首を横に振った。

「いくら公務であっても、ここから先、防護服を着用していなければ通す訳にはいかない」

ぺらぺらした薄手の生地にどれだけの防護効果があるのか知った上で、それを言っているのか——危うくそう口にしかけた時、助手席に防護服の男が乗り込んできた。

「少し下がれ」

マスク越しに見える細い眉とメガネは紛れもなく溝口だった。ここで争っても意味はない。仁科は言われた通りにクルマを後退させ路肩に停まる。

溝口は大儀そうにマスクを脱いだ。長時間被り続けたらしく、額は汗でびっしょりだった。

「堤剛志の正体を突き止めたらしいな」

さては県警本部経由で情報が洩れたか。しかし、もういちいち腹を立てる気にはならなかった。変に腹の探り合いをするより、こちらの方がずっと話しやすい。

「公安は加瀬をどうするつもりなんだ。堤剛志の居場所を吐かせるのか。それとも爆弾の解除方法を訊き出すつもりか」

単刀直入に切り込む、陰険な目がじろりとこちらを向いた。

「堤剛志は震災の五日後、つまり金城が爆弾を仕掛けた当日に中国行きの便で国外に出た。今頃は国境を越えて故国に帰還しているというのが、大方の見方だ」

どうした風の吹き回しか、すらすらと情報を開示してきた。意外だったが、話の流れに乗るのも一興だ。

「ずっと堤をマークしていたって訳か」

「相馬市に居を構えていた以前からだ」

「……六年以上も前から」

「ふん。それよりももっと前、ゼロ年代に入ってからだ。その頃に亡命した元軍幹部が原発自爆テロの策定を吐いた。対象は福島だけじゃない。日本全国の原発施設だ。あの国らしい壮大で大雑把な計画さ。原発施設と米軍基地に爆弾を抱いた兵士が侵入、その場で自爆する。計画実施に向けて工作員を日本に侵入させ、施設の情報収集も兼ねて日本近海で訓練までしていた」

耳を疑ったが、この男が冗談を言わないことくらいは承知している。仁科は黙って聞いているしかなかった。

計画はあの国の首領が労働党と軍双方の指示系統を掌握した七〇年代半ばに動き出し、九〇年代に本格化したという。対韓国部隊と対日部隊に分かれ、それぞれ二個大隊六百人が充てられた。侵攻前に日韓の米軍基地と原発を破壊し、その混乱に乗じて両国を攻撃するという寸法だ。策定に当たって現地協力者が施設の写真を撮り、それを基に忠実な模型が作られて机上演習が繰り返された。工作員が潜水艇で日本に上陸し、施設内に潜入した事例もあるという。

「原発を破壊すれば、わざわざ核爆弾を使用しなくても甚大な被害を与えられる。放射能が拡散すればこちらの戦意も喪失させられるから一石二鳥という訳だ。実際、原子炉三基破損して日本中がこの騒ぎだからな。ヤツらの狙いも的外れじゃない」

ところがテロの訓練中に事故が続発して計画は足踏みとなった。このまま他にも策定された計画と同様、破棄されるかと思われた矢先に起きたのが東日本大震災だった。

「機を見るに敏《びん》といおうか臨機応変といおうか、あの国は策定済みだった計画を突如修正して実行に移した。眼目は日本への壊滅的打撃と外貨獲得の両面作戦だ。日本国債が急落から反発した頃合いを見計らってカラ売りを仕掛ける一方、原発作業員をテロ要員に仕立てようとした」

後は聞かなくても分かる。工作員だった堤剛志は、弟を殺害して今は原発に勤めている純一に目をつけたのだ。服役を終えても尚、罪悪感に苛まれ、何よりも家族の身を案じていた純一は格好の標的だったに違いない。

「じゃあ、加瀬を確保して爆弾の解除方法を訊き出すということか」

「現状、判明しているのは加瀬が金城から何事かを依頼されて原発に向かっているという事実だけだ。ヤツが破壊行動に向かっているのか、逆に解除に向かっているのか立証できた訳じゃない。原発敷地内に立ち入ろうとすれば当然排除されるだろうな。現場の自衛隊員の間に話は伝わっているが、彼らも判断に迷っている。恐慌に駆られて持ち場から脱走した隊員も何人かいるらしい」

「金城の家族が証言しているんだぞ」

「彼らがテロ行為を幇助していないという保証はどこにもない」

「ちっ、誰も彼もテロリスト扱いか」

「じゃあ、そっちは加瀬をどうするつもりで追いかけているんだ？」

途端に返答に窮した。自分がやろうとしていることは警察官として到底認められる行為ではない。

「出ろ」

自分を確保するつもりかと一瞬身構えた。だがクルマを降りると、溝口は包みを放って寄越した。

「着替えろ」

中にはタイベックとタングステンベスト、マスクに線量計の一式二つが入っていた。

「これは……」

「確か中型二輪の免許を持っていたな」

どうやら免許証を調べられたらしい。黙っていると、路肩の方に押し出された。

目の前に250ccのオフロードバイクが置かれていた。

「ここから先は陥没や障害物が多くて普通乗用車では通行が困難な場所がある。しかし、こいつなら走破できるだろう」

キーは既に挿されていた。

「どういう魂胆だ」

「どうせ無駄に落とす命なら、少しでも有効に使う」

しばらく溝口を見る。突き放すような目からは相変わらず感情が読めないが、今はもうどうでもいい。

「一応、礼を言っておく」

「知るか」

そして、そのまま背を向けてしまった。

最後まで愛想のない男だ。仁科は苦笑しながら防護服に着替える。タングステンベストを着込んだ途端、肩にずしりと重量が掛かった。ベスト一着がやたらに重い。まともに立つことさえ難しい。まるで鎧《よろい》のようだが、原発作業員はよくこんな物を毎日着ているものだと感心する。

オフロードバイクに跨《また》がる。

さて、最後に乗ったのは何年前だったか——考えるより先に、右足がキックを踏み下ろす。自転車と同じだ。頭が忘れても身体《からだ》が扱い方を憶《おぼ》えている。ここまで運転して来たのか、すぐにエンジンが目を覚ます。カーンという2ストローク特有の甲高い音で吠《ほ》えてからバイクは地を蹴った。最初はバイクに身体を引っ張られる感覚に慌てたが、次第に慣れてきた。やがて昔味わったマシンとの一体感も甦《よみがえ》りつつあった。

仁科はまだ明けきらない薄暗闇の中を疾走していく。

2

県道三五号線を越えると細い町道が東の方角に延びていた。薄闇の中でも一車線分の幅しかないことが分かる。さすがに原発にここまで近いと検問も仕掛けられまい。

邦彦は右足を引《ひ》き摺《ず》りがちにして走り続ける。集落に立ち寄れば置き去りにされたクルマなり自転車が残っている可能性もあるが、同時に強情な住民が居座り続けているかも知れない。自分の姿を目撃したら、まず間違いなく警戒されるだろう。福島第一原発から十キロ範囲。既に住人のほとんどは避難したようだが、それでもランタンなのか蠟《ろう》燭《そく》なのか、仄《ほの》かな明かりの洩れている家もある。注意するに越したことはない。

しばらく進んでいると左手から微《かす》かに川の流れが聞こえてきた。ここから北側には舘《たて》山溜池《やまためいけ》があるはずだから、川音はそこからのものだろう。

風は最前からずっと北西方向に吹いている。これも不幸中の幸いというべきか。もしも南西方向に吹いていたら、原発で拡散した放射性物質が風に運ばれて溜池の水を汚染させる危険がある。

その時、世界がまた揺れた。

邦彦は身を屈める。震度3の余震といったところか、揺れは数秒で収まった。邦彦は胸を撫《な》で下ろして、また立ち上がる。

純一から聞いた爆弾の起爆システムは至極単純なものだった。プラスチック爆弾と黒い筐体《きょうたい》がリード線で繋《つな》がっている。筐体が起爆装置になっており、スイッチが入ればリード線から信号が送られる。そして筐体の中には水銀傾斜スイッチが内蔵されており、水平軸と垂直軸に亘《わた》って運動を検知している。

つまり筐体自体が一定以上に傾けば、瞬時に起爆するようになっているのだ。

元々は対人地雷において処理防止装置として考案されたものだが、堤剛志は震災直後という事情に乗じてこの起爆システムを選んだ。ある程度の震動があればスイッチが入るので、大規模な地震が発生して爆発しても災害爆発として片づけられる。それどころか国の存亡にかかわる大惨事となり、原因調査に来る日など訪れない。

十六日、イチエフの敷地内は混乱の極みに達しており、立ち入り禁止となった四号機建屋内に純一が侵入しても見咎《みとが》める者は誰もいなかった。筐体には気泡管水準器が備えつけられており、純一は爆弾を仕掛ける時、その水準器で傾き加減に注意しながら作業したと言う。

厄介なのはリード線を切断すると自動的に信号が送られる仕組みになっているので、単純に筐体のみを取り外せばいい訳ではなく、水銀傾斜スイッチを固定させなければならないことだ。

更にこの水銀傾斜スイッチがどのくらいの震動で起爆するかという詳細なデータがない。従って震度いくつで起爆するのかは全く分からない。また爆弾の設置してある支柱が傾くだけでもスイッチは作動する。

今、三陸には絶え間なく余震が起きている。火薬庫の中を咥《くわ》えタバコで歩いているようなもので、実際いつ爆発してもおかしくないのだ。現場に到着した途端、大きな余震で起爆することも有り得る。そうなれば今までの行動も完全な徒労に終わる。

置かれた状況を思い出す度に、胃の辺りがずしりと重くなる。一介の原発作業員に過ぎない自分が、何故こんな重責を担わなければならないのか。

しかし、その自問もまた裕未たちの顔を思い浮かべる度に消えていく。考えても事態は好転しない。今はただ目的地に向かうのみだ。

町道をしばらく走り、息切れすればしばらく歩く。呼吸が整えば、また走り出す。急がなければという思いだけが先を走る。

間もなく朝日が光量を増し、下界の隅々まで照らし始めた。

こんもりと盛り上がった小高い山が見えてきた。

常磐線の線路だ。

やっとここまで辿り着いたか。邦彦は歩を緩めてひと息吐《つ》く。この線路沿いに北上し、大熊町の市街地を横切って真っ直《ま》ぐ《す》海の方へ行けば、そこが福島第一原発だ。

あの線路の上に立てば原発が見えるかも知れない――原発の位置を再確認するために、邦彦はレールの敷設されている丘に上ってみた。どうせ常磐線は運休中で電車が通る心配はない。

だが、線路まで上った邦彦は思わず息を呑んだ。

南北を真っ直ぐ貫いているはずの線路は至るところでひしゃげ、曲がり、千切れていた。中には路盤がすっかり陥没し、レールと枕木だけが宙に浮いている箇所もある。これでは運休するのは当然だ。レール部分はもちろん、土台からの補修が必要になっている。素人目にも復旧が大事業であることが分かる。

いや、それだけではなかった。

線路から望むはるか東の方向に海岸線の一部が覗《のぞ》いている。

ここはまだ内陸部だ。海岸までにはビルから民家までが建ち並んでいて、林もあれば塀もあるだろう。本来ならば海岸線など見えるはずがない。

海岸線が見えるのは途中の建築物があらかた津波で流失しているからだった。

コンクリートも木造もない。ありとあらゆる建物がわずかな壁と基礎を残してすっかり流失してしまっている。見渡す限り土砂と流木が堆積し、すっかり道路が隠れている。

有り得ない光景がそこら中に転がっていた。

ガードレールの横で横転した大型漁船。

押し流された挙句、二台に積み重ねられた自動車。

ダルマ落としをされたように屋根だけを残した家屋。

流木が窓から反対側に貫通したビル。

壁が剝がれた箇所から血管のように露出した無数の鉄筋。

一箇所に集められた電信柱の山。

瓦礫《がれき》の隙間からはカーテンなのか衣服なのか布切れが顔を覗かせているが、もはや生活の跡を偲《しの》ばせるものですらない。間に点在する人形や家電などが一層哀れを誘う。

風も吹いていないのに臭いがここまで漂ってくる。土と潮と腐った水に更に別の腐敗臭が混じっている。ひと息吸ってたちまち嘔吐感《おうとかん》を催したので、慌てて鼻から下を手で押さえた。

それは町の死骸だった。漂っているのは市民生活の死臭だった。

あまりの惨状に邦彦はへなへなと頽《くずお》れる。

3・11からの数日間、何度か見聞きしたにも拘《かか》わらず、いざ眼前にすると言葉を発することさえ躊躇《ためら》われた。人間の脆弱《ぜいじやく》さを、文明の儚さをこれほど露呈した光景はない。幾千もの人の営みも世界に誇る建築技術も、自然の脅威の前では塵芥《ちりあくた》の存在でしかないことを雄弁過ぎるほどに語っている。この光景の前では人たる者は虚《むな》しく絶叫するか、力なく肩を落とすしかない。

蹲《うずくま》った邦彦は手に触れた土くれを無意識に握り締めたまま途方に暮れた。

その廃墟《はいきょ》の中を数人の防護服姿の男たちが流木や屋根板を撤去している。おそらく行方不明者の捜索に駆り出されている警察官だろう。

瓦礫の中を縫うようにして歩き回る防護服姿の男たち。

邦彦はふと既視感を覚える。昔読んだSFマンガで同じ場面を見たことがある。核戦争後の日本で、荒廃した地平を彷徨《さまよ》い続けるマスク姿の人間。何ということか。ただのフィクションと片づけていた風景が、今や現実のものとなっているではないか。

ははは、と空気の抜けるような笑いが自然に洩れる。果てしない無力感が伸《の》し掛かり、しばらくは立ち上がることさえできずにいた。

頰に触れた風で、流れた涙に気づいた。奇妙な気分だった。心の中が虚《うつ》ろになっていても、涙腺は自動的に開くらしい。

ひんやりとした感触でようやく我に返ることができた。

立て、と自身に命令する。

ここで途方に暮れている場合ではない。お前がすべきことをしなければ、この廃墟は更に拡大する。荒廃が国土の半分を覆い、もっと多くの人命が露と消える。

立て。

萎えた下半身を叱咤し、邦彦はよろりと立ち上がる。視線を線路の向こう側に固定し目標を定める。

再び踏み出した時、いきなり足元から声を浴びた。

「こんなところで何をしているっ」

見下ろすと、防護服を着た警官らしき男が誰何《すいか》してきた。

「この辺一帯は、一般人の立入禁止区域だ」

もうのらりくらりと問答している余裕などない。すみません、とひと言残してそそくさと立ち去ろうとした。

「待てえっ」と、誰何の声が矢庭に大きくなる。

「貴様、手配中の加瀬邦彦だなっ」

畜生、すっかり有名人か。

「おとなしく投降しろ。こんな時期にテロとは、貴様それでも日本人かあっ」

何だって。

俺がテロだと？

いったいどこでそんな話になった？

予想もしなかったテロリスト呼ばわりに足を止め、警官を見返した。

警官は拳銃を構えていた。

くそ、まただ。しかも銃口は脱走犯ではなくテロリストに向けられている。脱走犯とテロリストでは引き金の重さがずいぶん違うはずだ。

邦彦は脱兎《だつと》の如く駆け出す。

しかし傷を負った右足が邪魔をした。力の入らない足が速度を殺す。

「止まらなければ撃つっ」

相手がテロリストとなれば威嚇射撃では済みそうにない。邦彦は姿勢を低くして線路の反対側に下りようとした。

銃声が耳元を掠《かす》める。

少し遅れて右の脛《すね》に激痛が走った。

動きの鈍っていた場所を狙い撃ちされたらしい。

骨まで抉《えぐ》られるような痛み。

今度は掠り傷では済まなかった。邦彦は堪《たま》らず線路の下へ転がり落ちる。草叢《くさむら》が衝撃をいくぶん吸収してくれるが、ところどころから突き出た石に身体が打ちつけられる。

落ちた先は民家の裏庭だった。素人作りの柵に身体が激突する。鈍痛が身体中を貫く瞬間だけ銃創の痛みを忘れることができた。

激痛を堪《こら》えていると、涙目に霞《かす》む天地逆転の視界で警官の姿が躍った。

だが、ここでも機動性の劣る防護服が警官に災いした。急な勾配に体勢を崩した警官も同じように転がり落ちてきた。

片足を負傷した者と防護服で機敏に動けない者。

どちらがどれだけ有利なのか考える間もなく、邦彦は警官に飛び掛かる。強引にマスクを外すと、警官はそれだけで恐慌状態に陥った。

「か、返せ」

おそらくは生命維持に不可欠とでも説明を受けているのだろう。まるで深海でエアタンクを外されたダイバーのような慌て方だった。隙だらけになった警官の頬に拳を放り込む。

警官はぐふうと呻《うめ》き声《ごえ》を上げた。拳銃を握る右手がぶらりと下がる。その手から拳銃を奪い取るのは容易《たやす》かった。

銃を握るのは初めてだった。しかし銃は初心者でも撃てる。これだけの至近距離なら狙いを外すこともなかった。

銃口を相手の右足に宛《あて》がって引き金を引く。

銃声は低くくぐもって響かなかった。

反動も予想したほどではなかった。

しかし警官の痛がりようは予想以上だった。

「ぐうううっ」

撃たれた脛を抱えて地べたを転げ回る。

「悪く思うなよ。先に撃ったのはそっちだからな」

そう断わってから、拳銃を線路の向こう側遠くに放り投げる。投げてしまってから護身用に持っていれば、と一瞬後悔したが、さほど惜しいとも思わなかった。

「応援が来たら伝えてくれ。俺はこれから、もっと放射線量の高い場所に行く。家族のいる者と命が惜しいヤツは追って来るな」

言い残して線路下を走り出そうとする。しかし右足が激痛を訴え、使い物にならない。

傷口を一瞥《いちべつ》すると弾は貫通して反対側から出ている。血は両側から盛大に流れている。

いい加減に勘弁してくれ。こっちは滅私奉公なんだぞ。

裏庭に干したままになっていたタオルを引《ひ》っ摑《つか》んで傷口を縛る。これである程度は出血を抑えられるはずだ。

背後では警官がまだ呻き続けている。当分は叫んで応援を呼ぶこともできまい。

邦彦は一目散に走る。撃たれたのが元々負傷していた右足だったのは僥倖《ぎょうこう》だが、片足を引き摺っているので前傾になり、つんのめりそうになる。

無人と化した民家と民家の間を、身を低くして抜ける。ただし右足が全く使えないので、さっきよりはずいぶん歩幅が狭くなっていた。

集落から出ると、再び荒涼とした田園風景が広がっていた。身を隠せそうな建造物はどこにも見当たらない。しかし、代わりに他の人影も見えない。邦彦は線路沿いから離れ、東の方角に向かって進んだ。このまま一キロも進めば陸前浜街道に出られる。

先刻の警官は、自分が線路伝いに逃走したと証言するはずだ。追手は当然、線路上から虱《しらみ》潰《つぶ》しに捜し回る。東に進路を変更したとは、すぐには思うまい。

右足の痛みが一向に治まらない。立ち止まって銃創を確認すると出血は相変わらずだった。今度はタオルをきつめに締めて止血する。その瞬間激痛は頂点に達し、堪らず邦彦は女のような悲鳴を上げる。

悲鳴は風に掻《か》き消された。

吹き荒ぶ寒風が今は逆に有難い。寒気が皮膚を通して痛覚を少しだけ麻痺《まひ》させてくれる。

また立ち上がる。本音を言えば大の字になって伸びていたいところだが、到底それを許してくれる状況ではない。

荒野に点在する建物はどれ一つとして満足な姿をしていなかった。もちろん、ここにも住人の姿はない。それどころか生き物の気配さえ感じられない。まるで見知らぬ惑星に取り残されたような感覚だった。

仮に事態が収束したとしても、この地に居を構えていた住人たちが帰還できる可能性はわずかだ。放射性物質の除染は面倒な上に費用が掛かる。理屈を言えば、まず原発周辺の山林を丸裸にして土壌を全て入れ替える必要がある。雨が降る度に山腹の放射性物質を麓に流してしまうからだ。しかし、果たしてそんな予算が国に捻出できるのか。原発に勤め始めた頃から薄々気づいていた。この世に放射性物質と責任を回避する官僚ほど厄介で罪深いものはない。どこにでも入り込み、迷惑がられようがいつまでも居座り続ける。

汚染された場所では農作物も作れなければ家畜も飼えない。軽々しく立ち入ることはできず、頭の先から爪先まで完全防備しなければ自分の庭先を歩くこともできない。話は除染に留《とど》まらない。高レベル放射性廃棄物の中には半減期が十万年にも及ぶものがある。そんな代物を、地震の多発するこの国で安全に保管・処理などできるものなのか。

不意に邦彦はアポロンの存在を思い出す。裕未から借りたギリシャ神話の本に出てくる神々の中の一人だ。

太陽神アポロンは同時に弓矢の神でもあった。その矢は自分を軽視し侮辱する傲岸《ごうがん》不遜《ふそん》な相手に死をもたらしたという。

人間はある時からアポロンを軽視したのではないか。太陽の力に代わる原子力を手に入れた瞬間、太陽神を侮辱したのではないか。

邦彦には、目前に広がる荒涼とした景色が神の火を軽視した報いのように映る。矮《わい》小《しょう》な人間が自身の力を過信したゆえの刑罰のように思える。

もし天上にアポロンが実在するのなら、今頃は下界を見下ろして嘲笑しているに違いなかった。そして自分はアポロンに嘲笑されながら、悪足搔《わるあが》きを続ける哀れな存在に過ぎない。

哀れな存在。

だが、それは諦める理由にはならない。

正当防衛にしろ何にしろ、純一の命を奪ったのは自分だ。金城一家が命運を託したのも自分だ。自分以外に誰がこの仕事を遂行できるというのか。

邦彦は再び立ち上がって、原発のある方向に向かう。

白い息を吐きながらしばらく行くと、新たな町道を見つけた。方角は真東。水を吸った土の上では上手く歩けないので、アスファルトで舗装された道は有難かった。

更に行くと、渓谷が町道と並行し始めた。元々この辺りは低い山の連なりなので、大小の渓谷が縦横に走っている。先に進めば進むほど、渓谷は深く険しくなっていく。

道路の破損状態が酷《ひど》い。左右が波打って水平になっておらず、大きく割れた箇所も散見される。谷側のガードレールがなければ歩くことさえ躊躇してしまう。四輪では到底通り抜けることができないだろう。

また、ぐらりときた。

さほどの揺れではないので身を屈《かが》めることもしなかった。

その油断がいけなかった。

突然、身体がふわりと浮いた。

陥没だ。

地面が大きな口を開ける。邦彦の身体は足元のアスファルトごと崩落の穴に呑み込まれる。

しがみつこうとしたが手に触れるものは何もない。反射的に振り返ると、割れた部分のアスファルトがガードレールの下を潜り、渓谷に滑り落ちる最中だった。

咄嗟《とっさ》に手を伸ばし、ガードレールの端を握る。アスファルトは轟音《ごうおん》を響かせながら谷底に落ちていく。

滑落が収まると、邦彦は宙ぶらりんの状態だった。目の前に地滑りで露出した道路の断層面が迫る。

相次ぐ余震で地盤が相当脆くなっていたところに、さっきの揺れが最後の一撃を加えたのだろう。断面は深く、そして禍々《まがまが》しかった。

よじ登ってガードレール伝いに道路へ着地しようとする。しかし宙に浮いた格好のガードレールは邦彦の重みで次第に底へ向かう。邦彦の握力も自重を支えきれない。

力が尽きて両手がガードレールから離れた。邦彦はいったん斜面に激突し、重力で谷底に引き摺られていく。

くそ。

まだだ。

指先を曲げて斜面に突き立てる。渾身《こんしん》の力を込めて這《は》い上がる。

だが、右足が全く役に立たなかった。足がかりを見つけて踏ん張ろうとするが、激痛でへなへなと力を失う。腕二本と足一本だけでは全体重を引き上げることができない。

諦めて、堪るか。

歯を食いしばり、残りの三本でじりじりと這い上がる。しかし、アスファルト付近の断面は垂直に切り立っており、手が届いたかと思うと力足らずで、また滑り落ちる。まるでアリジゴクの巣穴だ。

もう一回。

そしてもう一回。

這い上がり、滑り落ちる度に身体は泥に塗《まみ》れて重たくなっていく。握力は反比例して弱くなっていく。

執念もさすがに底を尽きかけてきた。必死に伸ばした右手が、しかしアスファルトまで届かない。意識が朦朧《もうろう》となり、視界も狭まる。

駄目だ――。

だが、虚しく空を切った右手が誰かに摑まれた。

「加瀬、しっかりしろおっ」

見上げると防護服姿の男が自分を引き上げようとしていた。

マスク越しの顔にうっすらと見覚えがあった。あの夜、一度は自分に縄を掛けた仁科という刑事に違いなかった。

3

仁科に引っ張られながら何とか這い上がると、邦彦はアスファルトの上に伸びた。すぐに立ち上がるような気力はもう残っていなかった。

これで終わりだ。

折角ここまで辿り着いたというのに、警察に捕まるとは。

しかし仁科は自分を確保したり手錠を掛けるような素振りを全く見せなかった。

「大丈夫か」

そう言ってマスク越しに自分を覗き込む。邦彦は訳も分からないまま頷いてみせた。

「右足から出血しているぞ。立てるか」

「あんたの同僚に撃たれた」

「それは済まなかったな」

仁科は立ち上がって少し離れた。見れば路肩に停めたバイクの方に歩いている。どうやら、そのバイクで破損した道路を走破して来たらしい。

「着替えろ」

仁科が持って来たのは、見慣れた防護服だった。ちゃんとマスクとタングステンベストも添えられている。

「護送車はどこにある。まさか、あのバイクで警察まで連行するつもりなのかい」

「警察に行きたいのか」

「え？」

「お前の行きたい場所は他にあるんじゃないのか」

驚いて仁科を見る。ひどく穏やかな目をしている。

「あんた、俺を捕まえに来たんじゃないのか」

「金城の家族から話は全部訊いた」

その言葉に凍りついた。

何ということをしてくれた。それでは、自分がこれまでやってきたことが全部フイになってしまうではないか。

「着替えたら行くぞ」

「どこに」

　すると仁科は物憂げな表情を見せた。

「それで困っている。お前の行きたい場所に連れていくのが正しいことなのかどうか、まだ決めかねている」

　邦彦は混乱した。刑事なのに自分を逮捕する気も連行する気もないらしい。

　まさか警察が味方をしてくれるのか。

「逃げたくて逃げた訳じゃあるまい」

「でも正当防衛だろうが何だろうが、俺が純一さんを刺したのは事実だぞ。刑事のあんたが捕まえなくていいのか」

「だから困ってる」

　仁科は腰を落として邦彦と目線を合わす。

「俺の仕事は犯人を捕まえることだが、それ以外にも市民の生命と財産を護らなきゃならない。殊に、こんな時には余計にそう思う。なのに今度の震災で知ってるヤツが何人もいなくなったっていうのに、手錠も拳銃も何の役にも立たなかった。次から次に飛び込んでくる被害状況に右往左往するだけで、やってることと言えば遺体の捜索くらいだ。情けなくて涙も出ん」

　この男も誰か大切な人間を失くしたのだろうか。仁科の声を聞いているうちに、ふとそう思った。

　改めて仁科の格好を確かめると、タイベックの上にタングステンベストを羽織っている。この男はそれが原子炉建屋内に入る際の標準装備だということを知っているようだ。

「そんな格好をしているからには、イチエフに行くのを予想していたんだろ」

「ああ」

「じゃあバイクだけ置いていってくれ」

「右足を負傷しているんだろう。それならブレーキが踏めないぞ」

「じゃあ連れて行ってくれ」

「どうしても行くのか」

「くどい」

　仁科は束の間逡巡していたが、やがて仕方ないといった風に頷いた。

「乗れ」

　防護服に着替えてからバイクの後ろに跨る。この姿のタンデムはさぞ奇妙に見えるだろうと思ったが、この地では防護服姿が当たり前なのだと認識を改めた。

　二人を乗せたバイクは渓谷沿いを走る。道路の至るところに亀裂が入っているので、走行中は絶え間なく揺れるが、それでも歩くよりはずっと楽だった。仁科は陸前浜街道に出て、大熊町の市街地に向かうつもりらしい。それなら自分が思い描いていたルートとほぼ同じだ。

大きな揺れが来ないでくれ。間に合ってくれ。

そう念じ続けていると、運転中の仁科が何か言った。これほど近くでもマスク越しでは耳まで届かない。邦彦は大声で訊き返した。

「聞こえないよ！」

「爆弾、本当に自分で解除するつもりなのか」

「だから、ここまでやって来たんじゃないか」

「自衛隊とかに任すつもりはなかったのか」

「一号機と三号機があの有様じゃ、きっと四号機も内部はメチャメチャになっている。第五工区も瓦礫の山だ。慣れない人間が行っても役に立たない」

「命が惜しくないのか」

もちろん命は惜しい。

裕未と金城親子の命が惜しい。

「そう言うあんたはどうなんだよ。建屋内じゃなくっても敷地内は放射能の地獄だぞ。あんたこそ命が惜しくないのか」

「命が惜しくない訳あるか。だがお前が行くのなら警官の俺が行かない訳にはいかん」

「何でだよ」

「公務員だからだ」

「……無茶だよ、刑事さん」

「お前に言われたかあない」

陸前浜街道に出ると、さすがに小刻みな振動は少なくなったが、前方を見ると陥没や地割れが点在している。前輪が嵌《は》まりでもすれば二人とも投げ出される。

ひやりとしたが、仁科は器用に亀裂を避け、しかも速度を保っていた。

そのまま直進していくと、やがて市街地が視界に入ってきた。

窓を見ても人影は全くない。病院、民家、店舗の建ち並ぶ中を通り過ぎるが、もう住人のほとんどが避難した後なのだ。

店舗の看板は倒れ、窓ガラスは割れたまま放置されている。中には屋根瓦の大半が剝がれ落ちた家屋もある。

無人の町。

朽ちていく家屋。

最前に目撃した海岸線の光景ほどではないが、ここにもまた死滅の臭いが漂っている。

外見上は居住可能と思える家も残存している。重機なりを入れて改築や道路整備を行えば、町全体が再生することもそれほど遠い話ではないだろう。しかし放射性物質が拡散していたのでは、その手も遠ざかる。いくら形骸が残っていても人が住まわなければ、早晩町は死に絶える。

この町は二度殺されたのだ。

最初は震災に、そして二度目は原発に。

やがて左手に常磐線の線路が並行し始めた。ここからでも線路の土台が崩落し、レールの浮いているのが見える。

遥か前方、大きな交差点に検問が立っていた。

「検問、どうする気だ」

「知るか」

速度を緩めるでもなく上げるでもなく、仁科は直進していく。どのみち、交差点までに脇道がないので迂回することもできない。

警官たちとの距離がみるみるうちに狭まる。

十メートル。

五メートル。

だが、検問に立つ警官たちはバイクを停車させようとするどころか意外な行動に出た。

警官たちは左右に離れて道を作る。

そして一斉に敬礼した。

その数、ざっと十二人。ぴしりと息の合った光景は何かの儀式のようだった。

信号は未だに機能していない。バイクは交差点の中央でそのまま右折した。

「何だよ、今のは」

問い掛けたがすぐに返事はない。少し遅れて返ってきた言葉はひどくぶっきらぼうだった。

「……事情を知った上司か、事情を知っていたへそ曲がりが手を回したんだ」

わずかに語尾が震えていた。

何のことかは分からなかったが、とにかく行く手を遮る者はいなくなったらしい。

交差点を曲がり終えると、あとは二五二号線を直進するのみだ。

エンジンが雄叫びを上げ、バイクは急加速した。

林を抜け、テニスコートを過ぎる。この辺りは住宅が途絶え、両側には田園風景が続く。

しばらくして中央台の交差点で再び検問の警察隊と遭遇した。

先刻と同じだった。警官たちは直立不動の体勢で敬礼を決めた。

今度は仁科も返礼した。慌てて邦彦もそれに倣う。

「なあ、刑事さん。俺たちのやること、いつの間に公務になったんだろうな」

「黙ってろ」

二人を乗せたバイクは尚も風を切って進む。防護服を着ているのに肌が粟立《あわだ》っているのは、おそらく体感温度の低さのせいではない。

原発施設に近づくにつれて、当然のことながら民家は姿を消していく。左右に広がるのは田畑か駐車場くらいだ。

やがて二人の正面に貯水タンクの群れが見えてきた。三号機建屋から覗く真っ赤な梯《はし》子《ご》は東京消防庁の特殊車両だろう。

数日前、あそこはただの勤務先だった。それが今では戦場になっている。

そこに佇《たたず》んでいるだけで静かな死に蝕まれていく戦場。

バイクは大きく左に切れて発電所正門に向かう。六車線分もあろうかという広い門に立っていたのは、自衛隊員だった。

さすがに自衛隊にまでは話が通じていないらしく、数人の隊員がバイクの前に立ち塞がった。

「止まって!」

仁科はバイクの速度を緩め、防護服のポケットから警察手帳を取り出す。

「公務だ」

手帳の霊験があらたかなのか、それとも有無を言わさぬ仁科の口調に押されたのか、隊員はわずかに道を空けた。仁科に歩み寄ったのも公務の内容を確認するためだろう。

だが、そんな余裕はもうなかった。

仁科は彼らの油断を突き、いきなりバイクを発進させた。

「と、止まれえっ」

こんな時、バイクの加速力は四輪車の比ではない。二人は縋る隊員たちを置き去りにして疾走する。

邦彦が振り返ると、正門は見る間に遠ざかっていく。

「振り返ってる場合かあっ」

仁科が叫んだ。

「お前の庭だろう。四号機まで案内しろおっ」

「目の前の角を右へ」

ぐん、とバイクが曲がる。仁科の体重移動に倣って邦彦も身体を右に倒す。

左右のタンク群を通り過ぎて東に。正面に広がる小さな林の中を突っ切れば、そこが建屋の敷地内だ。ただし距離はまだ一キロほどもある。

敷地内には自衛隊や消防庁の特殊車両がずらりと並んでおり、今が非常事態であることをいやが上にも思い出させる。だが、それよりも剣呑《けんのん》な雰囲気を醸し出しているのは施設の破損状態だった。壁に亀裂が入っただけならまだしも、崩壊寸前の建物もある。遥か前方に見える一号機から四号機までの原子炉建屋も、屋根周辺が吹き飛んでいるのが目視できる。道路の一部は瓦礫の山になっている。

邦彦はここで働く前に受けた講習を思い出した。講師役の老職員は淡々と、しかし優越感を隠そうともせずにこう言っていた。

『福島第一原子力発電所の施設は、原子炉建屋をはじめとして世界最高水準の堅牢《けんろう》さを誇っています。どんな地震や津波に襲われてもびくともしません。地震が発生した時は建屋の中にいた方が却って安全かも知れません』

嘘《うそ》を吐《つ》け。

何が堅牢だ。何が安全だ。

この脆弱さ、この危険さがそのままお前らの正体を物語っているではないか。

想定外の災害だっただと。

どうせするならもっとマシな言い訳をしろ。自分たちの想像力があまりに貧困だったために、自然の猛威に追いつかなかっただけではないか。驕《おご》り昂《たかぶ》り、自然を支配下に治めたと過信した瞬間から、既にアポロンの嘲笑は始まっていたのだ。

邦彦の視界にようやく共用プールが見えてきた。

「そこだ。目の前の共用プール。そのちょうど裏手が四号機建屋だ」

共用プールを回り込むと、そこには予想以上の戦場が拡《ひろ》がっていた。

建屋と建屋の間を何人もの防護服姿の男たちが行き来している。マスクを被る者、マスクの上にヘルメットを被る者と様々だが、防護服の着用だけは標準装備だ。防護服には所属部署と氏名がマジックで手書きされている。

彼らは必死の形相で特殊車両の周囲を走り回る。放水、集塵、瓦礫撤去。一見、単純作業のように見えるが、放射性物質が拡散しているこの地において全ての作業は命がけだ。

通路には瓦礫以外にも、特殊車両用の電源ケーブルが所狭しと伸びている。まともに通れる部分はそれほど多くない。

どんよりとした雲の下、狂乱じみた喧噪《けんそう》と怒号が交錯している。恐怖心と使命感の狭《はざ》間《ま》で、彼らは各々の作業道具を武器として原発と闘っている。

邦彦と仁科はバイクから降りた。真正面には二人の戦場である四号機建屋が口を開いて待っていた。

それにしても何という禍々しい姿だろう。壁の上部はほとんど崩落し、屋根もあらかた吹き飛んでいる。鉄骨と鉄筋が剝き出しになった隙間から内部が覗く。上部の圧力容器を柱だけで支えている状態であるのが、ここからでも推察できる。自重で倒壊しないのはまさに奇跡といってよかった。しかもその内部には桁外れの放射線が渦を巻いているのだから、まさに魔窟だ。

だが不安定極まりない中、燃料プール下の支柱が傾いた瞬間に仕掛けられた爆弾が炸裂する。そうなれば全ては一巻の終わりだ。

邦彦はごくりと固唾《かたず》を呑む。こうして四号機建屋の前に立つと、改めて自分のしようとしていることが無謀な行為だと実感できる。

「刑事さん、突入前にやっておかなくちゃならないことがある」

「何だ」

「ここらを仕切っている自衛隊と消防庁のお偉いさんに、作業員を撤退させるよう伝えてくれ。万が一の時のために四号機からなるべく遠くにいろと」

「俺が、自衛隊の責任者にそれを言うのか」

「おっと自衛隊にはもう一つ。工具一式とライト、それから爆発物処理班を寄越して欲しい。解除方法は聞いているけど、もしも俺の手に余るようだったら処理班に任せた方がいい」

「連中がそれを信用するかな」

「俺が言うのとあんたが言うのと、どっちを信用すると思う。それに信用云々《うんぬん》の話じゃない。爆弾が起動したとかはったりカマしてでも遠ざけなきゃならないだろ」

「分かった」

「それからもう一つ」

「まだあるのか」

「このバイク、警察無線、付いてるんだろ」

「ああ」

「金城さんの家に連絡取れるかい」

「ああ、刑事の一人が付近に待機しているはずだ」

「それで裕未を呼び出してくれないかな」

「……待ってろ」

仁科は無線で現地の城田を呼び出し、裕未から連絡させるように伝える。

「直に向こうから連絡がくる。じゃあ、行って来る」

仁科はすぐに駆け出したが、ふと気づいたように邦彦を見た。

「おい、俺が戻って来るまでここで大人しくしてろよ。絶対に勝手な行動を取るな」

「引率の先生かよ。待ってるから早く伝令してきてくれ」

「約束だからな」

そう言い残して仁科は中央制御室に向かった。

約束か。

悪いな、刑事さん。約束というのなら、あんたよりも先に交わした約束が優先する。

邦彦はマスクを脱ぐ。ほんのわずかであれば大勢に影響はあるまい。

曇天を見上げながら深呼吸をする。外の空気を吸うのは、これが最後になるかも知れない。

放射性物質が拡散した空気だが、それでも美味《おい》しいと思えた。

その時、無線が着信を告げた。

これもまた最後になるのだろう。マスクを脱いだ途端に無線が着信したのも、今まで飢えと寒さと疲労に耐えてきたご褒美のように思える。自分の悪足掻きを嘲笑し続ける神も、これくらいは許してくれるはずだ。

邦彦はレシーバーを握った。

「もしもし」

『邦ちゃん！』

裕未の声は驚きに跳ね上がっていた。

『今、どこにいるの』

「心配するなよ。ちゃんと目的地に着いた。仁科さんだっけ。おじさんたちが事情を説明してくれたらしいな。俺をイチエフまで運んでくれた。これから建屋の中に入る」

そう話している最中に雑音が介入してきた。警察無線でも入りが悪いらしい。

「悪い。もう、あまり話せない」

『邦ちゃん』

「裕未と、おじさんとおばさん、それから純一さんには感謝してもしきれない」

『え』

「俺に、護るものを与えてくれた」

裕未に告げた言葉を自分で反芻《はんすう》する。

両親を失《な》くしてからというもの、いつも自分を護ってきた。自分だけが護る対象だった。

一人で生き、一人で飯を食い、一人で寝た。他人と触れ合うのは争う時だけだった。それが当たり前だと思った。人間なんて、みんな同じだと思い込んでいた。

その当たり前を裕未が、金城一家が変えてくれた。誰かと手を繋ぐことの喜びを、誰かと語らうことの嬉《うれ》しさを、そして護るべきものがあることの素晴らしさを教えてくれた。だからこそ、今自分はここに立っている。

これ以上、死なせて堪るか。

これ以上、失くして堪るか。

雑音がひときわ大きくなった。

「一緒に星座を眺めたのを憶えてるか。すごく綺麗《きれい》だったよな。俺、あんな気持ちで夜の空を見上げたことなかった」

『邦ちゃん、あたし邦ちゃんに言わなきゃいけないことが』

「裕未たちに逢《あ》えて本当によかった。自分よりも大事に思える人たちに逢えてよかった」

『そんなこと言うのやめて』

「約束は必ず守る」

『邦ちゃん、死んじゃ嫌、死んじゃ嫌』

「今まで、有難う」

『邦』

声はそこで途切れた。

邦彦は無線の電源を切ってから、周囲を見回した。

すると三号機建屋の傍《そば》に自衛隊の小型特殊車両が停められているのが見えた。上手《うま》い具合に、後部には階段がついている。

こいつにするか。

邦彦が車両に背中を預けていると、仁科が戻って来た。

「中央特殊武器防護隊の隊長がいてくれた。現場にいる自衛隊と消防隊員、それから東電社員全員に一時退去を伝えてくれるらしい」

「作戦本部やら東電本社には、どう言い訳するつもりだろうな」

「現場判断だってよ」

仁科が皮肉混じりに笑ってみせたので、邦彦もつられて笑った。

「それからこれ」

仁科が差し出したのはライトと小型のツールボックスだ。ライトはハロゲン式で光量が強い。ツールボックスの中を検《あらた》めるとドライバーのサイズも1・0ミリから5・0ミリまで揃《そろ》っている。

「まだ要るものがある」

「何だ」

「手錠、持ってるか。それから鍵」

「ああ」

仁科が防護服の下から手錠と鍵を取り出す。

邦彦は手錠を受け取るや否や片方を仁科の右手首に、そしてもう片方を車両の階段に塡《は》めた。

「な、何するんだ」

慌てる仁科を尻目に、邦彦は鍵を遠くへ放り投げる。

「刑事さん、俺に手錠塡めただろ。お返しだ」

「こんな時にふざけるな！」

「何か不測の事態が起きても、ここに括《くく》りつけられていたら隊員たちと一緒に逃げられる」

「お前……まさか一人で爆弾を解除しに行くつもりなのか」

「あんたがついて来ても足手まといになるだけだ」

「そうか。最初からそのつもりだったんだな」

「ここまで運んでくれて感謝している」

「お前は右足を怪我《けが》してるんだろう。俺を連れて行けえっ」

「どうせ建屋の中は全力疾走できるような状態じゃない。片足引き摺るくらいハンデでも何でもない。それに、これは俺の仕事だ。あんたまで巻き添えを食う必要はない」

邦彦は再びマスクを装着し、ライトとツールボックスを小脇に抱えた。

「あんたみたいな刑事に捕まったのは幸運だった。有難う」

そして後ろも見ずに駆け出した。

「加瀬えっ」

絶叫を背中で聞きながら、邦彦は四号機建屋の中に身を躍らせる。

建屋の一階は案の定真っ暗だった。

邦彦自身、一号機で原発事故の起きた十二日から数えると二日ほど現場に赴いたが、与えられた仕事は建屋外部の瓦礫撤去だったので内部に入ったことはなかった。

ライトに照らし出されたフロアはコンクリートの瓦礫で足の踏み場もない。縦横に走っていたパイプはところどころが吹き飛び、壁の崩落した部分から外が見える。密閉された空間で水素爆発が起こると、これほどまでに破壊力があるのだ。こんな状況下で、純一は燃料プールの真下に爆弾を仕掛けたというのだから感心する。

見上げれば屋根部分はほとんどが吹き飛んで空が見えている。つまり階上に行けば行くほど光が射し込んでいるはずだ。

瓦礫の上を歩く。不安定な足場に注意しながら階段を探していると、光の輪の中に次々と破損箇所が浮かび上がる。

西側の給気ダクトは破裂し、破れた金属片が大きく口を開いていた。変形したものも脱落したものもある。階段の向こう側は破損が激し過ぎて立ち入ることもできなさそうだ。

階段の手すりに手を掛けると、いきなりその部分が外側に撓《たわ》んだ。体重を掛けていたら転落していたところだ。こうなれば踏み板部分も脱落する可能性がある。邦彦は細心の注意を払って足を運ぶ。

二階の損傷は一階以上だった。排気ダクトも給気ダクトも多くが破損し、下階・上階との接続部分がすっかり脱落している。

しばらくするとマスクの内側が曇り始め、次第に視界不良になった。防護服を着ていても分かる。外気温が急激に高くなったのだ。通常の作業中にもしばしばあったことだが、防塵《ぼうじん》マスクに曇り止めなどという機能はないので、内部が曇った時にはマスクを脱いでしまっていた。

しばらくは我慢していたが、とうとう何も見えなくなった。これでは到底、先に進むことができない。

意を決してマスクを脱ぐ。

途端に、むわっとした熱気とコンクリートの臭いが顔面に纏《まと》わりついた。目には見えないが、大量の放射線も浴びているに違いない。

階上に向かうほど被害は甚大になっていく。三階まで上がるとほぼ全てのダクトが脱落していた。太いパイプは凹《へこ》み、細いパイプは捻《ね》じ切れて内部爆発の凄《すさ》まじさを物語っている。

この階になると壁の損傷具合も激しくなる。畳一畳分の壁がなくなり鉄筋が剝き出しになっている。モルタルも盛大に剝離している。毛細血管のように張り巡らされたパイプ群はことごとくへし折れ、天井からぷらぷらと吊《つ》り下がっているだけだ。これでは建屋が自然倒壊したとしても何の不思議もない。

素肌を晒していると、気温が更に上昇しているのが分かる。その分、汚染度も高くなっているのだろう。まだ充分に疲労が回復していない身体にタングステンベストの重量が伸し掛かる。自重が増すので、踏み板に片足を乗せる度、階段が派手に軋《きし》む。

四階まで上れば燃料プールの真下に辿り着ける。後生だからそれまで保《も》ってくれ。

祈るような気持ちで一歩上がったその時、また大きな揺れが襲った。震度3か4。だが足場が不安定なせいで、体感する揺れはもっと大きい。咄嗟に手すりを握り締めたが、それで身体を固定できる揺れ方ではない。自重が重いことも手伝って、邦彦は堪らず階段から滑落した。

身体が浮いたかと思うと、次の瞬間には背中に激痛が走った。次いで頭部、一回転して足。

二回ほど天地が逆転してから、踊り場に叩《たた》きつけられた。その衝撃で階段全体がまた揺れた。

痛みのため、しばらくは目を開けられなかった。顔の上にばらばらと細かな瓦礫や塵《じん》芥《かい》が降り注ぐ。

畜生。

クソ重いベストと防護服のせいだ。この重みで、どうしても反応速度が鈍くなる。もっと身軽なら今の滑落にも対処できた。

揺れが収まったので上体を起こす。途端に身体の節々が悲鳴を上げた。何箇所かはただの打ち身で済まなかったらしい。

ぽたり、と防護服に赤い飛沫《しぶき》が落ちた。

血だ。

額に宛がった手は真っ赤に染まっていた。どうやら相当出血しているらしい。

まだ爆発の気配はない。

だが建屋は前よりも脆くなっている。

手を伸ばして手すりを摑み、上体を引き上げると更に激痛が襲った。

休んではいられない。今度余震が起きれば起爆装置が作動するかも知れない。邦彦は重心を前に倒して、また階段を上がり始めた。

頭痛と吐き気がする。

階段から落ちた際の衝撃が残っているのか、それとも大量の放射線を浴びた影響がそろそろ出始めているのか。

どちらにしても、もう余裕はない。

鉛のようになった足で、鎧を着た身体を持ち上げる。一歩一歩がひどく難行に思える。

それでも邦彦は進み続ける。もう後戻りはできない。

汗だくになり、意識が朦朧としかけたが、それでも何とか四階まで辿り着いた。

四階部分は壊滅的な打撃を受けていた。東側と西側の壁面は全壊し、鉄骨しか残っていない。厚さ千ミリもあるコンクリート壁が、まるで砂細工のようだ。階段の斜め上方には屋根の欠落部分から空が覗き見える。

目指す燃料プールは南側にあった。幸か不幸かライトの光に頼らずとも、その底面が確認できる。格子状の底面に支えられた巨大プール。そこに千五百三十五体もの悪魔が眠っている。

そして遂に見つけた。

梁《はり》と支柱の交差した部分。そこにベージュ色をしたレンガ状の物体がガムテープで固定されている。

あれだ。

だが、とんでもない場所に仕掛けられている。元は排気ダクトが走っていた箇所だったから、そこを足場にして作業できたのだろうが、今はそのダクトが脱落しているために身体を支える方法がない。ダクトを支持していた名残で細いバーが残っているものの、とても邦彦を支えきれるとは思えない。少なくとも、身軽にならなければここからあの場所に行くこともできない。

身軽にならなければ——。

躊躇はわずかの間だけだった。

邦彦はタングステンベストをその場で脱ぎ捨てた。

これだけでかなり動きやすくなる。ただし余計に放射線を浴びることになるのだが。

ツールボックスがポケットに収まっているのを確認してバーに手を掛ける。

爆弾までの距離は目視でおよそ二十メートル。

四肢を突っ張って二本のバーの間を移動する。今余震が起きれば、間違いなく真っ逆さまに落下する。いや地震でなくても、接続部分が破損していれば自重でバーもろとも落ちてしまう。

一歩移動する度にバーが揺れ、軋む。右足は充分に踏ん張りが利かないので、両手により負担が掛かる。

下を見れば、はるか真下には瓦礫と先の尖《とが》った金属片が牙を剝いている。

恐怖が顔面に張りつき、腋《わき》からは嫌な汗が流れ続ける。腋だけではない。額から滲《にじ》み出た血と汗が頰を伝い、顎の下から次々と滴り散る。

慎重に、しかし迅速に。

お願いだ。

余震も突風も起こってくれるな。

あと二十分、いや十分でいいから静かにしていてくれ。

あと十メートル。

五メートル。

二メートル。

ようやく爆弾に手が届く場所まで辿り着いた。

ひと息吐いてから体勢を整える。

純一の今際《いまわ》の言葉を反芻してみる。

筐体の中には水銀傾斜スイッチが内蔵されており、水平軸と垂直軸に亘って運動を検知している。解除するには筐体の蓋を開けて、そのスイッチをオフにするだけでいい。ただし一定以上に傾斜させると起動してしまうので、表面の水準器で平衡を保ちながら作業しなければならない――。

邦彦は、それを不安定なここで行わなくてはいけなかった。

見れば水準器の気泡はまだ中央にある。表面にネジの頭らしきものが見当たらないのは支柱との接触面に隠れているからだ。

水準器に視線を固定し、ガムテープを静かに剝がす。

気泡は常に水準器の中央に保つ。ほんの少し手元が狂っただけでも起動スイッチが入ってしまう。

針の穴に糸を通すよりも集中し、ずっと細心に。

突っ張った手がひくひくと笑い始める。指の震えを必死に抑えて、ようやくガムテープを剝がし終えた。

足場の安定を確認しながら、ゆっくりと爆弾を目の高さまで持ってくる。後は筐体の天蓋を外しさえすれば――。

合ったサイズのドライバーを選んで溝に挿してみたが、ネジはぴくりとも動かなかった。筐体を膝の間に固定して力を込めてみても、結果は同じだった。

まさか、この土壇場に来て蓋が開けられないとは。

心臓が破裂しそうになった。鎮まりかけていた恐怖が奔流となって意識の中に雪崩《なだれ》込む。

駄目だ、冷静になれ。

原因を考えろ。

邦彦は恐怖と闘いながら思考を巡らせる。

熱膨張だった。

筐体はプラスチック製だった。だがネジの方は鉄でできている。高室温の中にあったため、ネジだけが膨張してしまったのだ。

これ以上、無暗《むやみ》に力を入れて筐体が振動してしまえばお終《しま》いだ。

残る方法は、筐体に振動を与えることなく建屋の外に持ち出す以外になかった。燃料プールの至近距離でなくとも、崩壊寸前の建屋の中で爆発してしまえば結果は同じだからだ。

邦彦は元来たバーの道を見る。片手で爆弾を抱えながらの移動となれば、まともに使えるのは手一本と足一本だけになる。

だが、やるしかない。

右手に筐体と爆弾を重ねて持つ。水準器を見なければならないので、常に目の高さで固定する。

左手で頭上のバーを握る。

左足を足元のバーに滑らせる。右足はそっと乗せるだけにする。

手と足は同時に動かせない。筐体をわずかに振動させることも許されない。五センチずつ、じわじわと進んで行くしかない。

まるで綱渡りだ。

邦彦は今度こそ神に祈った。

揺れるな。

滑るな。

震えるな。

呼吸を浅くして、手足を交互にずらしていく。額から目に流れ込む汗を拭うこともできない。

心臓が口から出そうになる。

五十センチ。

一メートル。

五メートル進んで、いったん小休止をする。筐体と爆弾を持つ右手は、肩から手首にかけて乳酸が蓄積してひどくだるい。それでも腕を下ろすことはできない。いつ余震が襲ってくるかも知れないので、長い休憩も取っていられない。

前方と水準器を交互に睨《にら》みながら進んでいると、神経がどうにかなりそうだった。おまけに頭痛と吐き気は先刻からひどくなる一方だった。

痛みと恐怖に耐えながら、邦彦はようやくバーを渡り切る。

短く息を吐くが、これで終わりではない。次は四階から一階まで下りなくてはいけない。

焦るな。

落ち着け。

崩壊寸前の階段でも、今のバーを渡るよりはよほどマシだ。

一歩下りる度に足元と手すりの安定を確かめる。視線は水準器の高さに揃え、足を下ろす時だけ移動させる。

神経を研ぎ澄ませると、建屋内の軋み音と外部の環境音が耳に入ってくる。環境音には人声も混じっており、中には怒鳴っている者もいる。

爆発物処理班はちゃんと待機してくれているだろうか。

他の人間はさっさと退避してくれたのだろうか。

そう心配した時、意識が一瞬逸《そ》れた。

左足を踏み外す――。

咄嗟に手すりを強く握り締めて堪える。

足は宙に浮いたが、滑落は何とか免れた。

一気に汗が噴き出した。

いかん、もっともっと意識を集中させろ。

その後は足を滑らせることもなかったが、神経はどんどん疲弊していった。

三階、二階、そして一階。

フロアの床は相変わらず瓦礫で埋まっていたが、これで峠を越えることはできた。

もう一度ライトを取り出し、また水準器と前方を交互に照らす。

左足を摺るようにして進む。瓦礫で凸凹《でこぼこ》になっているので、無造作に踏み出したら命取りになる。

やがて薄ぼんやりとだが出口が見えた。

あれがゴールだ。

やった、とうとうここまで来た。

朦朧としかけた意識に眩《まばゆ》い光が射し込む。

その時だった。

何かが落下する気配を感じた。

しかし足も身体も動かなかった。

次の瞬間、頭頂部に衝撃を受けた。

倒れる――。

だが、両足が突っ張って身体を支えていた。

邦彦は膝からゆっくりと頽れる。しかし水準器の気泡は中央に保たれたままだ。おそらくコンクリート片の直撃を受けたのだろう。その部分から血が噴き出しているのが分かる。

待ってくれ。

もう少し。

もう少しなんだ。

爆弾を右手で掲げたまま、邦彦は匍匐《ほふく》前進を始めた。床から突き出した鉄筋や金属片が、防護服の上から皮膚に突き刺さる。

刺さる痛みはあまり感じなかった。それよりも頭頂部の痛みが激しく、別の部位の痛覚を感知する余裕がない。

次第に右手首の感覚が薄れてきた。

ああ、出口はすぐそこだというのに。

畜生。

畜生。

もう腕を上げていられない。それでも渾身の力を振り絞り、瓦礫の上に爆弾を載せた。

水準器の気泡がわずかに揺らぐ。筐体の端を支えて、何とか平衡を取る。

だが、そのわずかな力さえも掻き消えていく。

護りたかったのに。

彼女を、そして俺が護れる全てを護りたかったのに。

お終いだ——。

「加瀬えっ」

聞き覚えのある声がした。

幻聴、ではなかった。

「そのまま動くなっ」

いつの間にか駆けつけた男の手が筐体を両側から支えた。

「刑事、さんか……」

「動くな。今、救護班を呼んでやるから」

爆弾に伸びた手がもう一本あった。防護服の袖口からカーキ色が覗いている。きっとこの男が爆発物処理班だろう。

「……早く、解除してくれ」

何を恐れているのか、仁科の声は震えている。

「喋《しゃべ》るな」

そんな声、出すなよ。みっともない。

「俺……間に合ったんだよな」

「ああ、間に合った！　間に合ったとも！　お前は立派に仕事を果たしたんだ。だから、休め。頼むからもう喋らないでくれ」

了解、と伝えようとしたが唇は開かなかった。

仁科の声も、周りにいるはずの自衛隊員たちの声もどんどん遠ざかっていく。

やったぞ、純一さん。

やったぞ、裕未。

邦彦の意識はそこで断ち切れ、虚空に拡散した。

4

久しぶりの青空に煙が棚引いていた。

仁科は煙突からの煙を眺めていた。人を焼いた煙は思ったよりも白く、そして淡かった。

煙は上空に上がるにつれて掻き消えていく。こうやって魂は天上に召されていくのかも知れない。

するとと入口から喪服姿の裕未が出てきた。ハンカチを握り締め、ずっと俯《うつむ》いている。父親と母親は中に残して来たらしい。

裕未は無言のまま仁科の隣に立ち、同じように煙突を見上げた。見れば、目を真っ赤に泣き腫らしている。

「何の気休めにもならんが、これでよかったのかも知れない」

仁科は呟《つぶや》くように言った。

「何がよかったんですか」

「死因は頭蓋骨骨折で即死に近い状態だった。ただ解剖してみると、彼の身体からはとんでもない量の放射線が検出された。仮に瓦礫の直撃を受けなくても、その後は被曝症に苦しむことになったかも知れない。長く苦しみ続けるより、少しはマシだ」

裕未は険しい目をして煙を見つめるだけだった。我ながら失言だと思った。恋人の死に方にマシもクソもない。

邦彦が死亡したことで片づいたことが二つある。

一つは純一の殺害事件だ。脱走した邦彦が事故死したせいで、事件は被疑者死亡のまま送検されることになった。

そしてもう一つ、四号機建屋に仕掛けられた爆弾についても厳重な箝口令《かんこうれい》が敷かれた。震災と原発事故の収拾で国内外が騒然としている今、新たに国際紛争の種を蒔《ま》きたくないという政治的判断だった。当事者である邦彦の口が永遠に塞がれたのは、為政者にとって僥倖だったに違いない。

だからこそやるせない気持ちが残る。割り切れない気持ちが湧き起こる。

己の身を犠牲にして、この国を救った一人の若者がいる。

犯罪者として追われ、飢えと寒さと疲労に耐えながら、たった一人で闘った若者がいる。

だが、その若者の名前と覚悟と誇りを誰も知らない。

「それはそうと、あの夜の出来事の一部始終を聞いたが、一つだけ腑《ふ》に落ちないことがあった」

「何ですか」

「したたかに酔って帰って来た純一さんは口論の末、台所にあった刃物を手にしたという。しかし、以前同様の状況で堤健二を殺してしまった純一さんが、いくら酔っていたとしてもそんな行動に出るだろうか。自分のした過ちを後悔するあまり、酒のある場所に近づこうともしなかった彼がだ。ちょっと矛盾するんじゃないのかな」

興味を引かれたのか、裕未の顔がこちらに向けられた。

「君たちの証言によれば、二人が揉《も》み合った際、覆い被さったのは純一さんの方だ。邦彦は下で包丁を構えていた。包丁の切っ先が自分の脇腹に刺さっているにも拘わらず、純一さんは上から伸し掛かる。変だと思わないか。そんな状況なら自分から離れるなり身体を横に倒すなりすれば、それ以上深く刺さることもない。だが、彼はそのまま伸し掛かっていく。そう、まるで自分から包丁に貫かれるようにして」

裕未の表情が強張っていく。

「純一さんの性格なら、建屋に爆弾を仕掛けたことを死ぬほど後悔したはずだ。だから最初から死ぬ覚悟をしていたんじゃないかな。そして、その後始末を自分が一番信用している男に託した……そうとでも考えないと辻褄《つじつま》が合わない」

しかし証拠はない。当事者は二人とも死んでしまったので証明する者もいない。

「ひょっとして、あんたはそのことに気づいていたんじゃないのか」

返事をしないまま、裕未はまた煙突の方に視線を戻した。

それで充分だった。

「証拠がなくても告げていればよかった」

不意に裕未が搾り出すような声を上げた。

「邦ちゃんが殺したんじゃないって言っておけばよかった。そうすれば邦ちゃんも罪悪感に責められずに済んだ。原発に行くこともなかった」

「そいつはちょっと違うんじゃないかな」

「……え」

「多分、邦彦は知っていたと思う。包丁の柄を握り、伸し掛かる純一さんを間近で見ていたんだ。彼の意思に気づかないはずがない」

「だったらどうして」

「邦彦を駆り立てたのは罪悪感じゃない。ただ救いたかっただけなんだよ。君を、金城家の人たちを、それから自分が護れるもの全てを」

感傷的になっているのではない。あの青年の幼少期からずっと後を追った自分には分かる。孤独であり続けた者がやっと護るものを手にした時、それはかけがえのない宝になる。自分の命を賭してでも失いたくないと思うようになる。だから邦彦は死を覚悟してまで福島第一原発という地獄に向かったのだ。

同じことが仁科自身にも当てはまる。半ば死んだような目をして官舎にいる女房。あれが自分に残された唯一の宝だ。

「そろそろ、わたしはおいとまするとしよう」

仁科は裕未に一礼した。

「警察署に戻るんですか」

「いや、やっと休暇が取れたものだからね。今から女川町まで行ってみようかと思ってる」

「女川町に？」

「息子を捜しに行くんだよ」

「……津波で？」

「これ以上、逃げていたら嗤《わら》われる」

そう言って仁科は背を向けた。

女房に告げたら自分も連れて行けと言い出すかも知れないが、あんな場所に行くのは俺一人で充分だ――。

待てよ。

そう言えば、あいつも同じことを口にしたな。

しばらく歩いてから、仁科は一度だけ後ろを振り返った。

棚引く煙がひどく滲んで見えた。

解説——世界が変わる、一瞬で、一滴の水で

村上貴史

■福島

グラスにウィスキーをストレートで注ぎ、そこに一滴の水を落とす。すると、味も香りも豊かに開く。

この小説はそんな具合に豊かな一冊だ。

本書の舞台は福島県。そして作中で主に描かれるのは、二〇一一年三月十六日とそれからの数日間である。そう、東日本がとてつもない大地震に襲われた五日後、福島第一原発の一号機が水素爆発を起こしてから四日後、四号機の爆発を起点にすればその翌日。その福島だ。

この作品は、「小説すばる」の二〇一三年五月号から翌年の三月号にかけて——大震災と原発事故の二年あまり後から三年後にかけて——連載され、同年九月に単行本とし

て刊行された。つまり、本書に描かれた背景は、二〇一一年三月に政府や東京電力などから発表された情報を、その後開示された情報で補強したものとなっている。要するに、ストレートのウィスキーにあたる当時の福島に関する情報について、まず本物なのである。

しかしながら、それだけならば、ストレートのウィスキーそのものである。本物は本物で十二分に存在価値はあるが、中山七里は、そこに一滴の水を落とした。そうすることで、この一冊を芳醇《ほうじゅん》な味わいのエンターテインメントに化けさせたのである。さらにいえば、エンターテインメントとして豊かであるからこそ、グラスのなかの全体を、その美味雑味すべてひっくるめてきちんと堪能できるのである。

その一滴の水にあたるものが具体的に示されるのは、作品が中盤に差し掛かってからのこと。だが、その一滴は、前述の震災と原発事故の現実を攪拌《かくはん》し、結果としてその余波は序盤にも顔を覗《のぞ》かせている。それが、三月十六日に福島で起きた殺人事件だった。

■逃走

三月十六日の午後十一時四十五分。福島県警石川警察署刑事課に殺人事件の一報が飛び込んできた。三十歳の金城純一が殺されたというのだ。現場の金城家に駆けつけた派出所の巡査によって、被疑者の加瀬邦彦はすぐに確保された。警察署から直線距離で十キロ程の現地に赴《おもむ》き加瀬を連れてくる役目を担ったのは、刑事課の仁科だった。金城宅で手錠を掛けられた加瀬を連れ、運転を担当する部下と三人で車に乗り込み、署に戻ろうとするその最中のことだった。震災の余震が起きた。大きな揺れだった。その揺れに乗じて加瀬は車から逃走する。仁科がすぐに後を追ったが、深夜、しかも停電中の出来事であり、ほどなく見失ってしまった……。

こうして、逃げる加瀬、追う仁科の物語が始まるのだが、序盤でいくつかの謎が読者に提示される。現場で加瀬は、純一と口論になり揉《も》み合っているうちに包丁で刺してしまったことを素直に認めている。なのに何故、彼は逃走したのか。そして彼はどこへ向かおうというのか。また、現場で加瀬が認めた犯行の経緯は、果たして真実なのか。さらに、仁科の捜査と並行するかのように進められている〝もう一つの捜査〟は一体なんなのか。

これらの謎に牽引《けんいん》され、物語は疾走を始める。まずは追う者の視点での描写を中心に。そして仁科の捜査が進み、加瀬の人物像が徐々に読者に見えてくるのと比例するかのように、追われる者の視点が比重を増していく。この比重の変化が実になめらかであり、なおかつ機能的で美しい。

そしてそれぞれのパートは、もちろん十二分に魅力的である。前者は、極限状態でも任務を全うしようという警察小説として、後者は、食料も防寒着もないまま福島の土地を歩んでいく冒険小説として、まさにあの日あの時あの場所での物語として読者を惹《ひ》きつけるのである。読者は一旦本を開いたが最後、もはやこの二人の物語から目をそらすことができなくなる。それほどの熱を持った小説なのだ。

中山七里は、加瀬の動機や目的についてはなかなか明かさない。第三章でたっぷりと紙幅を費やして加瀬を描き、純一との関係までも深く掘り下げつつも、それらはやはり読者に伏せたまま物語を進めるのだ。読み手としては焦《じ》れる。焦れつつも、だ。この謎めいた行動を取る加瀬という男に、いつの間にか感情移入してしまう。いいように中山七里に操られているのである――だが、それもまた嬉《うれ》しい読書体験である。

そして終盤で加瀬の狙いが明らかになると、物語の様相もスケールも一変する。「どんでん返しの帝王」と呼ばれる中山七里なのでなにかあるだろうとは思ったが、まさかこの角度から来るとは。まさかこんな真相が待ち受けていようとは。確かにこれを予感させるような記述に導かれてはいるが、いやはや衝撃である。

しかもこのタイミングで、本書において仁科が果たすべき役割も明確になる。極めて劇的に。

そう、本書は、極限状況下での警察小説であり冒険小説であり、そしてまるで無駄なく構築されたどんでん返し劇なのだ。

■震災

そんな『アポロンの嘲笑』は、やはり震災を描いた小説でもある。
そもそも仁科が加瀬に逃げられたのも震災の影響によるものだし、その後の捜査が通常通りに進まないのも同様。通常ならばヘリコプターを飛ばし、検問などを活用して逃亡犯を追うが、それもままならない。とにかくネガティヴな要素だらけのなかで、仁科は懸命に捜査活動を続けるのである。その彼の姿を追い続けることで、読者は震災のリアルに接していくことになる。

中山七里は、震災が職業人としての仁科に影響を与える様のみならず、一人の人間としての仁科の心に与えた影響も掘り下げている。仁科が加瀬の追及に必死になるのは、もちろん使命感もあるが、それだけではない。仁科の息子は、女川町で津波にさらわれ、行方不明になっているのだ。女川町の様子からして、生存は絶望的。その現実に押しつぶされそうになるなか、仁科は、加瀬の追及に必死になることで、なんとか己を保っているのだ。そしてこの仁科の姿は、東北の現場で仕事を続けた人々に重なる。その重みをも、読者は受け止めることになる。

そしてもちろん加瀬だ。加瀬の逃亡の様を読むことで、当時の福島の町の様子を読者は体感する。倒壊した家屋、繰り返される強弱の余震、そして音もなく迫り来る放射性物質——そうした環境において、避難を余儀なくされた者もいれば、逃げることもままならない者もいる。置き去りにされた飼い犬もいる。雪は大地を、そして加瀬を冷たく凍らせる。逃走を続ける加瀬の目を通じて、読者は、その時の東北の模様を心に刻むことになるのだ。

しかも、だ。中山七里は震災と原発事故に襲われた日本を描き出す手を緩めない。事件の情報を収集するために、仁科を大阪に向かわせるのだ。大阪といえば、阪神・淡路大震災の被災地でもある。そこで仁科がなにを体験したか、なにを感じたか。二つの被災地を並べて描くことで、当事者意識の有無もくっきりと浮き上がれば、原発事故の有無が大震災に及ぼした影響の差異も明確に伝わってくる。なんとも巧みな演出だ。

原発周辺での経済の構造に関する言及もあり、（ミステリとしての魅力をたとえ取り払ったとしても）末永く繰り返し読まれて欲しい一作である。

■神話

中山七里は、二〇〇九年に『さよならドビュッシー』で第八回「このミステリーがすごい！」大賞を受賞してデビューした。それも、二作品が同時に最終候補に残るという「このミス！」大賞史上初の快挙を成し遂げた上での大賞獲得でありデビューだった。

デビュー作は、音楽を題材として活《い》かしつつ、どんでん返しが痛烈に印象を残す小説である。爽やかさと大仕掛けが同居するという新鮮で刺激的な作風で、その後、シリーズとして続いていくほど登場人物の造形もしっかりした作品であった。それほどのデビュー作であったが、中山七里は、その作風にとらわれることなく、サイコスリラーや警察小説など、幅広くミステリを世に送り出し続けてきた。それも、平均して年に三作以上というかなりのハイペースで、だ。応募作のバリエーションの豊かさとクオリティの高さから当然予想すべきではあったが、まさにプロフェッショナルの仕事を継続しているのである。

そんな彼は、いくつかの作品において、本書同様ギリシャ神話の神や怪物の名をタイトルに織り込んでいる。『テミスの剣』(二〇一四年、法の女神)や『セイレーンの懺《ざん》悔《げ》』(一六年、海の怪物)、『ネメシスの使者』(一七年、義憤の神)である。これらの作品は全体で一つのシリーズを構成する訳ではないが、いずれも作中の事件の背景として、現実社会に存在する問題点を扱っている点が共通している。例えば『テミスの剣』は警察捜査のあり方と冤罪《えんざい》を、そして『セイレーンの懺悔』では報道のあり方と、そしてその先で下世話なTV番組を観《み》て視聴率向上に寄与している視聴者を、そして『ネメシスの使者』では死刑制度と復讐《ふくしゅう》を、中山七里は主な題材として俎上《そじょう》に載せ、そして容赦なく捌《さば》いている。権力者にも一般大衆にも等しく容赦なく、だ。それ故に読み手は否応《いやおう》なく作品に引きずり込まれてしまうし、そうした社会問題をも直視することになる。

本書『アポロンの嘲笑』は、そうした〝ギリシャ神話もの〟の出発点となった（それを象徴するかのように、作中にも講談社学術文庫の『ギリシャ神話集』が登場し、それを読む者の心を示す役割を担っている）。そんな出発点が、ギリシャ神話を用いて〝安全神話〟という神話の世界を腑分《ふわ》けしているという構図が、実に印象深い。太陽神であり、弓矢の神でもあるアポロンは、二〇一一年三月の福島において、なぜ嘲笑したのか、なにを嘲笑したのか。たっぷりの真実に一滴の嘘《うそ》を加味した世界において、警察小説と冒険小説に魅了されてハイスピードで頁をめくり、どんでん返しに衝撃を受けつつ、現実社会をじっくりと考えさせられる一冊である。

（むらかみ・たかし　書評家）

本書は、二〇一四年九月、集英社より刊行されました。

初出誌
「小説すばる」二〇一三年五月号～二〇一四年三月号

※この作品はフィクションであり、実在の人物、団体、事件などとは一切関係ありません。

集英社文庫　目録（日本文学）

中山可穂　猫背の王子
中山可穂　天使の骨
中山可穂　サグラダ・ファミリア〔聖家族〕
中山可穂　深爪
中山七里　アポロンの嘲笑
中山美穂　なぜならやさしいまちがあったから
中山康樹　ジャズメンとの約束
ナツイチ製作委員会編　あの日、君とBoys
ナツイチ製作委員会編　あの日、君とGirls
ナツイチ製作委員会編　いつか、君へBoys
ナツイチ製作委員会編　いつか、君へGirls
夏樹静子　蒼ざめた告発
夏樹静子　第三の女
夏目漱石　坊っちゃん
夏目漱石　三四郎
夏目漱石　こころ

夏目漱石　夢十夜・草枕
夏目漱石　吾輩は猫である(上)(下)
夏目漱石　それから
夏目漱石　門
夏目漱石　彼岸過迄
夏目漱石　行人
夏目漱石　道草
夏目漱石　明暗
鳴海章　幕末牢人譚　秘剣 念仏斬り
鳴海章　求めて候
鳴海章　幕末牢人譚 弐　凶刃　累之太刀《かさねのたち》
鳴海章　幕末牢人譚 参
鳴海章　密命売薬商
鳴海章　ゼロと呼ばれた男
鳴海章　ネオ・ゼロ
西木正明　わが心、南溟に消ゆ
西木正明　夢顔さんによろしく(上)(下)　最後の貴公子・近衛文隆の生涯

西澤保彦　リドル・ロマンス　迷宮浪漫
西澤保彦　パズラー　謎と論理のエンタテインメント
西村京太郎　東京―旭川殺人ルート
西村京太郎　河津・天城連続殺人事件
西村京太郎　十津川警部「ダブル誘拐」
西村京太郎　上海特急殺人事件
西村京太郎　十津川警部 特急「雷鳥」蘇る殺意
西村京太郎　十津川警部「スーパー隠岐《おき》」殺人特急
西村京太郎　十津川警部 幻想の天橋立
西村京太郎　殺人列車への招待
西村京太郎　十津川警部 四国お遍路殺人ゲーム
西村京太郎　祝日に殺人《ころし》の列車が走る
西村京太郎　十津川警部 修善寺わが愛と死
西村京太郎　夜の探偵
西村京太郎　十津川警部 愛と祈りのJR身延線
西村京太郎　幻想と死の信越本線

集英社文庫　目録（日本文学）

橋本紡　九つの、物語
橋本紡　葉桜
橋本長道　サラの柔らかな香車
橋本長道　サラは銀の涙を探しに
馳星周　ダーク・ムーン(上)(下)
馳星周　約束の地で
馳星周　美《ちゅ》ら海、血の海
馳星周　淡雪記
馳星周　ソウルメイト
馳星周　雪炎
羽田圭介　御不浄バトル
畑野智美　国道沿いのファミレス
畑野智美　夏のバスプール
畑野智美　ふたつの星とタイムマシン
はた万次郎　北海道青空日記
はた万次郎　ウッシーとの日々 1

日本文藝家協会編　時代小説 ザ・ベスト2017
ねじめ正一　商人《あきんど》
野口健　落ちこぼれてエベレスト
野口健　100万回のコンチクショー
野口健　確かに生きる 落ちこぼれたら這い上がればいい
野沢尚　反乱のボヤージュ
野中ともそ　パンの鳴る海、緋の舞う空
野中柊　小春日和
野中柊　このベッドのうえ
野茂英雄　僕のトルネード戦記
萩本欽一　なんでそーなるの！ 萩本欽一自伝
萩原朔太郎　青猫 萩原朔太郎詩集
橋本治　蝶のゆくえ
橋本治　夜
橋本治　幸いは降る星のごとく
橋本治　バカになったか、日本人

西村京太郎　十津川警部 飯田線・愛と死の旋律《メロディ》
西村京太郎　明日香・幻想の殺人
西村京太郎　十津川警部 秩父SL・三月二十七日の証言《アリバイ》
西村京太郎　九州新幹線「つばめ」誘拐事件
西村京太郎　十津川警部 小浜線に椿咲く頃、貴女は死んだ
西村京太郎　門司・下関 逃亡海峡
西村京太郎　十津川警部 三陸鉄道 北の愛傷歌
西村京太郎　鎌倉江ノ電殺人事件
西村京太郎　十津川警部 特急「しまかぜ」で行く十五歳の伊勢神宮
西村京太郎　外房線60秒の罠
西村健　仁侠スタッフサービス
西村健　マネー・ロワイヤル
西村健　ギャップGAP
日経ヴェリタス編集部　定年ですよ 退職前に読んでおきたいマネー教本
日本推理作家協会編　夢《ゆめ》現《うつつ》 日本推理作家協会70周年アンソロジー
日本文藝家協会編　時代小説 ザ・ベスト2016

集英社文庫　目録（日本文学）

はた万次郎　ウッシーとの日々2
はた万次郎　ウッシーとの日々3
はた万次郎　ウッシーとの日々4
花井良智　美しい隣人
花井良智　はやぶさ 遥かなる帰還
花村萬月　ゴッド・ブレイス物語
花村萬月　渋谷ルシファー
花村萬月　風転(上)(中)(下)
花村萬月　虹列車・雛列車
花村萬月　錏《あ》娥《が》哢《る》奼《た》(上)(下)
花家圭太郎　八丁堀春秋
花家圭太郎　日暮れひぐらし 八丁堀春秋
帚木蓬生　エンブリオ(上)(下)
帚木蓬生　インターセックス
帚木蓬生　賞の柩
帚木蓬生　薔薇窓の闇(上)(下)
帚木蓬生　十二年目の映像
帚木蓬生　天に星 地に花(上)(下)
帚木蓬生　安楽病棟
浜辺祐一　こちら救命センター 病棟こぼれ話
浜辺祐一　救命センターからの手紙 ドクター・ファイルから
浜辺祐一　救命センター当直日誌
浜辺祐一　救命センター部長ファイル
葉室麟　冬姫
葉室麟　緋の天空
早坂茂三　政治家田中角栄
早坂茂三　オヤジの知恵
早坂茂三　田中角栄回想録
林修　受験必要論 人生の基礎は受験で作り得る
林望　リンボウ先生の閑雅なる休日
林真理子　ファニーフェイスの死
林真理子　トーキョー国盗り物語
林真理子　東京デザート物語
林真理子　葡萄物語
林真理子　死ぬほど好き
林真理子　白蓮れんれん
林真理子　年下の女友だち
林真理子　グラビアの夜
林真理子　失恋カレンダー
林真理子　本を読む女
林真理子　女文士
林真理子　フェイバリット・ワン
早見和真　ひゃくはち
早見和真　6シックス
原宏一　ムボガ
原宏一　かつどん協議会
原宏一　極楽カンパニー
原宏一　シャイン！

集英社文庫

アポロンの嘲笑《ちょうしょう》

2017年11月25日　第1刷　　定価はカバーに表示してあります。

著　者　中山七里《なかやましちり》

発行者　村田登志江

発行所　株式会社 集英社
東京都千代田区一ツ橋2-5-10　〒101-8050
電話　【編集部】03-3230-6095
【読者係】03-3230-6080
【販売部】03-3230-6393(書店専用)

印　刷　凸版印刷株式会社

製　本　凸版印刷株式会社

フォーマットデザイン　アリヤマデザインストア　　マークデザイン　居山浩二

ISBN978-4-08-745661-5 C0193